Alexander Roda   Roda

Schwabylo

Der sturmfreie Junggeselle

Alexander Roda   Roda

Schwabylo
Der sturmfreie Junggeselle

ISBN/EAN: 9783337458065

Hergestellt in Europa, USA, Kanada, Australien, Japan

Cover: Foto ©Andreas Hilbeck / pixelio.de

Weitere Bücher finden Sie auf **www.hansebooks.com**

ΣχϜαβυλων

oder

Der sturmfreie Junggeselle

Roda Roda

Σχϝαβυλων

oder

Der sturmfreie Junggeselle

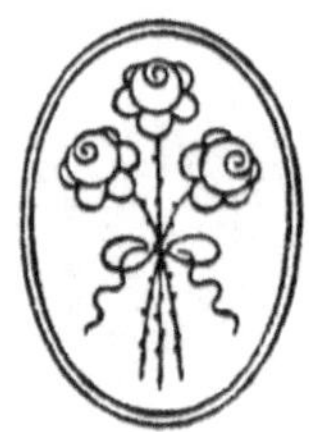

1 9 2 1

Rösl & Cie. / München

Inhalt

Subjektives Ritornell
über die Bewohnbarkeit
deutscher Städte

Hauptstadt von Preußen!
Nie wirst du mich wiedersehn, Berlin – ich
Schwör es bei Zeus'en.

Hamburg, du schönes!
... Dennoch bist du mir ein Gegenstand des
Tiefsten Geklöhnes.

Frankfurt am Maine!
Was ich, ach, in Frankfurt mitgemacht: ich
Heule und weine.

Liebliches Leipzig!
Wer zur Bleibe da verurteilt ist, er
Geht und entleibt sich.

Du aber, München:
Alle Zäune möchte ich mit deinem
Lobe betünchen.

München

Geographische Koordinaten. – Klima.

München, die Hauptstadt der Erde, liegt unter 48° 10′ nördlicher Breite – und 11° 35′ östlicher Länge (von Greenwich).

Dieser Lage, so weit nach Osten vorgeschoben, verdankt München seine herzlichen Beziehungen zu den kraushaarigen Völkern: über Salzburg, das Tor des Balkans, strömen die begabten Schlawiner zu.

Der Schwabinger Breitegrad wieder, der 48ste, schneidet anderswo New-Foundland und Sachalin; daher das Klima.

Es ist wechselnd. Im Vorfrühling haben wir Regenstürme, daß kein fühlender Mensch einen neuen Anzug aus dem Haus jagt. Es folgen jene Aprilschauer, die für den Münchener Juni so charakteristisch sind. Im August etwa nimmt der Winter bei uns Sommeraufenthalt. Der September ist schön. Vom November kann mans nicht verlangen. Und ehe man sich recht besonnen hat, ist wieder der Frühling da.

Verkehr und Freßangelegenheiten. – Die soziale Schichtung. – Die Existenz Gottes.

Anderswo ist der saure Apfel Volksnahrungsmittel.

München ist die Stadt, wo man seine Not am leichtesten verschmerzt – und seine Millionen am wenigsten genießen kann.

Der Millionär hat ein Auto; der Künstler fährt in der Elektrischen. Die Autos sind sehr langsam; die Elektrische ist flink; das ist der soziale Ausgleich.

Der Millionär ißt in den feinsten Gaststätten, der Künstler nur in den wohlfeilen. In den feinen Münchener Gaststätten ißt man aber auch nicht gut; das ist wieder der soziale Ausgleich.

Übrigens gibt es jetzt schon – für Fremde – Weißwürste in Zinntuben. Dadurch erübrigt sich die vielfach empfohlene Form des Genießens: in Oblaten.

Der Millionär kann sich nobel kleiden. Er hat aber nicht das mindeste davon, denn die Schwabinger Futuristen kleiden sich individuell, in Kaliko und Sturmpelerinen, und sehen Leute, die Toilette machen, über die Achsel an. Man erntet also mit feiner Kleiderpracht nichts als Ärger und gibt sie bald auf.

Der Millionär kann sich täglich kämmen; dann hält man ihn aber für talentlos.

Der Millionär kann sich zwei Geliebte halten; der junge Maler vier.

Der Millionär besucht den Armenball; wenn er Graf ist, adlige Hausbälle; als Strohwitwer den *Bal paré*. Der Schwabinger vergnügt sich in der ‚Brennessel‘ und im ‚Bunten Vogel.‘ In der ‚Brennessel‘ ist es überaus amüsant, auf den adligen Hausbällen unendlich langweilig. Wieder ein Werk der Himmelsgerechtigkeit.

Es wäre töricht, die Existenz allgerechter Himmelsmächte anzuzweifeln angesichts von München-Schwabing.

Polizei. – Zensur. – Die verlorne Festigkeit.

Die irdische Exekutive transzendentaler Beschlüsse ist der Polizeipräsident. Er verbietet: das Konfettiwerfen, das Wachbleiben über Zwölf, den Nackttanz, den Bauchtanz, den Schiebetanz – und die eleganten Lokale überwacht er so lange, bis sie freiwillig sperren.

Er schickt Schutzleute aufs Pressefest, damit dort nicht geschoben werde – und auf den Ball der Kunstakademiker, um einen One-step zu verhindern. Wir in Schwabing tanzen sowohl Bauch wie Schiebe und können daran schwer gehindert werden: einfach, weils in München mehr Ateliers als Schutzleute gibt.

Ich genoß einmal die Auszeichnung, vom Herrn Polizeipräsidenten persönlich empfangen zu werden. Es handelte sich um ein Stück von mir und Gustav Meyrink; es schien der Zensur anstößig.

In dem oft so deprimierenden Umgang mit den Staatsbehörden habe ich im Bewußtsein meiner innern Lauterkeit, in meinem ehrlichen Äußern immernoch die stärksten Stützen gefunden.

Und ich sprach bescheiden, aber gewissensfest:

„Sehr verehrter Herr Polizeipräsident! Wiewohl nur ein deutscher Schriftsteller, aus dürftigen Anfängen halb emporgekommen und aus dem wenig vertrauenswürdigen östlichen Donaubecken geboren: meine ich mich doch durch jahrelange gute Aufführung des Wohlwollens einer löblichen Polizeidirektion soweit würdig erwiesen zu haben, daß ich die Bitte wagen darf:

Euer Hochwohlgeboren mögen Ein hohes Ohr der Volksstimme leihen, als welche auch Gottes Stimme ist und mir nach meinem bisherigen, stets staatserhaltenden literarischen Wirken niemals nachsagen wird, ich wäre ein frivoles Stück zu schreiben willens oder fähig gewesen."

Das sagte ich – der Polizeipräsident aber legte den Zeigefinger an die Klingel. Und sprach zum Diener:

„Bringen Sie den Personalakt Roda Roda!"

— — — Ich habe das Zutrauen zu meiner innern Lauterkeit verloren. Und ich kann sagen: dadurch auch die festeste Stütze meines Lebens.

Die Halbwelt.

Wir haben, dank der Energie unsres Polizeipräsidenten, so gut wie keine Konstitution. Spezialärzte gibt es viele.

Im Café Luitpold wirkt ein wunderschönes Wassermädel. Sie wird einst – so gehts im Leben – auf dem Umweg über die Kokotte die geschiedene Frau eines berühmten Malers werden.

Die Maler.

Es gibt ihrer 20000 in München. Jeder einzelne erklärt alle andern für Kitschijehs, die Anwesenden ausgenommen.

Über die Malerei soll später ausführlich geredet werden.

Zwischenbemerkung.

Des öftern war hier von Schwabing die Rede und einmal auch von Weißwürsten, ohne daß die Begriffe noch umgrenzt und beleuchtet wären.

Mit solchen Erörterungen konnte sich der Autor nicht aufhalten.

Der Leser hat sich mit Geduld und Aufmerksamkeit zu wappnen: diese Abhandlung – wie alle schwerwissenschaftlichen Werke – setzt eben schon von Anbeginn die Kenntnis des Ganzen, des Endes voraus. Da bleibt nichts übrig als: den Text zweimal, viermal, immerwieder zu lesen – bis man in die Materie eingedrungen ist.

Die Dichter.

Es leben in München (ich nenne sie, um niemand zu verletzen, in alphabetischer Reihenfolge): Achleitner, Adelt, Gräfin Baudissin, Becher, Justizrat Bernstein, Blei, die Böhlau, Bonsels, die Brachvogel, Brandenburg, M. G. Conrad, die Croissant-Rust, Falckenberg, Feuchtwanger, die beiden Frank (Bruno und Leonhard); Frey; die Godwin; Gumppenberg, Gütersloh, Halbe, Henckel, Georg Hirschfeld, Korfiz Holm, Ricarda Huch, Frau Janitschek, Johst, Georg Kaiser, Klabund, Langheinrich, die Brüder Mann, Kurt Martens, v. Maßen, A. de Nora, Ostini, Owlglaß, Prévot, Przybyszewski, Pulver, Rehse, Rieß, Ringelnatz, Roda Roda, Peter Scher, Schmidtbonn, Seeliger, Willy Seidel, Speyer, Sternheim, Therese Prinzessin von Bayern, Thoma, Wolffenstein, Wolfskehl und Ziersch. – Sollt ich, Gottbehüte, einen vergessen haben?

In dieser Gemeinde ist – ganz anders als bei den Malern – tiefster Friede. Gewiß: die Jüngern beschimpfen die Alten öffentlich. Doch man weiß diesen Dienst zu schätzen; man ist wieder für einen Tag der Vergessenheit entrissen worden und revanchiert sich, indem man ein junges Talent fördert. Heute wirft mir einer in der ,Münchener Zeitung' Meineid vor. Na, Meineid geht ja noch. Aber Kassendiebstahl? Du Schlimmer! Da würde ich ernstlich böse.

Ich habe oben Karl Rößler absichtlich nicht erwähnt. Er fällt ein wenig aus der Reihe, denn er ist Besitzer eines Zylinderhutes, den er gewerbsmäßig zu Begräbnissen verborgt.

Man sagt den Münchener Künstlern nach, sie hielten nicht viel auf ihr Äußeres. Nun, Rößler ist ein Gegenbeweis. Übrigens trägt auch der Maler Jodokus Schmitz einen Zylinder, und die Herren Basil und Stieler vom Nationaltheater haben goldne Manschettenknöpfe.

... So bin ich, ohne es selbst zu merken, zu

den Theatern

gekommen:

Es gibt sehr viele Theater hier – immer eins zu viel, genau wie in Berlin. Dieses eine macht dann Pleite. Im Augenblick ist die Reihe an...

Ja, das darf man nicht sagen. Münchens Schutzgeist ist Zeus Xenios, der Schirmer des Fremdenverkehrs, Urheber des Sommerwetters. Die Gipfel des bayerischen Hochgebirges gelten für seinen Wohnsitz, die Blätter des heiligen Zeitungshains rauschen seine Offenbarungen. Mit der Rechten schleudert er Broschüren, mit der Linken klebt er Plakate. Zeus Xenios lockt die Fremden durch Theaterspiele nach München. Über diese Spiele Böses sagen, wäre Todsünde.

Ich gehe nie ins Theater. Hie und da warte ich am

Bühneneingang, um die Sibyll Binder zu sehen oder die Martha Newes. Ihr Anblick stärkt mich für harte Wochen.

Im Sommer haben wir Wagner-Festspiele und das Künstlertheater.

Das Künstlertheater ist auf Aktien und Theorien gegründet. Die Aktien bleiben – die Theorien wechseln – je nach Raum und Repertoire. Ist zum Beispiel die Bühne zu klein, so nennt man sie Reliefbühne; will man Operetten aufführen, so ‚bedarf die alte Kunst des neuen Singspiels,‘ ‚Singspiel‘ klingt sehr fein.

Die Theorien wechseln ziemlich rasch – man kann aber leicht folgen, wenn man aufmerkt. Ich habe bisher im Ganzen sechs Theorien miterlebt und alle ohne weitres begriffen.

Ich besuche auch das Künstlertheater nie, obwohl ich unmusikalisch bin. Einmal holte ich einen Vetter aus der Vorstellung ab. Da hörte ich im Publikum raunen:

„Und der Busen von der Zimpel wird auch immer länger.“

(Eine Aktrice namens Zimpel gibt es in Wahrheit nicht; man messe an diesem scheinbar so geringfügigen Umstand die Größe meiner Diskretion.)

Die Wissenschaft.

Der gelehrteste Mann von München ist der königliche Oberstudienrat Wägele. Einst, als feuriger Jüngling, schrieb er ein Buch über die Metathesis im Altarabischen. Doch erst durch ‚Das *Jota subscriptum* bei Euripides‘ (Leipzig 1879, 4 Bände) hat er sich seinen Namen gemacht. Man kann sagen: er ist Bayerns Glossy. Er wirkt auch als Zensurbeirat.

Die Maximilianstraße wird flankiert von einer Denkmalallee: lauter bronzierte Ärzte, jeder einzelne hat die Lehren seines Vorgängers umgestoßen. Die Isar macht der interessanten Beweiskette ein Ende.

Dort steht auch das Wilhelmgymnasium, davor als Patron des Hauses der große Zitzero.

Ferner ist München die Wiege des Soxhletapparats.

Das ist die Wissenschaft.

Der Hof. – Die Bürger.

Hof gibt es zurzeit eigentlich keinen – die Prinzen sind nur außeramtlich da, sozusagen ‚mit Wartegebühr.‘ Adel und Hof spielen im großen Münchener Leben keine Rolle. Auch der Bürger hat nur lose Beziehungen zur Kunst: als Manichäer. Adel und Hof mögen Ateliers besuchen – die Wege der Literatur kreuzen sie kaum. Hie und da verwechselt ein Prinz zwei Schriftsteller miteinander; das ist alles.

Am achtzigsten, am neunzigsten Geburtstag eines Dichters, eines Theaterdirektors (fast alle werden hier neunzig Jahre alt; hundert nur wenige) – an diesen Tagen gibt es ein Bankett und Kränze. Aufstrebende Talente (unter siebzig) kriegen bei besondern Anlässen eine Depesche von Konrad Dreher. Sooft Dreher sein fünfzigjähriges Bühnenjubiläum feiert, kriegt wieder er Kränze. Und alles steht dann in den ‚Münchener Neuesten.‘

Jaja, die Kunststadt München.

Malerei

Immer wieder bitten mich Freunde, die nach München kommen, sie in die Welt der Linien und Farben einzuführen. Hier ein dünner Leitfaden:

Allgemeines.

Malerei ist eine Handfertigkeit, die vorgibt, ebene Flächen durch Aufpinseln von Farbe zieren zu können. Um die Preisspannung zwischen blanken und bepinselten Flächen etwas zu steigern, bezeichnen interessierte Kreise oberwähnte Geschicklichkeit gern als einen Zweig der Kunst; ohne zu bedenken, daß die willkürliche Ausdehnung des Begriffes ‚Kunst' nicht ungefährlich ist: morgen könnte, vielleicht mit dem gleichen Recht, die Musik mit ebensolchen Ansprüchen auftreten.

Lassen wir aber Musik und Malerei als Künste gelten, so ist zu sagen: daß die Malerei zwar durch ihre Geräuschlosigkeit aufs angenehmste auffällt, hinwiederum vermöge der dauerhaften Materialien, auf denen sie ausgeübt wird, unter Umständen Folgen von Geschlechtern beunruhigen kann.

Geschichtliches.

Schon die Höhlenbewohner wußten die Umrisse der Dinge spielerisch-primitiv nachzuziehen. Die Ägypter und Babylonier füllten die so umgrenzten Flächen dann bunt aus. Als man erst entdeckte, daß Leinöl ziemlich rasch trocknet, stand der Weg zu den höchsten Firnissen offen.

Manche Religionsstifter haben das Malen verboten, weil es die Gläubigen zu Gotteslästerungen anreizt.

Technik.

Man kann Öl malen, Aquarell, Pastell, Gouache und Tempera; auf Leinewand, Papier, Pappe, Holz und Mörtel.

Am billigsten ist Pappe. Sie ist als Malgrund sehr sympathisch – schon weil ihr Format nicht über Klafterbreite wachsen kann.

Gegenstände der Darstellung.

Als ich noch jung war und gut, hießen die Gemälde:

„Ah, ein Enkerl!" – oder:

„D' Jagersbuam."

Diese herzerquickende Art, das Genre, ist aber unmodern geworden: die Öldruckindustrie konnte es im Punkt der Wohlfeilheit mit dem Münchener Handbetrieb nicht aufnehmen; die Industrie ist im Konkurrenzkampf zusammengebrochen.

Etwas später malte man Historisches, meist Könige und Feldherren mit Pappenheimerstiefeln – bis die hohen Preise von Leder und Brokat auch dieser Kunstübung hemmend entgegentraten.

In den wirtschaftlichen Fährnissen der letzten Zeit haben sich die Maler zu einer Erwerbsgenossenschaft zusammengetan; der Preis der Bilder soll durch Trustbildung künstlich auf 3 *M* 50 emporgeschraubt werden.

Ich glaube nicht recht an die Möglichkeit.

Bei Landschaften vielleicht – Landschaften tragen ein individuelles Gepräge und erzielen bei verbissenen Liebhabern, denen sie grade passen, Liebhaberpreise.

Porträts aber? Da ist das Angebot zu groß. Porträts kriegt man in Schwabing, selbst solche der verzwicktesten Physiognomien, jederzeit fertig in Hülle und Fülle zu kaufen. Man lasse sich aber schriftlich einjährige Garantie zusichern der Ähnlichkeit.

Zu den Landschaften wäre noch zu bemerken: jene, wo sich links eine Sturzwelle bäumt, in der Mitte ein Torpedoboot mit Scheinwerfer und Eiszapfen – diese nennt man Seestücke, und sie sind von Professor Stöver. Bei Sieck ist hinten Nadelwald und vorn eine Wiese mit Ranunkeln. Sieck und Stöver sind also leicht zu unterscheiden.

Ebenso leicht wieder Lenbach und Schattenstein bei Porträts, indem bei Lenbach der Hintergrund aus Schokolade besteht, bei Schattenstein jedoch aus Brustzucker, nur bei den im Krieg entstandenen Werken unter Zusatz von Sacharin.

Die Bilder, wo Königin Luise das Busentuch zusammennimmt und aus Angst vor dem Parkwächter rasch die Treppe herabschreitet, weil sie hinten den Springbrunnen angedreht hat – diese Bilder sind ein Mittelding zwischen Genre, Historie und Porträt.

Triptychen leiten ihre Herkunft gewöhnlich aus der Bibel her – man erkennt sie an dem vergoldeten Kreuz über dem mittlern Rahmen.

Ferner gibt es noch Tierstücke und Stilleben, sowie Blumen. Diese beruhen meist auf weiblicher Handarbeit. Tierstücke sind in der Regel von männlichen Malern und stellen Kühe dar.

Hierzu sei erwähnt, daß man Tantchens Porträt nicht soll von Verwandten des Modells beurteilen lassen; sie finden meist einen ‚fremden Zug um den Mund‘ und überhaupt das arme Tantchen sehr gealtert.

Doch kann man jetzt schon ebenso unähnlich photographieren, wie man früher gemalt hat.

Auch wäre noch über Kokoschka zu sprechen. Er ist nicht volkstümlich. Als ich unlängst seine Ausstellung besuchte, sie hing schon zwei Wochen – da bekam ich das Billett Nr. 5. Wieder zwei Wochen später: Nr. 6. In der Zwischenzeit war niemand dagewesen. – Das war in der Provinz, in Karlsbad. In Wien ist man snobistischer. Dort interessiert man sich für den interessanten Maler und streitet lebhaft, welches seiner Bildnisse Gustav Meyrink vorstelle, welches Peter Altenberg. Der Streit ist müßig, da sich das Meyrinkporträt dem Kenner sofort durch eine grüne Emanation verrät, die den embryonalen Kopf umgibt.

Auch Schwalbachs Frauenbilder zeigen viel Grün, doch ist es mit Lila durchsetzt. Laien halten daher die Bilder oft für Entwürfe zu den neuen Reichsbanknoten, und die feinen Übergänge von Grün und Lila sollen angeblich die Nachahmung der Banknoten fast unmöglich machen. Alles Unsinn. Laien sollen nicht über Malerei urteilen. In Wahrheit will Schwalbach in Petroleum ertränkte Frauen darstellen.

Soziales.

Die Fachbildung der Maler geschieht auf Kunstakademien und kunstgewerblichen (nicht, wie man oft fälschlich sagen hört: kunstverderblichen) Schulen. Doch sucht, wer sich irgend lieb hat, alles, was er da lernte, möglichst bald abzuschütteln.

Sehr wichtig sind Privatschulen – wenn auch nicht sosehr als Bildungsstätten wie als die den Malersleuten eigentümliche Form der Polygamie.

Die Maler leben bald paarweis, bald scharenweis in Schwabing, auf die private Wohltätigkeit angewiesen, nagend am Bettelstab.

Sie kaufen einander gegenseitig die Bilder ab, um sie zu übermalen – da Gemälde doch immer wohlfeiler sind als Leinwand.

Die ewige Beschäftigung mit Kohle und Farben stumpft ihren Reinlichkeitssinn ab; schon nach wenigen Tagen kann selbst das scharfe Auge der Schlawinermutter den Sohn aus dem schwärzlichen Gewimmel nicht mehr herausfinden.

Der Mangel an Modellgeld entfernt von der Naturanschauung; Hungerhalluzinationen führen zu verzerrten Linien, Farbenillusionen. Daher: Expressio-, Infantil-, Dada-, Explosionismus.

Kauft man aber ein Bild, so kommt der Maler zu Geld und hört sofort zu schaffen auf, wodurch die Kunst wiederum geschädigt ist. Für Mäzene ein schreckliches Dilemma.

Wenig Maler nämlich üben *l'art pour l'art* aus. Von diesen wenigen nur kann man sagen: sie wären, auch ohne Hände geboren, Maler geworden.

Die meisten malen nur mit dem Maul.

Von den Mäzenen.

Die reichen Amerikaner kommen, mit dreiundzwanzig Dollar in der Tasche, als Ententemissionare her und fragen den Hotelportier:

„I wish to have my portrait painted.“

„Wos mögen S'?“

„Ich wünsch, mich lassen zu malen. Uer ist mehr kostbar – Mister Stöck oder Mister Häbbermänn?“

Der Portier der ‚Vier Jahreszeiten‘ antwortet dann: „Stuck“; der Portier im ‚Bayerischen Hof‘: „Habermann.“

Nun, wenn man schon dulden muß, daß die Zunftkritik hinter ihrer Zeit zurückbleibt – von den Hotelportiers wenigstens sollte man ein grades Urteil in Dingen der Kunst erwarten dürfen.

Meine Herren Portiers! Was Sie da reden, ist dummes Zeug. Stuck und Habermann sind überhaupt indiskutabel; Hengeler, Jank, Schmutzler sind Petrefakte; Marr, Erler, Zumbusch, Dietz – Plusquamperfekta; Seewald, Caspar, Pechstein wurden gestern abend abgetan. Vielleicht gilt Kubin noch etwas, Davringhausen oder die Lore Zeller; ich weiß es aber nicht bestimmt, denn ich war heut noch nicht im Kaffeehaus.

Wie benehme ich mich als Besitzer von Gemälden?

Man kaufe nur gerahmte Bilder – Rahmen sind unter allen Umständen eine vorteilhafte Kapitalanlage, da sie im Preis immerfort steigen. Man kann einen schönen Rahmen auch stets für wenig Geld neu füllen lassen, wenn einem das alte Sujet nicht mehr gefällt.

Man hänge das Bild so auf, daß des Malers Signum rechts unten bleibt, und ist dann beinah sicher, nicht verkehrt gehängt zu haben. Doch kann man moderne Gemälde ohne Schaden für die künstlerische Wirkung als Quer- oder Längsformat gebrauchen – je nachdem, ob die zu schmückende Wand schmal oder breit ist.

Immer suche man dunkle Winkel der Wohnung aus: da stören die Gemälde nicht so sehr und schlagen nicht leicht ein.

Wie reinigt man Bilder?

Bei Pastellen wird ein Teppichklopfer genügen.

Aquarelle wäscht man mit heißem Wasser und Seife.

Ölgemälde mit einer Mischung von Terpentin und rauchender Schwefelsäure zu gleichen Teilen.

Bleiftiftzeichnungen sind am leichtesten zu reinigen: mit Radiergummi; nötigenfalls helfe man mit einem scharfen Messer nach.

Konservierung von Gemälden.

Man setzt jetzt große Hoffnungen auf den Messingkäfer, der sich in der letzten Zeit, besonders in Süddeutschland, rasch vermehrt hat; das liebe Insekt soll Leinewand, Papier und Pappe ratzekahl wegfressen.

Aus: **Xaver Hubers**
‚Münchener Heimatkunde für die untern Volksschulklassen‘

(Mit Genehmigung des Verfassers.)

Bald wir üns jetzt dem Königlich Bayerischen Einwohner der Hauptstadt zuwenden, so zerfällt derselbe:

a) in Menschen,   *b*) in Zugroaste.

Die Menschen teilen sich in ordentliche Bürger einerseits und andrerseits in Bayern, Franken, Schwaben, Pfälzer und Tiroler.

Die Zugroasten bestehen aus Preißen und Schlawinern. In die Klasse der Preißen fällt auch der Hesse, Sachse, Hanseate; die Schlawiner hingegen sein Baschkiren, Londoner, Walachen usw., das bleibt sich ziemlich gleich.

Während die Menschen die innere Stadt München bevölkern, dann Bogenhausen, Giesing, Gern und Nymphenburg – halten sich Preißen und Schlawiner am liebsten in Schwabing auf, im Norden, wo man bei Nacht aus die schwarzen Dächer die Orgien schon von weitem ankennt an die beleuchteten Atelierfenster.

Die Schlawiner und Preißen reden untereinand russisch, kaukasisch und schottisch, es ist eine große Sprachenwirrung, darum heißt der Stadtteil Schwabylon, und was dort vorgeht, davor muß sich die Jugend und der

Bürger hüten, überhaupts ist das nördlich vom Siegestor garkein Bayern nicht, sondern es ist schon mehr Preißen.

Aus:

Linguistische Relikten

Von *Dr.* Wägele, o. ö. Professor der
Universität München.

Höchst interessant ist die Wortbildung

$$\Sigma\chi\digamma\alpha\beta\upsilon\lambda\omega\nu.$$

Die alten Griechen betonten die letzte Silbe.

Bekanntlich ließen die Jonier und Attiker das Digamma sehr früh fallen, während die andern hellenischen Stämme es zäh bewahrten. In den uns überlieferten Texten der Ilias und Odyssee kommt das Digamma nicht mehr vor; doch haben Homers Zeitgenossen es zweifellos ausgesprochen.

$$\Sigma\chi\digamma\alpha\beta\upsilon\lambda\omega\nu$$

ist vielleicht das einzige Wort, worin sich das alte *Gamma aeolicum* bis auf den heutigen Tag erhalten hat.

Fasching

Die rätselhafteste Erscheinung des Münchener Klimas:

Jedes Jahr, pünktlich zu Silvester stürzt sich ein Scirocco von den Alpen, schwillt am Dreikönigstag zum Wirbelsturm und versetzt die Stadt in Drehbewegung. Dann ist München nicht mehr Zentrum, nicht mehr ultramontan – Dionysos herrscht und Tumanbanga, der Fidschigott der Ehebrecher.

Dann stellen die Maler ihre Arbeit ein, weil die Modelle tanzen. Familienväter tragen die Betten ins Leihhaus; und können garnichts besseres damit anfangen: die Stubenmädchen haben ihre Stellen gekündigt – niemand räumt auf; die Stubenmädchen privatisieren; viele haben sich Magenleiden zugezogen durch Genuß von zu kaltem Sekt.

Die Schwabinger Kunstgewerblerin aber brütet schwere Sorgen: ‚Was ziehe ich heut abend an?' – Garnicht so einfach: als Griechin, Säulenheilige oder Fee selbstverständlich das Tischtuch; als Skythin, Thusnelda, Russin selbstverständlich den Bettvorleger; etliche andre Trachten lassen sich durch Permutation herstellen von Tischtuch und Bettvorleger oder Bettvorleger und Tischtuch. Doch gibt es Fälle, wo man den Lampenschirm mitverwenden muß.

Mit dem Alltagsrock legt der Mensch sein Alltagsgesicht ab, mit dem Kostüm hängt er sich einen Charakter um. Gar mancher ging das Jahr über als Bürger verkleidet – hier erst, auf dem Kostümfest, zeigt er sein wahres, das Narrengewand und zeigt seine wahre närrische Seele.

Die Bogenlampen glimmen verloren im Nebel, die Kastanienbäume recken ihre kahlen Äste, und ein süßer, stiller Malzgeruch ist in der Nacht. Im Schwabinger Bräu hat man die Wände mit Rupfen bezogen, mit Tannengrün bekränzt und feiert die

Werdenfelser Kirweih

bei schmetternder Blechmusik. Da findet sich, wer gern in Krachledernen geht, mit seinesgleichen.

Niemand fühlt sich wohler als Josef Futterer. Vor ein paar Jahren war er bekannter als Virtuose der Mundharmonika denn als Maler. Jetzt zieht er das Scheckbuch, kauft seine eignen Bilder zurück, wo er sie kriegen kann, ist Professor und Ehrenbürger seines Heimatortes.

Josef Futterer! Du bist ein berühmter Maler worden – erst unlängst hat ein valutakräftiger Kunstfreund für Unsummen deinen Stammtisch gekauft, auf den du übermütig mit Wirtskreide eine Skizze hingeworfen. Ich aber habe dich noch in deinem Glanz gesehen, im Aufstieg. Entsinnst du dich jenes Bockfrühstücks bei mir? Es dauerte etwas länger als ursprünglich vorgesehen war – und in der zweiten Nacht (oder der dritten?) ging uns das Bier aus. Ein Auto, mit unsrer Köchin bemannt, jagte die Brauhäuser Münchens ab nach einem neuen Faß. Entsinnst du dich? Du warst nicht, wie sonst, etwa als Hirtenjunge gekommen mit einem handtellergroßen Hüatle und einem Kränzchen Ziegenmist daran – nein, in der denkbar gründlichsten

Verkleidung bewegtest du dich – als Elegant im Smoking. Weltgewandt hofiertest du jener Vicomtesse, die gekommen war, *pour faire connaître les moeurs de la Bohême'* – hofiertest ihr weltgewandt im Smoking – – hinten aber, nur uns sichtbar und nicht der lorgnettierenden, aufgeblasenen Urschel, hinten hattest du eine meterlange Pfauenfeder stecken und begleitetest parodierend deine eignen geschraubten Redensarten mit niedlichen Courbetten der Pfauenfeder. Josef Futterer – denk ich daran, schmerzen mir noch heut vor Lachen die Rippen.

Wie ließest du ,die Hunde bellen im Dachauer Moos'! Wie konntest du erschütternd komisch stottern! Vor allem: wie spieltest du Mundharmonika! Das, ja, das war Musik – die Orchester des Prinzregententheaters müssen vor Neid erbleichen. Aus der rechten Hosentasche holtest du den Beethoven, aus der linken Wagner. – Grins nicht, Idiot von Leser! Hör erst Futterer Mundharmonika spielen, sieh Schwegerle dazu tanzen, und dann urteil!

Im Arzberger Keller war

Vorstadthochzeit.

Thöny und Rudolf Wilke haben einst das Fest gegründet – Ferdinand Spiegel und Arnold führten es fort. Hier trug man die vorige Mode: breitkrempige Zylinder, Gehröcke und Orden auf der Brust. Arnold hielt patriotische Ansprachen.

Im Arzberger Keller wars – da habe ich mich so schrecklich blamiert:

Man sprach vom jungen Bildhauer Lessig, der als Dame durch den Fasching gehe. Und er spiele seine Rolle so täuschend, daß ihn schon manch ein abgebrühter Frauenkenner entzückt zum Souper geladen hätte...

Ich aber rief: solch ein Schabernack könnte bei mir nimmermehr verfangen; ich würde beim ersten Anblick den Mann in der Maske erkennen.

Abwarten, sprachen die Genossen, Lessig käme ja heute her.

Eine Viertelstunde später trat Frau D. an den Tisch, die statiöse Operndiva.

Ich sagte ihr sofort auf den Kopf zu: sie wäre der Bildhauer Lessig.

Bühnenball.

Gustl Waldau, was redest du einen italienischen Salat! Petrarca horcht aus der siebenten Sphäre eine Stunde hin, wischt sich den Schweiß von der Stirn und stöhnt:

„Ich fühle, dieser Herr spricht meine Sprache. Doch wehe – ich versteh ihn nicht."[A]

Gibt es noch eine Stadt wie München, noch einen Schauspieler wie Gustl Waldau? Sein sind die Höhen und die Tiefen, der Adel des Herzens ist sein. Von Geburt nur Freiherr, durch Erziehung nur Gardeleutnant – ein Künstler durch Trieb. Die Gebärde – Kultur. Jedes Wort ist Klang. – Du spielst, Gustl Waldau, ein jagendes Scherzo in den Falsettlagen des Humors, und stradivarische Resonanzen deines Gemüts beben die Begleitung. Ein feiner Mensch bist du, Gustl Waldau – fühlst du nicht Einsamkeit um dich?

— — — Auf den Bühnenball, das ist mein erster Gang ins Freie gewesen, als ich vor soundsoviel Jahren nach München kam. Ich nicht viel über dreißig, meine Braut war jung, blühend wie ein Frühlingstag.

Wir saßen in der Pause an einem langen Tisch: rechts der

kleine, düsterdunkle Max Dauthendey mit seiner schwedischen Blondine – links Mi von Hagen, zauberisch schön, Waldaus Gattin. Ein pudeljunger Sizilianer mühte sich um meine Braut. Sie hatte ihm tückisch gelogen: sie sei Malerin, habe ihr Atelier in Solln – morgen um drei werde sie ihn porträtieren. Er sah Chancen, der Sizilianer, und begehrte nach einem Vorschuß, einem Kuß. Bekam ihn nicht. Wurde dringender...

Da rief ich vom andern Tischende:

„Hör mal, Kleiner! Auf diese täppische Art kommst du in Ewigkeit nicht zu deinem Recht."

Er höhnte:

„Alter! Du? Du willst mich lehren, wie man Mädchen behandelt?"

„Ja, ich. Gib acht! Ich muß nur wollen und kriege deinen Kuß. Wettest du? Um drei Flaschen Sekt?"

Er wettete, der Tor. Ich bedang französischen Sekt aus, zu zwanzig Mark, damit mich meine Braut auch gewiß nicht sitzen ließe – und rief gebietend:

„Komm, Mädel! Küß mich dreimal!"

Sie tat es gehorsam.

Das hat den Sizilianer irre gemacht an Gott und Menschen.

— — —

[A] Mit diesem Kauderwelsch, lieber Gustl, führst du unbewußt eine große Münchener Tradition fort. – K. J. Weber erzählt im ‚Demokritos', 8. Band:

Im Jahr 1782 hielten die P. P. Augustiner in der Kirche an der Neuhauserstraße eine feierliche Disputation. Prangerl, Narr des Kurfürsten Max, schmuggelte sich unter die

Opponenten, und nach der zwingenden Beweisführung des *Dominus defendens* rief der Narr sein *Nego;* mischte etliche lateinische Phrasen durcheinander – so geschickt, daß sich der *Defendens* mit dem Narren einließ. Prangerl warf ein *Nego,* ein *Distinguo* nach dem andern in den Disput und ließ eine Flut lateinisch klingender Wörter hinterdreinfolgen – bis der *Defendens* verblüfft gestand:

„Non intelligo." – „Ich verstehe nicht."

„I aa nit," rief Prangerl und lief vondannen.

Die Feste bei

Viktor Manheimer

im offenen Haus, unter rauschenden Bäumen! Niemand wie er, der Schöngeist – vor allem niemand wie sie, die kluge, liebliche Frau voll stiller Wärme hat München so zu sammeln verstanden. Da drängte sich Kopf an Kopf – kein hohler dabei; destilliertes Schwabing mit 99 % geistigen Inhalts. Man führte verschollene Stücke auf, tanzte in der Halle und tafelte im Garten. Kinder! Soll das niemals wiederkommen?

Einst lebte irgendwo im amerikanischen Urwald ein Farmer namens Mister

Fürmann.

Ich glaube, es ging ihm nicht sehr gut.

Wenn bei uns in Europa einem honetten Menschen die Dampfwalze des Lebens beinah schon übern Bauch gefahren ist – dann, versichern die Volkskalender, in letzter Minute ist ein verschollener Onkel in Amerika gestorben und hat den besagten hoffnungslos bedrohten armen Teufel flugs zum

Dollarmilliardär gemacht.

Die interkontinentale Gerechtigkeit forderte, daß sich einmal auch der reziproke Fall vollziehe – und das Glück wählte Mister Fürmann aus zum Gegenstand des Experiments. Eines Montags im Mai – der Himmel war blau und nichts deutete auf kommende Ereignisse – da erhielt Mister Fürmann zu Central City, Post Columbus am Platte river, Nebraska, einen Brief des Inhalts:

Der Adressat sei nach dem letzten Willen seines zu München entschlafenen Oheims Erbe geworden und Besitzer des Grundstücks Pl. Nr. 719 zu Schwabing, an der Belgradstraße 57.

Mr. Fürmann ordnete seine amerikanischen Angelegenheiten, nahm das notwendigste Handwerkszeug mit sich – Axt und Bowiemesser – und reiste über die atlantische Pfütze nach Schwabing, um sich die Sache anzusehen.

Er fand einen Obstgarten da und eine Scheune. Im Nu hatte er seine Pläne gefaßt und ging an die Ausführung:

Mit der Axt hieb er die Obstbäume ab; mit dem Bowiemesser spitzte er die Pfähle. Und zog zuerst mal einen Palisadenzaun rundum – gegen Indianerüberfälle.

Dann verschmierte er die Wände der Scheune mit Lehm und hängte eine große Lampe auf. Die Lampe bammelte zu niedrig, man stieß mit dem Kopf daran. Mr. Fürmann sägte also eine Öffnung ins Dach, errichtete eine Art Schornstein mit einem Querbalken darüber und schraubte den Lampenhaken in den Balken. Nun wars richtig.

Die emsige Tätigkeit Mr. Fürmanns war dem Auge der Münchener Baubehörde keineswegs entgangen. Es kam ein Amtsorgan mit der Frage:

Was denn all das bedeute und vorstelle?

„Dieses ist," sprach Mr. Fürmann, „die neugegründete Fremdenpension."

„Die Tenne mit der großen Lampe?"

„Ist der Eß- und Tanzsaal."

„Die hölzernen Käfige da rechts und links?"

„Sind die Wohnzimmer."

„Ja, Mensch! Haben Sie denn eine behördliche Bewilligung zur Umgestaltung der Scheune vorzuweisen, eine Konzession zum Betrieb der Herberge?"

„Ah!? Braucht man dergleichen in euerm Europa?"

— — — Was wollte die Polizei tun, wo der Bau nun einmal fertig stand? Sie gab – unter ernstlicher Verwahrung gegen künftige Übergriffe – Baulizenz und Konzession. Die Gründung der Pension Fürmann war rechtens vollzogen.

Bald meldete sich der erste Gast.

„Was für ein Zimmer wünschen Sie?" erkundigte sich Mr. Fürmann höflich.

„Womöglich nach Süden – geräumig – mit kalt und warmem Wasser, Sofa, Bad..."

„Darnach frage ich nicht. Bei mir sind alle Zimmer gleich: ohne Sofa, ohne Süden. Wasser im Brunnen, Bad im Würmkanal. Sondern: welche Farbe soll Ihr Zimmer haben?"

„Pfaublau."

„Gut, kommen Sie nachmittag!"

Stahlgrün – karmesinrot – schwefelgelb – – es kriegte jedermann sein Zimmer nach Gefallen. Preis: täglich 2 *M* 50 *tout compris*: Wohnung, Frühstück, Mittag- und Abendessen, Heizung aus Gottes Wärmequellen, Licht aus dem Schornstein. Und Samstag abend: Ball.

Viel Menschen hausten dort bei Fürmann: persische Khane, holländische Forscher; Ärztinnen aus Lissabon, Sankt Petersburg; Maler aus Hindostan und Honolulu. Was jung ist und einen Namen hat in der Münchener Literatur, Koloratur, Architektur und Skulptur hat irgendeinmal bei Vater Fürmann in Futter und Kreide gestanden.

Welche berauschenden Feste! Welche Armut an Alkohol und Mitteln, welcher Reichtum an Fleiß und Phantasie! Sie sagten einen Ägyptischen Abend an, die Fürmannschen: und die Scheune ward zum Ammonstempel, die Türrahmen zu Pylonen, der Kochherd – eine Sphinx, der Müllhaufen – Pyramide. Sie gaben eine Frühlingsfeier – und First, Mauern und Fenster, Zäune strahlten weiß und fliederblau. Jedes Plakat ein Aquarell, jede Einladung und Eintrittskarte handgezeichnet; keine glich der andern. Denn man hatte doch das Geld nicht für die Druckerei; aber Arbeitsfreude und Erfinderkraft in Überfluß.

Zu Weihnachten schenkten sie ihrem Mister Fürmann eine große Trommel. Nun ging der Feetz erst an. Hundert, zweihundert Menschlein hockten im Saal unter der großen Lampe, rund an den Wänden und sahen den arabischen Schlangentänzen zu. Kun-Bukowina schlug ins Klavier, Missis Gwallior schlug in die Trommel. Der albanische Pfarrer sollte in München kirchliche Malerei studieren; er tanzte bis fünf Uhr Two-step bei Fürmann – ging die Messe lesen – kam wieder und tanzte weiter. – Kinder! Das war Fasching! Und meiner Seel: alles in Tischtüchern und Bettvorlegern.

– – –

Da fiel eines Herbsttags der Pension Fürmann ein, das Königlich Bayerische Königtum zu stürzen.

Ich weiß es noch wie heut:

Ende Oktober hatte ich Urlaub aus Bulgarien nach

München bekommen; saß im Café Stefanie – um zwei Uhr nachmittag – und spielte Schach mit Erich Mühsam.

Sie kennen ihn doch – den komischen, haarigen Bohémien? Sohn eines reichen Apothekers aus Lübeck, ursprünglich selber Apotheker. War der Lehre entlaufen, hatte den Anarchisten gespielt – in der Freien Gemeinschaft zu Berlin, in Ascona; vom Vater entmündigt, von der Polizei (und niemand sonst) ernst genommen – von der Polizei gelegentlich auch eingesperrt. Hatte ein paar prachtvolle Gedichte gemacht und trat – mit glänzenden Schüttelreimen – im Kabarett auf:

> Das kleine Mädchen reibt sich leise
> Das Knie, wenn ich nach Leipzig reise...

Im übrigen ein herzensguter Kerl, ein treuer, hilfsbereiter Kamerad.

Nur von Politik und sozialen Fragen durfte man mit ihm nicht reden; da überschrie er sich vor Eifer. Und weil man seine schwache (oder stärkste?) Seite kannte, verbot man ihm den Gegenstand; verbot ihm jede Silbe darüber: am Majorstisch im Café Stefanie, auf der Halbeschen Kegelbahn, in Wedekinds Torggelstubenecke.

„Hüte dich vor Menschen, die nur ein Buch gelesen haben." – Ich glaube, Tolstoi hat Mühsams Strudelkopf verdreht. Mühsam begann in Versammlungen zu reden, er scharte den ‚fünften Stand' um sich: die Landstreicher, Zuhälter, Verbrecher, Päderasten. Er soll sehr gut geredet haben, gewandt und glühend. Und redete sich, der Tepp, um Verstand und Güte. Es erwies sich, daß die Polizei doch rechtbehielt: Erich Mühsam ward gefährlich.

— — — An jenem Novembertag 1918 also saß ich im Café Stefanie und spielte Schach mit Mühsam. Für drei Uhr war Versammlung auf der Theresienwiese angesagt.

Ich fragte Mühsam noch: was die Versammlung wolle?

„Ach, nichts," erwiderte er mürrisch. „Die Menschen sind ja so dumm..."

Dann bot ich Schach und hätte Mühsams König in drei Zügen mattgesetzt, wenn nicht...

...wenn nicht Bruno Frank gekommen wäre. Er verschleppte meinen Mühsam in die Nische des Cafés, in den ‚Kuhstall'. Dort tuschelten sie heftig.

Dann gingen sie zusammen nach der Theresienwiese.

Auf der Wiese sprach Eisner zu den Massen.

Die Massen zogen demonstrierend in die Stadt. Noch dachte niemand an Putsch und Umsturz.

Selbigen Abends stürmte eine Fürmannpensionärin die Türkenkaserne.

— — — Und auch die Räterepublik, das Jahr darauf, ist von der Pension Fürmann ausgerufen worden.

907 bis 1918 regierten in Bayern die Wittelsbach; 1919 Erich Mühsam.

— — —

Ich weiß nicht, wie es auf dem bayerischen

Hofball

zuging. Fröhlicher als bei Fürmann sicher nicht. Auf der Straße und im Theater machten unsre Prinzessen den Eindruck, als wär höchste Zeit gewesen, die königliche Zivilliste zu erhöhen. Unter den Modeschöpferinnen wenigstens fand ich nirgend eine Wittelsbachsche abgebildet.

Eine sympathisch einfache Dynastie. Eine Schwabingerin war Masseuse Ihrer Majestät. Jenes Nachmittags verspätete sie sich und stammelte eine Entschuldigung: es wäre so'n Menschenauflauf in der Stadt gewesen...

„Ja, warum denn?" fragte die alte Königin.

„Nun, die Leute eilen zur Versammlung auf die Wiese..."

„Versammlung? Woher wissen Sie es, liebes Fräulein?"

„Aus den Neuesten Nachrichten."

„Kathl!" rief die Königin. „Bringen S' die Neuesten!"

Dienstfertig eilte die Kammerfrau um die Zeitung; erschien alsbald wieder und meldete:

„Der Kini liest s' grad."

So ist die Königin denn unvorbereitet von der Revolution überrascht worden.

Es gibt keinen Hof mehr, und ich habe nun geringe Aussicht, je einen Hofball mitzuerleben.

Vom

Bal paré

hingegen kann ich auf Grund wiederholten Augenscheins berichten, aus der Erfahrung einer langen Zeit.

Im Urteil des Fremden sind die *Bals parés* der Münchener Fasching schlechthin.

Und der Münchener Fasching ist berühmt. Warum eigentlich? Die Frauen in Stockholm sind schöner, in Kopenhagen eleganter, in Amsterdam sinnlicher. – Die Herren? Eine kundige Thebanerin versicherte mir schon vor Jahren: man müsse sich ,durch siebzehn Kommis

durchtanzen, eh daß man an an Gawlier kummt.' – Die
kleinen Mädchen? In Paris gibt es gigolettes und *midinettes*,
denen unsre Matschackerln nicht das Wasser reichen. Also:
warum eigentlich?

Es ist die Atmosphäre einer stark von Künstlertum
durchsetzen, leichtlebigen Stadt. – Ein verdammt reizvolles,
ein himmlisches Bild: der Riesendom des Deutschen
Theaters, angefüllt mit Dimensionen, Farbe, Licht und
Trubel. Nur Dionysos, Tumanbanga und Severini bringen
solch eine Schöpfung fertig: die Logen bis zum Dach voll
von verheißenden Dominos, auf dem Parkett der quirlende
Lärm des Vergnügens.

Ob all das der Ausdruck Münchens ist? Ob der Glanz der
Bals parés verblich im Lauf der Jahre? – Letzthin führte ich
einen alten Herrn hin, der seit langem nicht mehr
dagewesen war. Er äußerte sich sehr zufrieden. „Zu meiner
Zeit," sagte er, „hat man d' Weiber erscht bei der letzten
Française in d' Luft gehoben, um halber drei in der Früh;
jetzt schon um elwe." – Und er fand ein Wort des Tadels nur
für die Gitterchen, die eine überprüde Behörde kürzlich vor
die Brüstungen nageln ließ, damit man die Damen nicht
gradenwegs aus dem Tanzsaal in die Logen hebe.

Der *Bal paré* ist das Werk eines Malers, Rezniczeks.
Freilich gabs den *Bal paré* schon vor ihm – doch Rezniczek
hat ihn berühmt gemacht. Noch mehr: er hat ihm die Linie
gezogen. Er sah die Mädel, die Herren nicht wie sie damals
waren – nein, wie sie nach seiner Meinung werden sollten:
schlank, graziös, schnittig. Und sie? Wurden just so, wie er
sie gesehen. Der Maler hatte ein Zuchtideal aufgestellt, und
die Wirklichkeit folgte ihm nach. Keiner nach Rezniczek
wird so formbildend wirken.

Ich muß dem Landfremden einiges erklären:

Bals parés gibt es nur im Deutschen Theater, jeden

Mittwoch und Samstag. Mittwochs Nobelredoute, Samstags ists gemischter; der katholische Hochadel fehlt, soweit er weiblich ist, Mittwochs und Samstags; das Matschackerl, Gott sei Dank, ist immer da – in Wollsammet, in Halbseide, mit Straußfedern im Haar, mit blitzenden Augen. – Die Herren erscheinen im Frack und bluten vierzig Mark. Die Damen lassen sich mitnehmen – man zahlt an der Kasse ichweißnichtwieviel für sie. Neben einer etwa bestehenden Ehe ist der gemeinsame Garderobezettel das einigende Band zwischen Dame und Herr. Man macht erst am Morgen Gebrauch davon.

Die Française ist eine akklimatisierte Quadrille mit Onestep in der zweiten, Knutschen in der ersten bis fünften und fürchterlichem Geschrei in der vierten Tour. An einer gewissen Stelle wird nebenher gezischt. An einer andern Stelle schaufelt man die Damen hinüber und herüber. Dann läßt man die Damen wie Windmühlen rotieren. Endlich kommt das ‚Ausdrehen.‘ Man sieht: die Sache ist kompliziert und tourenreich. Wer die Française nicht auswendig kann, lasse sich garnicht erst darauf ein, wenn er sich Rüffel von Partnern und Nachbarn ersparen will.

Strenge Gesetze schreiben dem Ballbesucher auch das Benehmen zwischen den Françaisen vor: nach der ersten hat man die Tänzerin zu deutschem Sekt zu laden, nach der zweiten ins Kellergeschoß zum Bier, nach der dritten in die Grotte zu einer Erklärung.

– – – Wenn Sie aber, verehrte Berlinerin, auch jetzt, nach dem Krieg, noch auf Einhaltung des alten *Bal paré*-Zeremoniells rechnen, werden Sie bitter enttäuscht werden. Und wenn Sie hoffen, Künstler da zu finden: spinnen Sie ruhig das Techtelmechtel mit Ihrem Schieber weiter. Der *Bal paré* lebt nurmehr von seinem vergangenen Ruhmesschein – er ist nicht mehr; er ist gewesen.

Schön gewesen.

Schön wie du, Berliner Pflanze, als dich die Neugierde zum erstenmal nach München trieb, auf den *Bal paré*. O, wie brannten deine Lippen und wanden sich gleich Blutegeln – der Küsse gewärtig, die der Abend bringen sollte!

Als du hörtest, man müsse sich dekolletieren, erschrakst du. „Niemals," schworst du nachdrücklich; solche Schamlosigkeit machtest du nicht mit – du gingest ‚hochgeschlossen.'

Und batest schon nach Neun um meine Nagelschere, um dir im Hintergrund der Loge dein Fähnchen bis zur siebenten Rippe auszuschneiden. So zogst du aus auf neue Eroberungen. Ich sah dich niemals wieder.

— — —

Von der letzten Française stehen zwei Wege offen: ins Café Luitpold oder zum

Donisel.

Gewöhnlich geht man beide – wenn man nicht vorher im Odeonkasino einkehren will.

Das Kasino ist teuer und vornehm. Luitpold ein Übergang. Der Donisel ist eine Kutscherkneipe an der Weinstraße. Sie öffnet um fünf ihr ängstlich schmales Türchen und läßt die Gäste ein: Nachtarbeiter, Chauffeure, Damen in Zobelpelzen, Lebemänner im Frack. Es dauert Sekunden, und alles ist besetzt: Gastzimmer, Flur, Küche, Tische, Bänke, Herd. Die Nägel an der Wand sind behängt: mit Kutscherpeitschen und Zobel. Man rauft sich um den Inhalt gargantuanischer Weißwurstkessel.

Beim Donisel endet die offizielle Münchener Nacht.

Trainierte fahren noch auf den Hauptbahnhof, Kaffee trinken. Doch die ,Gewappelten' haben dieser frivolen Überschreitung der Polizeistunde einen Riegel vorzuschieben gewußt: in die Bahnhofwirtschaft wird nur eingelassen, wer sich ,im Besitz eins giltigen Fahrausweises befindet.' Es muß also, wer frühstücken will, vorher ein Billett nach Dachau lösen. Nur wenige verfügen zu so früher Faschingsmorgenstunde über das erforderliche Betriebskapital.

Und dann? Was nach dem Kaffee geschieht? Tumanbanga weiß es. Er allein, der schweigsame Gott – und sagt es nicht.

Ich weiß nur: voriges Jahr kam eine junge Frau ihrem Gatten abhanden; drei Tage wartete er – sie kehrte nicht zurück; er lief aufs Amt.

Auf dem Amt aber war ein Gastwirt erschienen mit der Meldung: in seinem Hotel liege seit drei Tagen eine junge Frau und weine.

Sie konnte nicht aufstehen, um heimzugehen; der niederträchtige Kavalier hatte ihr die Kleider gestohlen.

Münchener Sittlichkeit

Als wir noch die ‚schwarze Schmach‘ in Bayern hatten (ich persönlich habe mich unter der Zentrumsherrschaft sehr wohl befunden) – damals klagte man viel über den Niedergang der Sittlichkeit. Ich fürchte, man werde auch in aller Zukunft noch in Schlagwortschätzen wühlen – darum sage ichs vorweg:

Es geht nicht an, sich bei Abwägung der Sittlichkeit (diese im engherzigsten Sinn verstanden) auf das Gedächtnis der Generation zu verlassen. Ihr Urteil ist von Gefühlsmomenten gefälscht. Manch ein älterer Herr wird behaupten: in den Sechzigerjahren, selbst zur Zeit Ludwigs II. noch, wäre mehr als heut geliebt worden. – Für die Wissenschaft sind solch wehmütige Erinnerungen natürlich ebenso wertlos wie das Gezeter jugendfeindlicher Neutra.

Wie aber die Wahrheit feststellen?

Mit amtlichen Daten? Der Polizeibericht erfaßt nur jene Damen – und triumphiert: wir in München hätten – mit Ausnahme der betagten Dame Ecke Maximilianplatz-Pfandhausstraße – sozusagen überhaupt keine.

Da rümpfen die Herren Neutra besorgt die Achseln (warum besorgt? um den Fremdenverkehr??) und erwidern:

„Tja, der Polizeibericht ist eben unverläßlich; er beweist eher, daß die Polizei zu lax ist.“

Ein andres amtliches Material über das Wachsen oder Sinken der Sittlichkeit aber gibt es nicht. Das Leben scheint sich zum Verkehr mit den Behörden wieder einmal nicht zu eignen. – Die Grenzen zwischen Tugend und Laster fließen, sogar zwischen Ehe und Nichtehe. – Die Sozialwissenschaft versagt vollends: sie bedauert seit Jahren, die Liebe und ihre Ausartungen nicht statistisch erfassen zu können. – Ein überaus heikles Thema, ein oedipëisches Problem. Man ist, kurz und gut, hilflos.

Da kann ich ihnen den Vorwurf nicht ersparen – der Regierung, der Presse, den Anwälten allen des öffentlichen Lebens: daß sie nicht mich zuerst befragt haben, den einzigen vielleicht, von dem gewissenhafte Auskunft zu holen war.

Ich bin vermöge meines Alters an der Unsittlichkeit rundum persönlich unbeteiligt; ich bin aus Gründen, deren Darlegung man mir gütigst ersparen möge, an der größern oder geringern Willfährigkeit des Münchener Weibes nicht mehr unmittelbar interessiert. Trotzdem habe ich das Studium der Unmoral zu meiner Lebensaufgabe gemacht.

Doch ich habe meine Forschungen weise auf eine einzige unter den vielfältigen Formen der Unsittlichkeit beschränkt: auf den Ehebruch; ihn betrachtet mein akademischer Eifer seit langen Jahren.

Die Zunft der Sozialkritiker blickt scheel auf meine Arbeit – selbstverständlich. *Je m'en fiche.* Ist der Ehebruch nicht eine gesellschaftliche Einrichtung? Die man wissenschaftlich betrachten kann wie... – na, sagen wir: die Ehe selbst? Die man doch wohl als Objekt nützlicher und notwendiger Forschungen wird gelten lassen müssen? – In Polynesien ist der Hausfreund eine behördlich anerkannte Person des Familienrechtes und wird in den dortigen Matrikeln geführt; ein Beweis, wie verbreitet die Institution ist...

Ich habe ohne staatliche Hilfe, ohne Anerkennung der Zunft fertiggebracht, woran sie alle verzweifelten, die

Fachleute: eine Statistik des Ehebruchs; aus ihr werden Rückschlüsse auf die übrigen, ähnlichen Verirrungen zu ziehen sein.

Ich greife, indem ich die folgende Tabelle veröffentliche, zwei Quartbänden vor, die ich demnächst bei Perthes in Gotha herausgebe.

Meine Methode zwang mich, dem weitesten Kreis zunächst die Fragen vorzulegen:

„Wie oft haben Sie sich leider des Ehebruchs schuldig gemacht?

In wieviel Fällen hatten Sie das Pech, gefaßt zu werden?"

Dank dem Vertrauen meiner Freunde konnte ich ermitteln, daß von 123 Übertretungen erst 1,0 fatal endet (0,81 %).

Ein überraschendes Blitzlicht auf die Leichtgläubigkeit und Milde der Betroffenen wirft dann die unwahrscheinliche und doch (von mir) durchaus erwiesene Tatsache: daß erst jeder siebente Flagrantifall zur Ehescheidung führt.

Das Ei des Columbus. Ich mußte nurmehr die Zahl der Scheidungen auf Grund von Untreue (816 auf 1000) multiplizieren mit 123 mal 7, um zu folgendem Ergebnis zu gelangen:

Es entfallen auf den Kopf der Bevölkerung

Ehebrüche in	München	Wien	Berlin
1917	0,047	0,048	0,048
1918	0,046	0,039	0,046
1919	0,047	0,049	0,047

Wiewohl sich meine Beobachtung nur auf einen kurzen Zeitraum erstreckt, wiewohl die letzten Jahre von mir noch nicht methodisch durchgearbeitet sind, lassen sich schon jetzt einige wichtige Lehrsätze gewinnen:

Die Unsittlichkeit bleibt in allen drei deutschen Großstädten auf der einmal behaupteten Höhe, ohne die Tendenz, zu fallen oder zu steigen.

Die Not des letzten Kriegsjahrs 1918 hat überall kalmierend auf die menschlichen Leidenschaften gewirkt – am meisten in Wien – worauf sich (und das ist höchst merkwürdig) grade im Tiefstand des Wirtschaftslebens, 1919, die Zahl der Verfehlungen wieder hob. Wollten sich die Leute trösten?

Die Frequenz ist überall ungefähr die gleiche – Wien hat einen kleinen Vorsprung, nicht der Rede wert.

Gewiß aber ist, daß München immernoch sehr gut abschneidet – mag man die Sache nun vom Standpunkt des Fremdenverkehrs betrachten oder vom andern der Sexualethik.

Meine Herren! Angesichts meiner Tabelle werden Sie nicht mehr zu jammern wagen, wir in München hätten uns vor andern Städten, Berlin besonders, auch nur im mindesten zu schämen.

Ein Schock neue Zeitschriften

Eine Zeitlang war das Papier knapp in Deutschland. Jetzt scheint die Blase irgendeiner Zentrale geplatzt zu sein; man erblickt an allen Litfaßsäulen die Plakate neuer Zeitschriften, und die Post bringt einem täglich die Versicherung: die und jene Revue werde vom nächsten Ersten an erscheinen – zur empfindlichen Verstopfung einer Lücke.

Meist sind es politische Monats- und Wochenschriften: das vorige Geschlecht hat erwiesen, daß Talente Hungers sterben; da versucht das neue Geschlecht, von seiner Gesinnung zu leben.

In München haben wir jetzt zehn neue Zeitschriften. Eine heißt ‚Der Blitz' – wohl nach ihrem flüchtigen Erscheinen; die andre ‚Janus' – weil der Abonnentenkreis zwei Gesichter hat; sie gehört zu den erfolgreichern; die dritte ‚Helios' – erscheint am Morgen und wird am Abend untergehen; die vierte ‚Agora' – nach dem bekannten größten Gemeinplatz Athens; ‚Das Rätsel' geht seiner Auflösung entgegen; ‚Das wilde Roß' – wer denkt daran, es zu halten? – ‚Die Zirbeldrüse' – ein winziges Organ, von dem niemand recht weiß, wozu es eigentlich da ist; ‚Der Vollmond' – weil das Format von Woche zu Woche abnimmt; ‚Der Vulkan' ist zum Speien; endlich ‚Der Komet' – – doch nein, er hat den Schweif schon eingezogen und zeigt sich nicht mehr.

Es ist nicht nötig, all die Sachen zu bestellen – Ew. Hochwohlgeboren müssen nur im Verzeichnis der

Fernsprechteilnehmer stehen, um wöchentlich mit den Leidenschaften von zehn Herausgebern überspritzt, mit der Keilschrift von zehn Illustratoren gezüchtigt zu werden. Da nämlich jede der Zeitschriften eine ‚garantierte Auflage von 10000 Exemplaren' hat, München aber nur die gleiche Anzahl von lesenden Einwohnern, so ist klar, daß jede Zeitschrift denselben 10000 Leuten regelmäßig zugehen muß – und ihre Adressen eben stehen im Telephonverzeichnis.

Neben den politischen gibt es immernoch auch kulturelle Zeitschriften. Den ‚Erdgeist' habe ich eigenhändig abonniert, was in den beteiligten Kreisen einiges Aufsehen erregte und große Hoffnungen wachrief für die Zukunft des neuen Unternehmens. In Nummer 1 schon fesselt mich ein Essay ‚Hochzeitsgebräuche im östlichen Grönland,' der zum Ergreifendsten gehört, was aus deutscher Feder je geflossen ist. Leider bricht der Artikel grade an spannendster Stelle ab, um erst im nächsten Heft weiterzulaufen. Ich werde einen vollen Monat warten müssen, um endlich zu erfahren: wie sich die Eskimobraut ‚hingegen in Upernivik' benimmt, ‚falls ihr geschiedener Gemahl kein Weiberboot besitzt.' Einen Monat wird mich peinigende Wißbegier verfolgen: schüttet die Braut das Tranbecken aus – oder trinkt sie es leer? In Upernivik? Die von Ritenbenk hat es (unter interessanten Beschwörungen) ausgeschüttet. – Die Herausgeber sollten einige Rücksicht nehmen auf die Nerven ihres Lesers.

Ich habe den Revuekommandeuren Münchens einen gewiß beherzigenswerten Vorschlag unterbreitet:

„Wozu," sagte ich, „all das Zeug erst drucken lassen? Wozu die hohen Auslagen für Satz und Papier? Laßt doch die Manuskripte selbst bei den Abonnenten zirkulieren! Damit ließe sich dann eine nette Manuskriptausstellung verbinden – bei Schönwetter im Freien und an Regentagen unter Dach."

Leider will man nicht auf mich hören – die Menschen sind so starrköpfig, die Idee noch zu neu.

Glückliches Deutschland! Nicht genug, daß jeder Bauer sein Huhn im Topf hat – nein: es entbehrt auch kein Jüngling seines eignen Vogels – und, um ihn auszudrücken, hat er seine Privatzeitschrift; wo er sagen darf, ungehemmt von banausischen Redakteuren, wie es dem Reichspräsidenten ums Herz zu sein hat und wie sich diese herrliche Welt verbessern und wieder verbessern ließe – durch einen gewaltigen Ruck nach links oder nach dem jetzt noch beliebtern Rechts.

Sooft mir eine neue Wochenschrift begegnet, muß ich meines Freundes Keller gedenken. Er, er ist der klügste Herausgeber gewesen, der tüchtigste und glücklichste. Er gründete das ‚Österreichische Marineblatt,‘ erster Jahrgang 1897.

Drei Jahre später begegnete ich ihm wieder. Ich äußerte Beileid; ich hätte in all der Zeit die Marinehefte mit keinem Auge gesehen – das Unternehmen müsse wohl gestrandet sein?

„Im Gegenteil,“ rief Keller, „ich blühe und gedeihe. Sofort auf meinen Prospekt hin haben sämtliche Erzherzoge das Marineblatt abonniert, der Erzbischof von Wien, die Hofbibliothek fünf Exemplare, die Statthalter der Provinzen, die Ministerien. Alle, alle zahlen pünktlich 36 Kronen im Jahr. Und niemand hat noch bemerkt, daß das Marineblatt überhaupt nicht erscheint. – Gestrandet?? Ich rechne auf ein sorgenloses Alter.“

Kleine Nachrichten

Abermals Mißhelligkeiten in der Münchener Künstlerschaft! Der Maler Oppenheimer-Mopp hatte bisher als Gründer und einziges Mitglied der Prager Gemeinschaft angehört. Infolge von Zerwürfnissen mit sich selbst ist er aus der Prager Gemeinschaft ausgetreten und schließt sich der neuen Künstlergruppe ‚Hakenkreuz, an, wiederum als einziger.

Theo von Brockhusen hat sein Verfahren der Van-Gogh-Plagiierung zum Musterschutz angemeldet. Brockhusen droht nun gegen jeden auf das Strengste einzuschreiten, der ihm künftig das Vorrecht auf Van Gogh streitig macht.

Unangenehmes Erstaunen erregte das jüngste Auftreten des Fräuleins Tiedemann im Schauspielhaus. Seit Monaten ein geschätztes Mitglied des Ensembles, hatte sie zu Klagen keine Ursache geboten. Umso peinlicher mußte es die beteiligte Direktion berühren, als sich Fräulein Tiedemann ohne den geringsten äußern Anlaß plötzlich als Talent entpuppte. Es sind bereits Unterhandlungen im Gang, um die widerspenstige Künstlerin für eine Berliner Bühne freizugeben.

In der Wittelsbacher Kellerei hat sich eine österreichisch-ungarische Partei gebildet, bestehend aus dem Hofrat a. D. Franz Pohlavka Edlem von Siegesdurst, dem Rentmeister Huber und Baron Simmen. Die drei Herren pflegen jeden Mittwoch von ½9 bis 10 Uhr die k. und k. Monarchie zu beweinen. Da Herr Hofrat Pohlavka oft verhindert ist, wird ein vierter Teilnehmer gesucht.

Der Verein der Münchener Theaterprojektanten hielt im Saal des Kindlkellers, einem der größten Europas, seine ordentliche Generalversammlung. Den Vorsitz hatte, wie immer, Dr. Karlsruher. Nach einer kurzen Begrüßung der Anwesenden, worin er der Versammlung die Bestrebungen des Vereins warm ans Herz legte, erteilte der Vorsitzende das Wort dem Vereinsschatzmeister. Das vergangene Kalenderjahr war eines der glänzendsten seit der Gründung des Vereins (1603). Nicht weniger als 129 neue Theaterprojekte waren seit dem Winter aufgetaucht, und jedes hatte durchschnittlich 5,3 Interessenten gefunden. 129 mal 5,3 beträgt denn auch die Zahl der neuaufgenommenen Mitglieder. (Beifall.) Das Vereinsvermögen ist auf 7 *M* 60 *₰* angeschwollen, wovon die Hälfte zur Stillung der dringendsten Not an ältere, verdienstvolle Theaterprojektanten verteilt werden soll, während der Rest auf neue Rechnung gutgeschrieben wird. An Stelle des ausscheidenden Vorsitzenden tritt der durch Zuruf gewählte neue Präsident August Weigert.

Zwischen der Luftschiffgesellschaft m. b. H. in Friedrichshafen und Direktor Reinhardt-Salzburg ist endlich das geplante Übereinkommen zustande gekommen. Darnach erbaut die Luftschiffgesellschaft fünfzig Hallen in den größten Städten Deutschlands und versieht sie mit Zeppelinkreuzern. Sobald einer davon scheitert, bezieht unverzüglich Reinhardt die Halle und führt mit seinen Leuten den ‚Danton‘ auf. Scheitert wieder das Gastspiel, tritt ein neuer Zeppelin an seine Stelle. Man hofft, durch diese Kombination der beiden so groß angelegten und so waghalsigen Unternehmungen die gemeinsamen Riesenhallen aufs Intensivste ausnutzen zu können und dem Publikum ein stets wechselndes Repertoire zu bieten.

Eine ärgerliche Überraschung hat der zweite

Vorsitzende des Männervereins zur Bekämpfung der Unsittlichkeit erlebt, als er am letzten Mittwoch die Redoute im Matthäserbräu besuchte. Er wurde vom ersten Vorsitzenden erkannt.

‚Glaube und Heimat,‘ dies kernige Stück Schönherrs, hat die deutsche Bühne wiederum der Alpendichtung erobert. Allein die Darstellung konnte der wuchtigen Tragödie niemals gerecht werden. Dem deutschen Schauspieler fehlt leider nun einmal das charakteristische Organ des vollkommenen Tirolers: der Kropf – ein Mangel, der alle Freunde echter Volkskunst mit Schmerz erfüllen mußte. Doch die Technik der Neuzeit ist nicht untätig geblieben. Schon sind zwei bewährte Konstrukteure, Gustav Meyrink und Roda Roda, der Natur zu Hilfe gekommen durch Erfindung eines künstlichen, umschnallbaren Lederkropfes für Theaterzwecke, *DRP.* Nr. 31069. Der ehrgeizige Bühnenleiter wird hinfort in der Lage sein, die Gestalten unsres Schönherr naturgetreu auszustatten. Die Erfinder liefern den patentierten Schmuck des Älplers, um auch den verwöhntesten Ansprüchen zu genügen, in mannigfacher Gestalt – vom rosigen, kaum merkbaren Blähhälschen an (Marke ‚Ischler Deandl‘ – für Alpenbälle) bis zum sonnverbrannten, sackartigen, doppelseitigen, voll ausgewachsenen Albatroskropf (Marke ‚Souvenir de Hallstadt,). Ein Kropfabonnement, das die Fabrikanten zur Lieferung stets wachsender Nummern verpflichtet, erlaubt auch dem Minderbemittelten – wofern er nur für Volkstum und Almenleben schwärmt – die Anschaffung der unentbehrlichen Zierde. Das Tragen des künstlichen Kropfes stört den Denkprozeß nicht im mindesten. Der Meyrink-Rodasche Kropf hat sich denn auch besonders in der benachbarten Donaurepublik rasch eingebürgert und besonders in der grünen Steiermark, im treuen Tiroler Landel zahlreiche Verehrer gefunden. Den

Vertrieb für Österreich besorgt Herr Siegfried Geyer in Wien,
I.

Lostag der Nation

Das war ein paar Jahre vor dem Krieg – ich ging eines Nachmittags nach dem Café Stefanie. Wir pflegten da Schach zu spielen: ein paar Maler, ein paar Dichter.

Nach der dritten Partie sagte ich so obenhin:

„Was war denn das heut für 'n Menschenauflauf...? Da in Schwabing?"

Weisgerber eine halbe Stunde später:

„Wo?"

Ich: „Vor der Schule... An die dreißig Menschen."

Einer plötzlich erleuchtet:

„Eben fällt mir ein – ich glaube, heut ist Reichstagswahl."

Nach der siebenten Partie entspinnt sich eine Debatte: wer denn wohl Abgeordneter von Schwabing wäre?

Niemand weiß es.

Wir rufen den Kaffeewirt zu Hilfe. Er sagt: Abgeordneter von Schwabing sei, wenn er nicht irre, der Schulrat Kerschensteiner.

— — — — —

Kinder, das war Schwabinger Politik.

Kinder, das waren Zeiten!

Politik

Diese folgende Betrachtung ist, wie man gleich sehen wird, eine durchaus unpolitische Betrachtung – sozusagen eine Münchener Lokalangelegenheit – noch weniger: eine Privatsache – alles in allem nämlich nichts als eine Diskussion zwischen dem Künstler und einem Berg von Fragen, an dem die Künstler gewöhnlich ratlos stehen. – Ich schreibe die Betrachtung nieder in der Gewißheit, wieder einmal ernstlich das Beste gewollt zu haben und nur Gelächter zu ernten – törichtes, mißverstehendes Gelächter.

1.

In meinem Atlas finde ich eine Karte: ‚Schwefelproduktion der Erde.‘ Die Orte, wo Schwefel gedeiht, sind da durch gelbe und gelbere Klunker ausgezeichnet. Es leuchten Sizilien hervor, Hawai und Berlin.

Eine andre Karte: ‚Verbreitung der Raubtiere.‘ Ceylon erscheint dunkelblau, fast schwarz; das übrige Indien ultramarin; Stellingen ist ein kaum sichtbares Pünktchen. – Oberbayern nicht einmal berücksichtigt – wiewohl es das einzige Land der Erde ist, wo Löwen noch wirklich wild gedeihen. – Ja, die Herren Gelehrten!

Drittes Blatt: ‚Graphische Statistik der Liebe.‘ Hauptorte: Odessa[B], Schanghai, Buenos Aires; Sterne zweiter Größe:

Hamburg, Budapest; endlich an dreiundzwanzigster Stelle: Paderborn, Hammerfest, Quebeck, München.

Wo bleibt eine graphische Statistik der Künstler? Wenns eine gäbe, müßten Paris und München darauf obenan stehen. In und um München wohnen die meisten, die besten deutschen Dichter, Bildner, Musiker. Ich erwähne nur Richard Strauß (in Partenkirchen), Slezak (am Tegernsee) – in München selbst: Samberger und Paul Klee (von denen der letzte, als Meister der Geige, ebensogut bei den Musikern erwähnt werden konnte). – Die Münchener Dichter zu nennen, fange ich nicht nocheinmal an. Es gibt ihrer 133 mit Ewigkeitswert und 79 ephemere; Roda Roda zum Exempel wird bald dahin, bald dorthin gerechnet – meistens dahin.

Genug: was die Kunst angeht, geht München an.

[B] In Odessa: auf den Kopf der Bevölkerung je 0,5 Spezialarzt.

2.

Ich verspinne mich manchmal in folgende irrationale hypothetische Periode:

Angenommen, die Künstler wären bei Besinnung; wie hätten sie zur Politik zu stehen?

Garnicht? Die Politik ist doch das größte Zeitproblem. Politik ist die Kunst, die Energie von Gruppen in Geltung umzusetzen. Die Gruppen können Völker, ja Völkervereine sein (z. B. die Entente, bestehend aus Frankreich; oder die Mittelmächte, bestehend aus der Deutschnationalen Volkspartei. – Ein Beispiel kleinerer Politik: unser

Kerschensteiner, Oberstudienrat, der jahrelang den Stadtbezirk München I im Reichstag vertrat.)

Sollen sich die Künstler von der Politik ausschließen? Können sie's? Unsinn. Freuen sie sich denn nicht und leiden sie nicht mit ihrem Volk?

Es gibt nationale und anationale Künste, gewiß: Musik, Malerei, Tanz auf der einen, die Dichtkunst auf der andern Seite. Trotzdem ist das Glück jeder, jawohl, jeder Kunst an das Gedeihen der Nation gebunden: Wagner sagt den Deutschen mehr als den Franzosen; Verdi am meisten den Italienern.

Homer, Shakespeare und Johannes V. Jensen sind Gegenbeispiele. Sie gehören der ganzen Welt, gewiß. Wird aber Georg Queri den Madagassen je etwas bedeuten? So geschickt er die oberbayerischen Dialekte handhabt?

Es läßt sich eine Regel formulieren, die allerhand Ausnahmen erlaubt:

‚Der Künstler lebt und stirbt mit seiner Nation.'

3.

Wer sich nie mit Astronomie befaßt hat; wer nicht die eignen Schicksale immerfort, Sekunde um Sekunde, an der Ausdehnung der Milchstraße mißt, ist bewußtlos.

Wer sich um Politik nicht kümmert, ist ein Esel – selbst wenn er Esotheriker wäre.

4.

In Fragen der europäischen, der Weltpolitik muß der

Künstler mit seiner Nation gehen. Er kann, wenn er das Volk auf falschen Wegen sieht, warnen, protestieren. Im allgemeinen hat er mitzuhalten.

Da die deutsche Nation ihre äußern Geschäfte heut noch nicht selber führt; vielmehr nur Ein Recht hat: zu jammern, wenns wieder einmal schief gegangen ist: so wird sich der Künstler, was die äußere Politik betrifft, auf inbrünstigen Mitjammer zu beschränken haben. Hardens Zukunft erscheint wöchentlich; Preis 2 *M* 50; im Abonnement billiger.

5.

Neues Kapitel: Innere, kleine Politik.

Hier fragt sich, ob der Künstler sich mehr als Mensch, Glied des Ganzen, als Staatsbürger fühlt – oder die egoistische Politik seines Standes, des Künstlerstandes machen will.

Es ist Geschmacksache. Ich bin Ausländer und in deutschen Dingen mitzureden nicht befugt; und auch ferner, wiewohl ich nicht das mindeste davon verstehe, willens, am Grundsatz der Nichteinmischung eisern festzuhalten.

Doch die wahlberechtigten, steuerzahlenden, die altsässigen Künstler? Sie müßten, meine ich, Standespolitik treiben, ob auch mancher und manche sagt: Ich fühle mich als Mensch. (Ich nenne keine Namen; sie sind ohnehin allgemein bekannt.)

Welche Politik nun hat der Künstler zu machen (machen zu helfen), wenn er zuerst seine eignen Interessen (nicht zuerst die der Volksgenossen) fördern will?

Kunst ist Luxus. Die Künstler sind Drohnen der Gesellschaft. Wie überflüssig wir alle sind, von Thomas und Heinrich Mann an bis zu Frau Fourths-Mahler – es ließe sich sofort erweisen, wenn uns plötzlich beifiele, ein Jahr lang zu streiken; alle Welt würde befreit aufatmen – vor allem die Verleger und Theater. Doch den Gefallen tun wir ihnen nicht. Ich nicht.

Kunst ist Luxus. In Zeiten wirtschaftlichen Niedergangs wird sie zuerst getroffen – was wir seit etlichen Jahren auf das empfindlichste spüren.

Die Kunst findet Förderung nur in einem reichen Staat. Je größer rings der Wohlstand, desto leichter hat es die Zufälligkeitserscheinung des Genies, sich durchzusetzen. Und die Erhöhung des Lebensstandards gelingt am ehesten im reglementierten Staat, wo wenig veruntreut, viel gespart und weitblickend regiert wird. Heimat der Kunst wird nicht etwa ein Zukunftsland sein, dessen einzelne Bürger ziemlich gleichmäßig und daher mittelmäßig mit Gütern gesegnet sind; nein, jenes andre Gemeinwesen mit unausgeglichenen Vermögensdissonanzen, wo über der großen, schuftenden Masse eine dicke Bourgeoisie steht und der exzessive Reichtum einzelner Prominenter. Demnach: nicht die Partei des Kleingewerbes hat der Künstler zu nehmen oder gar die des vierten, fünften, sechsten Standes; nein, die des Kapitalismus – bei uns: freisinnige, manchmal sogar mild konservative Politik.

Inter arma silent Musae. (Übersetzung für malende, der lateinischen Sprache also unkundige Leute: ‚Zwischen Waffen schweigen Musen.‘) Kunst gedeiht im Frieden, in ruhigem, behäbigem Wohlstand. – Krieg, Kriegsgefahr, Wirren und Wahlen – Erhitzungen der Volksseele – machen das Thermometer des Kassenrapportes sinken. Die Kunst läßt erhitzte Bürger kalt.

Ein milder Absolutismus, eine mit demokratischem Fett
geölte, geräuschlose Staatsmaschine dient der Kunst am
besten. Der Protz als Mäzen, Bürger und Edelmann als
Genießer, der Arbeiter als halb zufriedener Räsoneur –
diesen Zustand müssen wir erstreben.

Republik oder Monarchie? Ist völlig gleichgültig. Es gibt
sone und solche Monarchien: England und Afghanistan;
sone und solche Republiken: die Schweiz und Haiti.

Ein Künstler, der zur Revolution aufruft, ist blitzdumm;
ist vielleicht ein Fanatiker mit herrlichen Instinkten;
Politiker ist er nicht.

Eine Hand wäscht die andre: der weise Autokrat (als
welcher Louis Quatorze oder Clemenceau heißen kann,
Hohenzollern oder Schulze) – der weise Autokrat wird die
Kunst nach Möglichkeit fördern, wird gern sehen, daß seine
Untertanen Geld verdienen, Bilder kaufen, für Rilke und
Arthur Schnitzler schwärmen, Bibliophilitiker werden und
sich Ex libris zeichnen lassen von Willi Geiger, Hubert Wilm
und George Grosz. – Robespierre, Marat und Bakunin
hingegen hatten keine Ex libris.

Die Kunst umspannt freilich alle Erscheinungen des
Lebens – es gibt auch eine kriegerische, eine
Barrikadenkunst. Es gibt auch Meteoreisen. Die Industrie ist
dennoch auf Hochöfen angewiesen; die Kunst auf den
Frieden.

Es mußte endlich einmal ausgesprochen werden: Wählt
Kerschensteiner, wenns wieder einmal dazukommt!

Mich, wie gesagt, geht das alles garnichts an. Und
schließlich ist, was ich sagte, auch nicht meine Meinung.

Eine politische Rede,
die ich noch nie zu halten wagte

„Sehr geehrte Versammlung! Viele haben heute zu Ihnen gesprochen und auf den Gegenstand der Beratung ihr Licht geworfen. Sie, meine Freunde, sind eben daran, nach stundenlangem, eifrigem Zuhören einen Beschluß zu fassen. Ich fordere aber, daß Sie nicht abstimmen, ohne auch mich gehört zu haben.

Meine Herren! Entscheiden Sie zunächst, ob diese Versammlung die einzige ihrer Art ist – oder ob zur selben Stunde oder vorgestern oder übermorgen... ob überhaupt Volksversammlungen im Deutschen Reich getagt haben, tagen oder tagen werden, die sich rühmen dürfen, der eben anwesenden Menge gleichwertig an Geisteskräften zu sein. Ich glaube, Sie werden nach einiger Überlegung zugeben, daß die gegenwärtige Versammlung andern gewesenen, gleichzeitigen und zukünftigen Versammlungen in keiner Hinsicht überlegen ist.

(‚Alles, was wahr ist – da hat er recht.‘)

Wir sind also Leute von durchschnittlicher politischer Bildung. Gut, diese Erkenntnis wollen wir festhalten! – Nun sind zwei Fälle möglich:

Entweder unsre Einsicht reicht aus, in die Lenkung des Staates einzugreifen – oder sie reicht nicht aus.

Reicht sie nicht aus – dann möge niemand versuchen, uns mit öffentlichen Angelegenheiten zu befassen; uns

‚politisieren' hieße ja nur: Dummköpfen einreden, sie wären Staatsmänner. In diesem Fall bitte ich Sie vielmehr, jeglichen Beschluß zu unterlassen und still und betrübt heimzugehen.

Dürfen wir im Saal hier uns aber eines mindestens mittlern Verständnisses für die Lenkung des Staates bewußt sein – dann, meine Damen und Herren, laßt uns keine Zeit versäumen! Sie räumten mir ja ein, es gäbe tausend Versammlungen im Reich gleich uns; dann ist offenbar so viel politische Klugheit in Deutschland – so kristallne Weisheit in seiner Regierung, daß Ihr Beschluß völlig überflüssig ist...“

So weit bin ich gekommen – da wird mich vermutlich eine Stimme unterbrechen:

„Roda, das ist ein Witz!“

Ich werde antworten:

„Herr, es ist das Ernsteste, was über die deutsche Gegenwart zu sagen blieb.“

Die Schaubude auf dem Oktoberfest

„Herrreinspaziert, meine Herrschaften – 'ziert, meine Herrschaften – 'ziert meine 'schaften – 'schaften! Was die sämtlichen Weltteile, was Amerika und der Ozean wirklich Gediegenes bieten – hier wird es gezeigt und sieht man es, hier entrollt es sich dem staunenden Besucher. Hier amüsiert man sich, hier unterhält man sich, hier ist das Vergnügen zu Haus, die Wonne, Seligkeit und Unterhaltung. – Kuriositäten, Raritäten, Athleten, Magneten samt Geräten. – Der Löwenmensch, der herrliche Jüngling in scheußlicher Tiergestalt, ein kolossales Weltmonstrum von wunderbarer Schönheit. Er liest die Bibel, altes und neues Testament, er verspeist Kerzen, Nägel, Lederwaren, Eisen – frißt Thermometer, Quecksilber und Kohlen – er frißt die Bibel, altes und neues Testament; ein Mensch von wunderbarer Monstrosität, innen und außen mit blonden Haaren bewachsen, ein Liebling der Damen. – Nur zwanzig Pfennig – zwei Sechser, meine Herrschaften! – Die große Negerkarawane. Nicht ein Neger, nicht zwei Neger oder drei Neger, sondern eine unzählige Karawane, nämlich vier Neger. Wo der Äquator seinen Gürtel um die Erde spannt, da ist diesen Negern deren Heimat. Schöne Neger, graziöse Neger, die schwarze Schmach, Lieblinge der Damen. Menschenfleisch ist ihre Nahrung, Muhammed ihr Gebet. Sie sprengen Fesseln, und sie fressen Feuer. Mit wunderbarer Muskulatur sprengen sie Fesseln, mit herrlicher Muskulatur fressen sie Feuer. – Die scheußliche Brillenschlange Provoca – vom Kopf bis zum Schwanz zehn Fuß lang, vom Schwanz bis zum Kopf abermals fünfzehn Fuß, im ganzen fünfunddreißig Fuß – das giftigste Insekt der Erde. Ohne Preisaufzahlung wird sie gähnen und dem zitternden Besucher ihren Rachen zeigen – ein Liebling der Kinder. Das interessiert den Gelehrten, meine Herrschaften, interessiert den Soldaten, das ist Wissenschaft. – Die Riesendame, unsre schöne Zessa, zu Zürich in der Schweiz geboren. Schon mit sieben Jahren verlor sie ihren Vater und kam in Klostererziehung. Sie wiegt 837 Pfund. Die schwerste, die zierlichste Dame der Erde, ein Liebling der Herren. Soeben ist der Beginn der Galavorstellung, soeben wird ein Kavalier auf ihren Busen steigen. Gegen eine Extravergütung von zehn Pfennig können die Herren ihre Waden umspannen. Nur anständig, meine Herren, nur anständig! Zehn Pfennig Extravergütung – dieses ist ihr Douceur, dieses ist ihre Gage. – Die herrliche Miß Sivilla, die Dame ohne Unterleib – ein Gnadengeschenk des Himmels an die schönheitsdürstende Menschheit. Keine Spiegelung, meine Herrschaften, und keine Täuschung – Sivilla, die Dame ohne Unterleib, doch die Schöpfung hat ihr den Unterleib versagt – ein herzergreifendes Unglück. Mit tränennassen Augen wird sie Ihnen ihr Schicksal erzählen – Sivilla: von Seeräubern entführt, vom Sultan von Zanzibar gefangen, von General Lettow-Vorbeck befreit und retourniert. – Koko und Toto sind ihre Kinder – die zusammengewachsenen Zwillinge, ein launisches Spiel der Natur. – Das achte Weltwunder, Miß Leonora, die tätowierteste Dame der Welt. Diese Anmut, Künstlerschaft und Grazie! Sehen Sie die Hand, meine Herrschaften, das Korsett und Füßchen! Alles über und über in dreizehn Farben tätowiert. Ich verspreche Ihnen nicht zuviel – sie trägt auf dem Oberschenkel das wohlgelungene Porträt weiland des hochseligen Königs Leopold von Belgien. In der

Achselhöhle die Tugend, die neun Musen, das Abendgebet. Auf den Hüften Seine Majestät, den Präsidenten Ohm Krüger von Transval. Glaube, Liebe und Hoffnung. Der Beruf des Seemanns. Ich könnte Ihnen die Eleganz bis zu den Schultern zeigen – ich könnte Ihnen die Eleganz bis zu den Knien zeigen – ich zeige Ihnen die ganze Eleganz. Hier amüsiert man sich, hier ist die Bildung zu Hause, hierher führt man seine Kinder. Das ist kein Schwindel oder Humbug, sondern Amüsement und Eleganz. Sie hören die Glocke, Musik und die Klingel. Im Augenblick beginnt die große Festvorstellung: der Löwenmensch, die vier Riesenneger, die schöne Zessa, die Brillenschlange, Miß Leonora, die Dame ohne Unterleib mit ihren Söhnen – Sivilla – zu herabgesetzten Preisen. Soeben sprengt man die ersten Fesseln, soeben gähnt die Schlange – wer seine Familie liebt, ergreift die Gelegenheit. Nur für Erwachsene, ausschließlich für Männer. Heute ausnahmsweise auch für Damen; Kinder zahlen die Hälfte."

Die vierte Dimension

Seit einigen Monaten haben wir eine Hochkonjunktur der Geisterwelt. Übernatürliche Kräfte, die jahrelang ausgeruht zu haben scheinen, erwachen zu desto unheimlicherer Vitalität. Da zeigen sich Phänomene, gar überraschend und einprägsam; und Gelehrte, die dergleichen unlängst noch mit überlegenem Lächeln als Schwindel, Sinnestäuschung von sich gewiesen hätten, formen besorgte Stirnfalten zu Fragezeichen: ob wir da nicht Erscheinungen auf der Spur wären, die der beobachtenden Wissenschaft annoch entschlüpften. Offenbar ist die Wissenschaft so zerstreut gewesen, eine ungeheure Sphäre des Weltgetriebes völlig zu übersehen.

Das Gesellschaftsspiel mit der Übersinnlichkeit ist außerordentlich anregend. Es hebt das Niveau der bürgerlichen Unterhaltung und belebt sie. Dem Minderbegabten tut es wohl, der dünkelhaften Systematik mit den einfachsten Mitteln ein Schnippchen schlagen zu können: eine Weidenrute, ein Draht in der Hand eines Schusters findet Erzgänge und Wasseradern, wo alle Geologie versagte; ein Siderisches Pendel (der an einem Faden befestigte Ehering von Frau Lehmann) stellt Tiziane als echt fest – die Kunstgeschichte ging kurzsichtig daran vorbei; ein kleines Tischchen mit drei Beinen sagt Entwickelungen der Politik voraus, von der Diplomaten, selbst Gewerkschaftssekretäre noch nichts ahnen... Dann der Aufenthalt in verdunkelten Räumen, die wechselreiche Berührung mit netten Nebenmenschen: das Monopol des

Kinos ist gebrochen; ein unverstandenes Wesen von etwas Fleisch und Bein kommt auch bei der Nekromantie auf seine Rechnung. Endlich bietet es mir, dem Mann aus dem Volk, nicht geringe Genugtuung, täglich, sooft ich irgend will, einer Unterredung mit Exzellenz Goethen teilhaftig zu werden und unsern verstorbenen Vetter Siegfried drüben (nein, diese Ehre – wer hätt es je gedacht?) in stetigem Umgang mit der hochseligen Kaiserin Elisabeth zu wissen.

Von gedämpfter Musik und zärtlichen Fragen angelockt, naht der Griesgram Schopenhauer und gibt Tante Laura einen guten Tip in Frühkartoffeln; Schopenhauer war ja auch im Leben kaufmännisch sehr behend. Maria Stuart rät zu Haussespekulationen: Deutschland werde sich unbedingt erholen. Leider hat die zudringliche Neugier Karl Rößlers die dienstbereite Maria vorzeitig verscheucht: Rößler fragte sie, ob sie beim Bakk auf fünf nachzukaufen pflege.

Man kann all die Geheimnisse, die da aus den Ritzen der Wunderwelt hervorlugen, nicht ernst genug betrachten. Wenn wir von den Interessen der Metaphysik absehen: die praktisch verwendbaren Abfallprodukte der Erkenntnis schon sind verblüffend. Oder bedeutet es nichts, daß letzthin mit Hilfe der Telepathie Diamantenfelder in Oberföhring festgestellt wurden? Lichtzeichen, die von tüchtigen Medien ausgehen, sind jetzt die einzigen Phanale in der Finsternis des Wirtschaftslebens. Gestern erst hat mir eine Psychographologin (Honorar zehn Mark) Winke gegeben – aus einem Brief, ich bitte, der garnicht von mir geschrieben, nicht einmal an mich gerichtet war – Winke, die mich in eine neue Laufbahn weisen; nur muß ich vorher meine Schüchternheit und die asketische Lebensverneinung überwinden; was mir umso leichter fällt, als sich auch meine Finanzlage binnen kurzem ins grade Gegenteil verkehren wird. Ein berühmter Forscher hat nach einem einzigen Blick in meine Achselhöhle nicht nur die günstige Prognose des

Psychographenweibes bestätigt – er mahnt mich auch, gewisse Begabungskeime nicht zu vernachlässigen. In der Musik, sagt er, würde ich es zur Meisterschaft bringen; und ich Esel hatte die Musik bisher so wenig gepflegt, daß ich die große Trommel von der Klarinette nur nach Anfrage bei den Nächstbeteiligten unterscheiden kann. – Derselbe Forscher macht obgenannte Tante Laura auf ihr Talent für Barmherzigkeit aufmerksam. Barmherzigkeit verrät sich dem Kenner äußerlich durch die emporgerichteten Nasenlöcher, wie ich mir erklären ließ. Für das Tierreich scheint die Regel nicht zuzutreffen – wenigstens galt Barmherzigkeit bisher nicht für den hervorstechendsten Charakterzug der Möpse.

– – – Ich habe tief in der Zukunft gepopelt und zahlreiche Astralleiber interviewt. Wenn ich die okkulten Vorgänge der letzten Wochen zusammenfassend überschaue, muß ich allerdings sagen: daß mich die Engstirnigkeit der lieben Verstorbenen ein wenig enttäuscht. Erstaunlich, um wie kleine Dinge die Abgeklärten sich bekümmern – und selbst die Jenseitsintelligenz der Allergrößten scheint das hinieden übliche Durchschnittsmaß nicht erheblich zu übersteigen. „Die Lebenden," sagt Meyrink irgendwo, „wissen eben ihre Albernheit geschickt zu verhüllen; nach dem Tod kommt sie kristallklar hervor."

Darum übe ich gegen Geister zunächst eine – vielleicht übertriebene – Vorsicht und Zurückhaltung.

Ich habe beschlossen, meine Weltanschauung nicht gleich gänzlich aufzugeben.

Ich möchte vielmehr angesichts der verwirrenden Fülle der Vorgänge eine Weile noch im Stande rationalistischer Unschuld verharren.

Zeigt sich später, daß es ein Fortleben nach dem Tode gibt: nun, dann habe ich ja immernoch Zeit, meine Ansichten zu revidieren und mich durch Klopftöne bemerkbar zu machen.

Die Musen und die Parzen

Da es uns gelang, Margarine und Feigenkaffee durch schmackhafte Chemikalien zu ersetzen, Kunstseide durch Brennesselfasern und die alte Regierung durch eine neue Regierung – nun erschrecken wir auch nicht mehr, wenn die Feinde drohen, die Musen von der deutschen Kunst abzusperren, die deutsche Kunst von den Musen.

Apollo ist längst zum Variété gegangen; seitdem taugten die neun Frauenzimmer ohnehin nicht viel.

Wir werden Ersatz finden; ich schlage folgende neue Musen vor:

> Terpzichorie, die Muse des Chantantcafés;
> Eklio, die Muse der Malerei;
> Metropolyhymnia, die Muse der Operette;
> Pêle-Mêlepomene, die Muse der Revue;
> Taillia, die Muse des Modeballetts;
> Kallipygiope, die Muse des Orpheums;
> Plagiato, die Muse des Humors;
> Hurrania, die Muse der Kriegslyrik;
> Hinterterpe, die Muse des Kinos.

Das sind die neun.

Die Parze Atropos, die mit der Schere, ist journalistisch beschäftigt – doch es will

Lozelachesis als Muse der Zeitgeschichte fungieren.

Tanz

Das war ein unvergeßlicher Abend gestern abend, dieser Abend in den ‚Vier Jahreszeiten,‘ bei gehobenen Gefühlen und ebensolchen Eintrittspreisen.

Als sich der Vorhang mitten spaltete, erblickte man einen zweiten Vorhang, er war blau wie Rotwein.

Vorn stand ein Holzgerüstchen, zartvergoldet. Eine Harfe? Ein Schafott? Es war ein Sessel, Gotisch-Fraktur.

Weiter hinten stand die Tänzerin, mit einem verkürzten Bein. Schon nach der dritten Nummer zeigte sich, daß ihr Bein nicht wirklich verkürzt ist, sondern es war nur eine künstlerische Verkürzung, nach einer Radierung von Slevogt.

Wie hieß sie doch, die Tänzerin? Kita Rido. Nein, Rita Kido. Oder so ähnlich.

Das Klavier seufzte auf, und die Tänzerin begann zu tänzen.

Sie tänzte Spondäen, hie und da Anapäst und Amphibrachys.

Sie tänzte schwermütige Allegretti und muntre Nänien.

Dann etwas Spanisches, wobei sie durch Knacken der Schlüsselbeine die Castagnuolas zu markieren suchte. Man hörte es nicht sehr, denn Riki Tado ist gut genährt.

Vom Ägyptischen Tanz kann man nur sagen: pyramidal; das wenn der hochselige König Schöps, Erbauer der

Schöpspyramide, hätt erleben dürfen!

Was Unkundigen als Gelenkübung im Bademantel erschien, war die Versunkene Kathedrale von Debussy.

Bei ‚Großmutters Polka' waren Tari Kidos Hösinnen sehr lang, jedoch durchsichtig, mit kleinen Rüschchen oben und unten. Überdies staken niedlich gelbe Flügel an den Hüften. Ich entsinne mich nicht, Großmutter jemals in so praktischer Kleidung gesehen zu haben.

Den Totentanz von Saint Saëns machte sie z u herzig – am liebsten wollt man ihr zurufen: Geh, Dickchen, schwoof nochmal den Totentanz von Saint Saëns!

Dann war ‚Tanz ohne Musik.' Eine Glanzleistung. Tiki Rado sollt auf dieser Linie kühn weiterschreiten; auch den Tanz noch weglassen. Wenn man so gebaut ist, hat mans wirklich nicht nötig.

Endlich ein ‚Bacchanal.' Musik:

„Das ist mein Wien im Foxtrottfimmel,
    Da fühlt sich selbst der Ochs im Himmel."

Ich war im Himmel.

— — — Trotzdem muß ich sagen, daß mich die Tanzabende seit einiger Zeit eher ernüchtern.

Denn wie sehr das Erotische des modernen Tanzweibes unser gesundes Empfinden stachelt: man hat das jetzt daheim, beim Sonntagstee in der deutschen Familie viel lasterhafter. Und durch Gewöhnung stumpft sich der Reiz doch etwas ab.

B. G. Nuschitsch nacherzählt

Das Vertrauen der Öffentlichkeit

Gestern kam eine Abordnung unsres Bezirks zu mir. Ich begrüßte die Herren ungemein freundlich.

Die Herren sagten, sie kämen mit einer Bitte. Unwillkürlich hielt ich mir die Taschen zu. Doch ein Blick in die Mienen meiner Besucher hieß mich, meine taktlose Reflexbewegung einstellen. Nein – diese harmlosen Größen des Bezirks wollen mich nicht zu Wohltätlichkeiten zwingen.

Es entspann sich zwischen mir und der Abordnung ein anregendes Gespräch.

Die Herren: Das Volk wünscht, Sie als seinen Vertreter ins Parlament zu entsenden.

Ich: Entschuldigen Sie, daß ich Sie unterbreche. Ich möchte Ihre Aufmerksamkeit auf den Umstand lenken, daß auch ich mich gern als Vertreter des Volks im Parlament sähe. Der merkwürdige Zusammenklang meiner eignen Wünsche mit denen der Nation verdient gewiß Ihre Beachtung.

Die Herren: Das Volk braucht einen Vertreter, der die Rechte der Nation verteidigt und sich für ihre Interessen einsetzt – mit ganzer Seele, mit ganzem Herzen.

Ich: Daran solls nicht fehlen. Ich gelobe, mich

aufzuopfern. Man stellt mir da eine Aufgabe, die ebenso verantwortungsreich wie einträglich ist – und ich will mich gern der Mühe unterziehen, die Aufgabe zu lösen. Ich werde nicht der erste sein, der den Beruf eines Parlamentariers ergreift.

Die Herren: Das Volk wird Sie durch sein Vertrauen belohnen...

Ich: Verzeihen Sie, daß ich Sie wiederum unterbreche. Was die Belohnung betrifft, möchte ich die Last von den Schultern meiner geehrten Wähler soviel wie möglich abwälzen. Ich werde mich wegen meiner Belohnung an die Regierung wenden.

Die Herren: Wir denken hier nicht an die Taggelder...

Ich: Auch in diesem Punkt klingen wir durchaus überein. Ich denke hier ebensowenig wie Sie an die Taggelder. Taggelder sind eine Sache für sich – ich werde sie bekommen, ob ich die Sache des Volkes vertrete oder nicht. Sie wissen ja: auch ein ganz unnützes Mitglied des Parlaments – die ganze Opposition zum Beispiel – bekommt Taggelder. Ich spreche vielmehr von gewissen Nebeneinkünften, die mir die Regierung wird gewähren müssen – im Hinblick auf die Wünsche und Bedürfnisse meiner Wähler.

Die Herren: Wir verstehen Sie nicht.

Ich: Ich würde sehr bedauern, wenn sich zwischen meine Wähler und mich jetzt schon Mißverständnisse drängten. Später, wenn ich das Mandat erst in Händen habe, werden sich Mißverständnisse ohnehin nicht mehr vermeiden lassen. Ich wäre der erste Abgeordnete nicht, den seine Wähler nicht verstehen – Sie nicht die ersten Wähler, die den Kopf über Ihren Vertreter schütteln. Vorläufig aber, heute noch, müssen wir einig sein. Ich gebe Ihnen also hier feierlich mein Wort und bitte Sie, was ich sage, allen

Wählern zu bestellen: daß ich jedesmal, wenn ich Liebesgaben von der Regierung annehme, meinen Bezirk im Auge behalten werde. Sooft ich, sagen wir... – ich führe nur einen beliebigen Fall an, der mir grade in den Sinn kommt – sooft ich also von der Regierung das Recht erbitte, eine Spiritusbrennerei zu gründen, werde ich sie gewiß in meinem Wahlbezirk gründen; wenn man mir Lieferungen für die Reichswehr oder die Eisenbahn überträgt, werde ich aus meinem Bezirk liefern. Denn warum sollt ich einen Bezirk ausbeuten, der mich nicht einmal gewählt hat? Die Liebe – die Liebe zur Heimatscholle soll mich leiten für und für.

Die Herren trocknen sich die Augen.

Ich: Wischen Sie die Tränen nicht ab, Zeichen Ihrer Rührung, die mich so sehr für Sie einnimmt! Sagen Sie mir nur: weinen Sie in eignem Namen oder im Namen der ganzen Wählerschaft?

Die Herren: Wir haben uns im Lauf einer jahrelangen politischen Tätigkeit angewöhnt, immer im Namen aller Wähler zu weinen.

Ich: Dank Ihnen, meine Herren! Dieser sinnige Volksbrauch war mir nicht bekannt – ich stehe nicht an, ihn als einen der schönsten zu bezeichnen, die mir je begegnet sind. – Pflegen Sie gewöhnlich vor oder nach der Wahl zu weinen?

Die Herren: Gewöhnlich nach der Wahl.

Ich: Man muß an solchen Überlieferungen festhalten. Ich bin ein warmer Verehrer alter Sitten. Sparen Sie also die Volkstränen für jene Zeit auf, wo ich schon im Parlament sitzen werde.

Die Herren: Wir bitten Sie nun, uns Ihr Programm zu entwerfen.

Ich: Programm? Sie bringen mich ein wenig in Verlegenheit – ich habe, bei Gott, kein Programm vorbereitet. Wozu mich mit dergleichen erst plagen?

Die Herren: Das Volk ist das schon so gewohnt...

Ich: Gut, ich will die Gewohnheit ehren und mit einem Programm in der Wahlversammlung erscheinen.

Die Herren: Mit welchem?

Ich: Das kann Ihnen doch wirklich gleichgültig sein. In unserm sechzig- oder siebzigjährigen parlamentarischen Kampf haben wir ja nicht viel erreicht. Eins dennoch: die Programme der Abgeordneten sind Wort für Wort festgelegt. Man kann sagen: alle Programme sind prächtig – ohne Unterschied der Partei. Welches Programm immer ich zu dem meinen mache – Sie können zufrieden sein: es wird Hunderte von Verheißungen enthalten – für Arm und Reich. Es gibt kein Versprechen, und sei es noch so kühn, das ich dem Volk vorenthalten werde – ohne Rücksicht auf die Kosten der Erfüllung. Seien Sie überzeugt, daß mich kein lebender Parlamentarier an Versprechungen übertreffen wird, soweit unsre Zunge klingt – das gelobe ich Ihnen mit Herz und Hand – fürs Vaterland.

– In freudiger Erregung, bereichert um tausend große Hoffnungen, nahmen die Herren Abschied. Und schließlich: was wäre das Leben, wenn es keine Hoffnungen gäbe?

Einfälle

„Alle Menschen sind Brüder." – Daher der ewige Zank unter ihnen.

*

„Seit er sein Auskommen hat, ist dieser Schlieben ganz genießbar."

Ach – die Menschen alle wären Charaktere, wenn sie genug zu essen hätten.

*

Estnisches Sprichwort:

,Kött tais, mel hä.' – ,Bauch voll, Gemüt gut.'

*

Der Drang, sich künstlerisch zu betätigen – und die Begabung: zwei Eigenschaften, die zufällig mal zusammentreffen – wie etwa ein Gärtner einen Buckel haben kann.

*

Es gibt Juden, die über Juden schimpfen.

Es beflegelt Max Jungnickel das Philisterium.

*

Darf man die Weisheit der Schöpfung noch anzweifeln, wenn man erfährt, daß *Pyrethrum hybridum,* die Insektenpulverpflanze, grade in Dalmatien und Persien wild gedeiht?

*

Es genügt die kleinste Nuance komischer Betonung, ein Gedicht lächerlich zu machen.

Es genügt der kleinste Toilettefehler eines Schauspielers, eine Tragödie zu schmeißen.

Ich werde jenen Darsteller für den größten halten, dem es gelingt, den König Lear mit sichtbaren Unterhosenbändchen zu spielen und die Menge weinen zu machen.

*

Der Absolutismus, von anständigen Menschen ausgeübt, von großen, vollen Menschen, wäre durchaus erträglich. Vom Bolschewismus gilt dasselbe.

Auf die Staatsform kommt es weniger an als auf die Menschen, die sie erfüllen.

*

Was aus den zwei Schwestern Kümmerl geworden ist?

Die eine hat der Herr zu sich genommen, die andre der Herr Schmitz.

*

Ein Wiener Autor wird nicht müde, auf die Arbeit

85

hinzuweisen, die er an seinem Stil leistet.

Es gibt auch Menschen, die sich ihres gewaschenen Halses rühmen.

*

Was ist der Mensch? – Nach Aristoteles ein staatenbildendes Tier – nach Darwin ein Tier – nach Zola eine Bestie.

Dabei hat Zola meine Tante garnicht gekannt.

*

Auch wir werden bald die arabische Zeitrechnung einführen – die Jahre zählen ,von der Steuerflucht des Propheten.'

*

„Ein tüchtiges Volk – vornan in der Gesittung – in allen Künsten, besonders der Musik – mit einer tapfern Vergangenheit – und macht sich so unbeliebt bei sämtlichen Nachbarn durch sein ewiges Säbelrasseln...“

„Ach, lassen Sie doch die alten Geschichten!“

„Alte Geschichten? Ich spreche von den Tschechen.“

*

Ich dachte mir:

„Dieser junge Mann singt im Kabarett allabendlich drei unanständige Lieder – und davon lebt er. In Australien hegt man Schafe und schert sie, damit der junge Mann einen Frack bekomme. In Krefeld fabriziert man Lackleder aus holsteinischen Kalbfellen – damit dieser junge Mann...“

86

„Herr Roda," unterbrach ich mich, „nicht weiter! Oder Sie sind ein Rückschrittler."

*

Lord Stratford de Redcliffe war 1842 bis 58 englischer Botschafter in Konstantinopel. Er sagte:

„Die einzig denkbare vollkommene Lösung der orientalischen Frage ist, den Wasserstand des Mittelländischen und Schwarzen Meeres so zu erhöhen, daß die Fluten über den Rhodopebergen zusammenschlagen."

*

Leidenschaft macht wissen, Wissenschaft macht leiden.

*

Jegliches Extrem hat den Verdacht gegen sich, falsch zu sein.

Die Großen wollten stets Extreme und beschieden sich auf mittlern Linien.

*

Das Postamt wurde statt um 9 Uhr erst um 9 Uhr 05 geöffnet.

Das deutet auf eine Zersetzung des Staatskörpers.

*

Der große Dieb:

„Er war ein Mann, nehmt alles nur in allem..."

Endlich nahm er sich sogar das Leben.

87

*

Mit drei Dingen, erzählt mir der Japaner, drei Dingen in Europa könne er nicht fertig werden: dem Käse, den Wanzen und den Damen, die da lorgnettieren.

*

Sie schritt wie ein lebendes Standbild daher – etwas üppig zwar, doch majestätisch. Auf ihrer östlichen Hemisphäre blühte eine Rose.

*

Ich kam heim – da standen zwei Kinderbadewannen vor der Tür. Es waren Miß Ellinors Galoschen.

*

Alles hat sie von selbst gelernt – was sie ist, ist sie von selbst geworden.

Ein Selfmännmädchen.

*

Gar Manche, die sich mir versagt,
Die wollte später.
Jedoch zum Teufel war der Äther –
Ich hab nicht mehr nach ihr gefragt.

*

Wenn die Friseure einen Schutzgott brauchen sollten: ich schlage Zebaoth vor, den Herrn der Haarscheren.

*

Wer lang hat, läßt tief blicken.

*

Ein wahrhaft fürstliches Essen: ganz durchlaucht.

*

„Oberst a. D." „General a. D." – weltferne Gestalten.

Es gibt auch Städte a. D. – zum Beispiel: Linz.

*

Die äußersten, dem Menschen gesteckten Grenzen sind von Asiaten erreicht worden: vom Priester Buddha, vom Krieger Djingiskan. Dort: Verzicht, Schonung, Verinnerlichung, Rückwärtsschauen, Liebe – hier Genuß, Herrschen, Töten, Vorwärtsstürmen, Haß.

*

In Österreich sind Satiriker überflüssig; da macht sich die Staatsverwaltung immer selbst lächerlich.

*

„Der Sohn eines Seidenfabrikanten – Führer der Bolschewisten?"

„Gib einem Juden einen Patsch auf den Kopf, so is er ein Uhrmacher."

*

Die neuen Machthaber versuchen immerzu Methoden, deren Untauglichkeit die Verantwortlichen von gestern schon als Praktikanten begriffen haben.

Ich für meinen Teil lasse mich lieber von schlechten Professionals regieren als von übereifrigen Dilettanten.

*

Demosthenes stotterte, konnte kein R aussprechen und brachte es dennoch zum größten Redner.

Nicht weniger bewundernswert ist der Abgeordnete Wolf, der es trotz angebornem Schwachsinn zum Führer einer Partei gebracht hat.

*

Schon wieder kam eine Schneiderin mit religiösem Wahnsinn ins Irrenhaus.

Seit Menschengedenken aber passierte das noch keinem Bischof.

*

Ein zudringlicher Kerl; heut nacht erschien er mir sogar im Traum.

*

„Der Handelsgeist der Juden zeigt sich selbst in den Evangelien."

„Ja. Und durch ihre Schwermut verraten die Berliner ihre slavische Abkunft."

*

Ein Weib kann ledig, verheiratet, Witwe sein – oder geschieden.

Doch der Ausdruck ‚geschiedene Frau' scheint mir

langatmig. Ich schlage ‚Schiedwe' vor.

*

Der breite Epiker Homer hat zahllose Nachfahren. Nennen wir sie mal: Homeroiden.

*

Die Geschichtsschreiber – rückwärts gewandte Propheten...

Oft sind sie nur verdrehte Journalisten.

*

In Italien wird sie bald heißen:
‚die gefürchtete Grafschaft Tirol.'

*

Drei Tage im Jahr – vermöge einer Religion oder nur aus irdischer Klugheit – sollten einander die Menschen nicht hassen. In diesen drei Tagen würden die weisesten Dinge geschehen.

*

Das Ziegengebäude

Um das Jahr 1913 fuhr ein königlich preußischer Assessor aus Allenstein mit leichtem Gepäck nach Rom. Auf dem Rückweg wollt er sich mal München ansehen. Drei, vier Tage plante er zu bleiben. Es wurden vier Wochen daraus.

Sogar Monate: da war nämlich mittlerweile ein Onkel des Herrn Assessors gestorben, und der rührige Erbe verspürte keine Lust mehr, nicht die geringste Lust, heim ins heilige Amt zu gehen.

Ich weiß nicht, ob Sie Allenstein kennen und wie Sie darüber denken. Es hat ja dort letzthin eine Volksabstimmung darüber gegeben, ob Stadt und Kreis bei Deutschland bleiben sollten oder nicht. Wenn ich Allensteiner wäre und hätte mitzuentscheiden gehabt – ich stimmte natürlich für Deutschland – aber – bei aller Vaterlandsliebe – nur unter der Bedingung: daß sich das Reich endlich des vernachlässigten Ortes ein wenig annehme. So, wie es zur Zeit dort aussieht, ist es nämlich kein Leben, am allerwenigsten ein Nachtleben. Ha, es ist die Wüste.

Also empfand Assessor Gehricke schon im Jahr 1913 und zog München vor – in zufriedenem Hinblick auf seine durch den Erbfall begründete wirtschaftliche Unabhängigkeit.

Er wurde da unter dem Namen ‚Ziegengebäude' bald volkstümlich.

Der anscheinend sinnlose Beiname erklärt sich aus der Gewohnheit Gehrickes, unter gewissen Umständen, jedoch nie vor zwei Uhr morgens, Menschen, die ihm begegneten, als ‚verehrliche Ziegengebäude' anzureden.

Ziegengebäude nahm also Abschied von Staat, Regierung und Regierungsdienst und lebte fortan als Privatmann in München. Lebte da viele, viele Jahre.

Es kann keine Rede davon sein, daß er es ruhig tat. Nein. Er lebte unter beständigen Gewissensbissen, in heißen Kämpfen mit einem bessern Ich, das immerfort in seinem Innern brütete, an die harte Schale pickte, ohne sie jemals sprengen zu können.

Wie folgt spielte sich des Ziegengebäudes Dasein ab:

Abends um acht erhob er sich vom Lager und fragte nach dem gebotenen Häring. Der Häring stand, sauber geputzt, von der sorglichen Wirtin garniert, auf dem Tisch bereit.

Ziegengebäude verzehrte ihn und sprach:

„Frau Rummel, diesmal – ich schwöre Ihnen – diesmal solls das allerallerletztemal gewesen sein. Ich habe beschlossen und werde es halten: ich bin solid. Mit zwanzig Mark in der Tasche – das ist doch nicht zuviel? – gehe ich vom Hause weg, werde abendessen – und in längstens zwei Stunden bin ich wieder da."

„Wanns nur wahr is, Herr Zie... naa, Herr von Gehricke!" entgegnete bekümmert die Wirtin.

„No, nacher schaun S' mir halt zu!" antwortete Gehricke – (seine Sprache hatte, wie man bemerken kann, durch langjährige Übung schon Lokalkolorit angenommen.) „Überzeugen S' Ihnen selber!" – Gehricke steckte ostentativ zwanzig Mark ein.

Und ging. In seine Stammbude ,Zum Pfälzer.'

Als er den Pfälzer gestärkt verließ – da wandelte ihn eine ganz, ganz kleine Schwäche an. Um ihrer Herr zu werden, würde es, meinte er, genügen, in der Torggelstube ein einziges Gläschen Cognac zu nehmen. – Er hat kein Geld? Nun, die Marie in der Torggelstube kennt ihn.

Und schon betrat er – leider – die Torggelstube. Er wandte sich an Marie mit den Worten:

„Ich komme vom Pfälzer."

Über die tiefere Bedeutung dieser Einleitung soll später abgehandelt werden.

Die Nächte in München sind sehr windig –. der Wind bringt die besten Vorsätze ins Schwanken; daher der Stadtname München: vom altgriechischen *mynomai* = vorschützen, zaudern. – Die Rauhheit des Klimas wieder erklärt den gesteigerten Schnapskonsum.

Und als Gehricke gegen elf – nun schon ausgeglichenern Gemüts – das Lokal wechselte, lautete sein Gruß in der Odeonbar:

„Ich komme aus der Torggelstube."

Um eins huschte Gehricke ins Tabarin:

„Ich komme aus der Odeonbar" – während er um zwei den Ober bei Benz anschrie:

„Verehrliches Ziegengebäude! Ich komme von Kathi Kobus."

– – – – – Um sechs am Morgen – vom ,Club der Zukunft' (der in den Privaträumen der Kinodiva Hoheisl wirkt), nahm Gehricke ein Auto und schärfte dem Automedon ein, gegen Abend den Fuhrlohn abzuholen...

„I woaß scho, Herr Assessor," versicherte der Wackere.

Er kannte ja seinen Kunden.

— — — Gegen Abend, wie es ihm befohlen war, fuhr Automedon beim Ziegengebäude vor, Schwabing, Seestraße 18 – und Gehricke stieg ein zum schwersten Werk des Tages, dem ‚Rückwärtskruch.' Als welcher sich folgendermaßen abzuspielen pflegt...

Gehricke fragt den Wagenlenker:

„Woher bin ich gekommen?"

„Von der Fräuln Hoheisl, Herr Assessor."

Der Motor knattert, die flinken Räder schnurren.

Bei Fräulein Hoheisl zahlt Ziegengebäude seine Zeche und fragt:

„Woher bin ich gekommen?"

„Aus dem Bühnenclub."

So muß Gehricke, von Prinzipien gepeitscht, von Haarweh gequält, alle Stationen seines gestrigen Kreuzwegs zurückschreiten – alle Stationen, nicht eine bleibt ihm erspart; muß überall seine Schulden bezahlen...

— — — bis er nach langlanger Wanderung von Maries süßen Lippen das erlösende Wort vernimmt:

„Sie sind vom Pfälzer gekommen, Herr Assessor!"

Nun weiß er, daß der Rückwärtskruch vollendet ist; denn im Pfälzer hat er regelrecht bezahlt.

— — — „Ach," seufzt Gehricke so manchesmal, „wie lange werde ich die Strapazen dieses Daseins noch ertragen können?"

Und seine Sehnsucht ist öfter, als man glaubt, im stillen Allenstein, wo die Entfernungen kürzer, die Spirituosen wohlfeiler, die Versuchungen kleiner – gradezu negativ sind.

Schach

In einem Stimmungsbild aus München, das die Augsburger Abendzeitung unlängst abdruckte, wurde ich als Schachmeister gefeiert. Nach langen, enttäuschenden Jahren habe ich also doch noch erlebt, jene Anerkennung zu finden, die ich mir so oft erträumte: Anerkennung meiner Verdienste auf den vierundsechzig Feldern der Ehre.

Schach ist ein königliches Spiel, eigentlich nichts für meinesgleichen. Doch grade die hocharistokratische Atmosphäre des Schachs atme ich so gern – der arme Hund freut sich, wenigstens hier auf dem Brett Schiebungen vornehmen zu dürfen mit Bischöfen, Damen und Königen, die ja unserm Einfluß sonst entzogen sind.

Ein königliches, ein edles Spiel. Wers nicht nobel und edel treibt, lieber weit weg vom Handwerk bleibt.

Ich spiele Schach mit dem Major v. Vestenhof. Der Herr Major hat zahlreiche Feldzüge mitgemacht – gegen Preußen, gegen Piemont und Montenegro – und ich kann nur sagen: er ist ein unerschrockener Gegner. Seit Jahren kreuzen wir fast täglich unsre Bauern im Café Stefanie; ich habe den Major in Kriegslagen gesehen, wo jedem andern die Haare zu Berg gestanden wären. Vestenhof hat seine Kaltblütigkeit nicht verloren; kein Wimperzucken, kein fahler Schein im Aug des greisen Kriegers verriet Furcht.

Wir eröffnen gewöhnlich mit

e2 – e4;

der Gegner antwortet:

e7 – e5.

Bis hierher ist die Partie von uns theoretisch völlig durchgearbeitet.

Darauf folgt das Pensionistengambit der ältern Gebührenklasse. Der siebente Zug ist ein Rösselsprung, zugleich Angriff auf die weiße Dame. Nun sind zwei Fälle möglich: entweder Weiß bemerkt, daß seine Dame eingestellt ist und rettet sie – das ist dann die Feldmochinger Variante; oder Weiß bemerkt den Angriff nicht, die Dame wird genommen: Partie Seiner Exzellenz, des k. u. k. Feldzeugmeisters *ad honores* Stieglitz v. Donnerschwert.

Auf diesen Zug hat der verstorbene Gendarmeriewachtmeister Göttlicher eine prachtvolle Erwiderung gefunden.

Herr v. Vestenhof verwirft Göttlichers Erwiderung und zieht den weißen Läufer in rasantem Bogen von *a2* nach *h8.* Dies *h8* ist ein schwarzes Feld. Dadurch bekommt mein Gegner plötzlich zwei schwarze Läufer und ist in triumphierender Übermacht. (Man findet das interessante Endspiel veröffentlicht in der Schachecke der Allgemeinen Fleischerzeitung, Nr. 52, mit der Unterschrift: Weiß zieht und setzt in drei Minuten matt.)

Wie sichs für Meister schickt, spielen wir *pièce touchée* – das heißt: alle Figuren werden angerührt, ehe wir eine ziehen. Ist aber der Zug geschehen und dem Gegner unangenehm, dann leuchtet unsre Ritterlichkeit im schönsten Glanz auf: auf Verlangen auch nur einer Partei, selbst eines Kibitzes wird der Zug zurückgenommen.

Ja, die Kibitze! Sie scharen sich in dichten Reihen um uns und stören uns mit ihren Ratschlägen. Wir folgen ihnen aus Höflichkeit. Allen können wirs doch nicht recht machen.

Gustav Meyrink in seiner unausstehlich höhnischen Art vergleicht unsern Kampf mit einem Duell, bei dem man mit den Pulsadern pariert.

Ja, die Kibitze! Meist sind es Maler. Sie spitzen ihre Stifte, um unsre Gesichter zu studieren – und, bei Gott, sie kommen auf ihre Rechnung.

Das Schach ist eine harmlose Lustbarkeit, wenn der Spieler die fünf, sechs, zehn, zwölf nächsten Züge des Gegners vorherweiß. Es ist, als hätte der Reichskanzler gesagt: „Wir leben im tiefsten Frieden, der stetige Gang der Politik ist auf Jahre hinaus gesichert." Da bleibt die Börse flau.

Auf unserm Schachbrett aber? Ist ewige Pein. Wir tanzen auf einem Vulkan, mit einem Fuß im Grab, und über uns an einem unsichtbaren Faden hängt das Schwert des Damokles. Rechts, links, hüben, drüben ahnt der Partner unermeßliche Gefahren. Der leiseste Zug kann den Tod bringen. Mir oder dir?

Das ists, was unsre Partie so scheußlich spannend macht. Wir spielen Hazard – um die Ehre. Und die Kibitze studieren in unsern Gesichtern die Ausdrücke von Angst und Grauen.

Seit dreizehn Jahren gibt sich der Herr Major den fürchterlichen Erschütterungen des Glückspiels hin. Seine Hirnrinde ist ihm vor der Zeit ergraut. Ich aber sitze mit vibrierenden Nerven da, wenn mein Gegner wieder einmal die lauernde Frage tut: „Wer ist am Zug?" Und er antwortet sich regelmäßig selbst: ein kleines Rücken von zwei, drei Figuren – zunächst zu Versuchszwecken – dann ein Basiliskenblick – knurrige Flüche, die mich um alle Fassung bringen – endlich ein riesiger Sprung des Rössels über drei oder vier Felder – und mein Schicksal ist besiegelt.

Und stände mein Gegner allein da mit dem entthronten

König gegen meine lückenlose Phalanx – nie gibt er die Partie auf, nie die Hoffnung. Er glaubt an ein Wunder; oft genug ist es gekommen.

Einen so zähen Kämpen zu besiegen, ist nicht leicht. Die meisten Partien enden damit, daß der Herr Major sich weigert, aus dem Schach zu ziehen. Meyrink nennt das: ewiges Schach. So hat der tapfere Vestenhof schon manche verzweifelte Situation gerettet.

Der Münchener Zoo – aufgelöst?

Was wird mit den Tieren geschehen?

Ich traf unlängst auf einer Reise nach Nymphenburg Meister Birkigt, den Musiker; er erzählte mir von ‚allerhand dummen Gerüchten, die jetzt in München umgingen:' unser Zoo solle aufgelöst werden. Kein Wort sei wahr.

Nun ist die Sache so, daß Meister Birkigt ein froher, kräftiger Mann ist mit guter Verdauung, daher Optimist – er nennt Gerüchte, die da umlaufen, dumm und glaubt sie nicht. Ich aber als Dyspeptiker habe die Erfahrung gemacht, daß Gerüchte vielleicht manchmal der Wirklichkeit vorauseilen, aber schließlich dennoch irgendwie eintreffen. Es sei nur an König Gustav von Schweden erinnert: er wurde 1908 in München totgesagt; und zu Weihnachten 1909 starb – zwar nicht er – doch Leopold der Zweite von Belgien. Garso inhaltlos pflegen also Gerüchte, wie man sieht, nicht zu sein.

Schade, wirklich schade um unsern Zoologischen Garten. Ich habe ihn fast täglich, mit Inbrunst besucht, und noch heut in der Ferne, am Rand von Schwabing, denke ich gern an ihn. Ich bin auch Mitglied gewesen der ‚Gesellschaft zur Erhaltung des Tierparks,' zwei Mark jährlich – und ohne Aufhebens damit machen zu wollen – (nachträglich wird mans wohl sagen dürfen): jenes vielbewunderte

Exemplar einer seltenen Dackelart mit Spitzohren und einem schon von Natur ausgerissenen Schweif – dieses Exemplar also habe ich gestiftet.

Was wahr ist, wird man wohl sagen dürfen: der Zoo war nicht ganz richtig angelegt. Es ist ein alter Münchener Mißbrauch, daß in alles die Künstler dreinreden dürfen. In diesem Fall hätte man die Tierbändiger befragen sollen.

Ja, ich sage es unumwunden, auf die Gefahr hin, in München lautesten Widerspruch zu erregen: in öffentlichen Angelegenheiten, auch solchen, die nichts mit der Kunst zu schaffen haben, auf die Künstler zu hören, ist abgeschmackt. Was kommt dabei heraus? Die Künstler sind ja nicht einmal imstande, Fragen ihres eignen Fachs richtig zu beantworten. Wenn wir einem scheußlichen Gemälde begegnen – wer hats hingeschmiert? Der Galeriebeamte etwa? Nein, ein Maler. Von wem rühren die mißlungenen Denkmäler und Brunnen her? Von Gemeinderäten? Nein, von Bildhauern. Und sämtliche Häuser, die im Lauf der letzten zehn Jahre einstürzten, waren, eine Privatstatistik hat es erwiesen, von Architekten errichtet worden. Also nur keine falsche Empfindlichkeit, ihr Herren Künstler! – Sehen sich aber Maler und Bildhauer zusammen, um Standeskontroversen auszutragen – ah: dann fehlt der Tierbändiger sehr.

Doch zurück zum Zoo! Ist das (von den Künstlern gestellte) Problem überhaupt lösbar: Tiere stets in ihrer natürlichen Umgebung zu zeigen? Der Räucherlachs lebt im Ozean, die Ratte in der Großstadt, die Gemse wieder auf den Gletschern, wo sie sich mit ihren Hörnern spärliches Moos aus den Spalten kratzt. Das Gebäude möchte ich sehen, wo sich alle Bedingungen für Ratte, Räucherlachs und Gemse vereinigen!

Da der Magistrat nun einmal die Unvorsichtigkeit

begangen hatte, die Künstler zu befassen, haben sie, naturwissenschaftlich gebildet, wie sie nicht sind, bei einem Tierpark sofort an Tiger gedacht und sich für die Dschungeln von Hellabrunn entschieden.

Hellabrunn ist sumpfig und kalt. Schon am Eröffnungstag des Tiergartens, es war im März, sah ich, wie sich der Mantelpavian fester einwickelte. Sogar der Seehund war verschnupft. Nach kaum zwei Wochen kränkelte der Löwe in seinem feuchten Käfig, die chemische Untersuchung stellte einen Überschuß von Harnsäure und etwas Zucker bei ihm fest. Und was sagten die Herren Künstler? Sie wollten die Schuld an der Säure und dem Zucker auf die Apfelsinenschalen schieben, an denen sich der Löwe übernommen hätte. Gewiß, das Münchener Kindl pflegt dem Löwen Apfelsinenschalen zuzuwerfen, und der Löwe fraß sie. Doch Apfelsinen sind gesund – der Löwe aber war krank – und das ist zweierlei, meine Herren! Jetzt, wo es Apfelsinen doch so spärlich gibt, zeigt sich klar: der Löwe hat die Gicht. – Das Wasser von Hellabrunn scheint den Tieren ebensowenig zuträglich zu sein – der Schimpanse kriegte einen Kropf. Gut, beim Schimpansen machts nicht viel aus – er verlor durchaus nicht die Sympathien des Landpublikums, im Gegenteil, er gewann sie. Wie aber, wenns den Flamingo betroffen hätte oder den wilden Schwan? An ihnen wären Kröpfe direkt unästhetisch.

Die Kriegsnot hat unter den Insassen des Tierparks gewütet. Dabei blieb der Nachwuchs sogut wie völlig aus. Als die Krokodilstute trächtig ging, sah man der Entwicklung der Angelegenheit hoffnungsvoll entgegen – und was wurde schließlich geboren? Ein kümmerliches Achtmonateidechschen mit Gehirnwassersucht und greisenhaften Gesichtszügen. – Dem Elefanten schlotterten die Pantalons zum Erbarmen; selbst Hofschneider erklärten einmütig, da wäre mit Bügeln und Wenden nichts mehr zu machen. – Die türkisblaue Garnierung des Mandrils ward so schäbig, daß er sich mit Recht scheute, unter Menschen zu gehen. – Das Zebra krepierte; man konnte es ja notdürftig ersetzen – durch einen Schimmel der bayerischen Post, indem man ihn artig rastrierte. Doch die Giraffe ist durch eine Kuh, und sei sie noch so langhalsig, nicht darstellbar; ich wenigstens ließ mich keine Sekunde täuschen. – Der Eisbär war in der Mottenversicherung, und der Verein zahlte jahrelang pünktlich die Prämien – jetzt lehnt die Anstalt die Haftung ab; ich finde das wenig nobel.

Die Künstler wollten nicht Gitter zwischen sich und dem lieben Vieh aufrichten, und man nahm für den Münchener Zoo das System von Stellingen an, wo Hagenbeck die Tiere durch unsichtbare Gräben vor der Zudringlichkeit der Besucher geschützt hat; dieselben Gräben verhindern zugleich Rohheitsakte der Raubkatzen an den zahlenden Gästen. Sind die Gräben aber wirklich noch vonnöten – heute, wo die Fleischkarte selbst den Panthern allen Übermut genommen hat? Nein. Wenn der Zoo wirklich aufgelöst werden sollte: ich bin der Erste, der die gefleckte Hyäne in seine Häuslichkeit aufnehmen und betreuen wird.

Ich kann sagen, ich freue mich auf die gefleckte Hyäne. Wir haben da seit vielen Jahren die sogenannte Halbesche Kegelbahn, jeden Mittwoch bis gegen vier Uhr früh. Sooft ich von da heimkehre, findet meine Braut es unmoralisch. Vergeblich pflege ich darauf hinzuweisen, daß – im Sinne Kants wenigstens – die Moral an keine Tageszeit gebunden ist; es gehe nicht an, Handlungen, die um acht Uhr abend als einwandfrei gelten, von drei Uhr morgens an aus sittlichen Gründen zu verdammen. Ich finde für diese Beweisführung kein Verständnis bei meiner Braut. Angenommen nun, ich kehre um die bezeichnete Stunde zurück und führe dabei an einer Leine die gefleckte Hyäne: was wird meine Braut noch viel sagen können?

Ferner wünsche ich mir einen Ibis und ein Känguruh. Beides sehr intelligente, dressurfähige Tiere. Mit dem Känguruh ginge ich einkaufen. In Australien macht man das allgemein: das Känguruh trägt dann die eingekauften Gegenstände in der Bauchfalte nach Hause.

Den Ibis habe ich von jeher bewundert, wie er stundenlang beschaulich zuerst auf dem rechten und dann wieder stundenlang auf dem linken Bein stand. Ich würde ihn zum Butterstehen abrichten.

O, wären meine Mittel nicht so karg – die meisten Tiere fänden bei mir Aufnahme au pair. Leider ist ja nicht daran zu denken: das bescheidene Kamel nimmt mit einer Handvoll Datteln vorlieb; gut; woher aber Datteln nehmen? Selbst ein mittleres Nilpferd – ich sage noch nicht einmal eines von den größten – es würde mich in meiner bürgerlich dimensionierten Wohnung im wahrsten Sinn des Wortes an die Wand drücken.

So umfangreiche Tiere muß ich mir versagen. Doch es gibt kleinere, nicht weniger sympathische.

Da ist das Lama: wie treffend hat es immer meine Ansichten über die Vorübergehenden geäußert!

Oder der Schimpanse (wenn auch mit Kropf): er gleicht so täuschend meinem Freund, dem kleinen Hemmetsberger. Einmal kam meines Freundes Gattin nach Hellabrunn, blickte in den Baum und schrie plötzlich: „Hemmetsberger! Du – hier?" – Ein andermal war der Schimpanse dem Affenhaus entlaufen, die Wächter verfolgten ihn. Hemmetsberger in seinem Autopelz ging nichtsahnend hin und ward gepackt. „Erlauben Sie," sagte er empört, „ich bin nicht der Schimpanse." „Das könnte jeder sagen," erwiderten höhnisch die Wärter. Zum Glück konnte Hemmetsberger sich legitimieren.

Der Paradiesvogel. Ich war dabei, als er entstand:

Hagenbeck hatte 1173 ℳ 50 für einen Paradieshahn verlangt, loko Stellingen und ohne Gewähr. Unser junger Verein konnt es nicht erschwingen; man schmückte das Gesäß der Truthenne mit einem bunten Makartbukett, und sie machte sich prächtig.

So knüpfen sich für mich fast an jeden Insassen des Münchener Tierparks niedliche oder wehmütige Erinnerungen.

Nur das Stachelschwein möchte ich nicht mein Eigen nennen. Mein Gemüt ist so weich. Und sooft ich ein Stachelschwein sehe, steigt die fürchterliche Vorstellung in mir auf: wie mag es einer werdenden Stachelschweinmama zumute sein, wenn sie merkt, daß ihr Kind in verkehrter Lage liegt? Schon die Möglichkeit einer solchen Komplikation würde mir die Herzensruhe kosten.

Tante Emmys Plüschvorhang

Es gab eine Zeit, wo mich ganz Schwabing um Tante Emmy beneidete – meine herrliche, gute Tante Emmy, die so schwer reich war und sich so lebhaft an die Siegesfeier von 1871 zu erinnern wußte. Sie ist es gewesen, die damals dem König den schönen Rosenstrauß überreicht hat.

Tante Emmy war – für ihre Jahre – hübsch; freundlich, heiter und verschwiegen. Sie verschanzte sich nicht hinter grundlosen Wehklagen, wenn man sie anpumpte, und war in Geldsachen von jener Vergeßlichkeit, die einem den Verkehr mit Tanten erst genießbar macht. Sie roch nicht aus dem Mund, sie schnupfte nicht, sie feierte nie ihren Geburtstag. Kurz, eine brillante, koulante, eine scharmante Tante.

Aber – aber – sie hatte leider einen peinlichen Fehler: sie war modern. Noch mehr: sie liebte gradezu die Kunst. Als eines schönen Tages Hannes Konrad Herbesloh, der verkannte Dichter, ein Symbolistisches Theater zur Aufführung seiner Werke zu erbauen gedachte, war Tante Emmy modern und kunstbegeistert genug, ihr Vermögen dazu zu stiften.

Als ichs erfuhr, wars zu spät, der Vertrag schon unterzeichnet. Ich ging ins Café Größenwahn, stellte Herrn Direktor Herbesloh körperliche Qualen in Aussicht – den Verkehr mit Tante Emmy aber brach ich als zwecklos ab und ließ ihren Geisteszustand nur darum nicht beobachten, weil der Sanitätsrat unerschwingliche Vorschüsse verlangte.

Es kam, was kommen mußte.

Das Symbolistische Theater verkrachte. Hannes Konrad Herbesloh fiel der öffentlichen Irrenpflege zur Last, und Tante Emmy wurde nach dritter Klasse begraben. In ihrem Nachlaß aber fand man außer einem Armvoll gerichtlicher Vorladungen nichts – nichts als den Plüschvorhang.

Den Plüschvorhang des Symbolistischen Theaters. Er war papageigrün, bedeckte ausgebreitet einen halben Morgen Landes und trug so gräuliche Fratzen in Applikation, daß kein Gläubiger gewagt hatte, ihn zu berühren. Ich aber fürchtete mich nicht und ließ ihn von vier handfesten Burschen auf meine Bude schaffen.

Nun lag er da, Tante Emmys teurer Plüschvorhang – ein kolossales Mausoleum begrabener Hoffnungen. Aufgestapelt füllte er die halbe Stube. Wenn ich das Fenster öffnen wollte, mußte ich hinüberklettern, und wenn ich ihn zum Verkauf ausrief, lachten mir die Leute ins Gesicht.

Eines Tages fiel mir ein, ob sich das Ding nicht parzellieren ließe. Ich erinnerte mich, manchmal, besonders auf Kostümfesten und auf dem Land, Frauen in papageigrünen Plüschroben bewundert zu haben. Ich zog einen Fachmann zu Rate – er belehrte mich aber: die Frauen mit papageigrünen Plüschroben wären seit zwei oder drei Jahrzehnten ausgestorben.

Wiederum eines Tages hatte ich das Billardtuch im Café Größenwahn zerrissen. Ich bot Herrn Dörfel, dem Wirt, als Ersatz für den Schaden die eine Hälfte von Tante Emmys Vorhang an. Dörfel ließ sich auch herbei, das Gewebe zu besichtigen, prüfte es umständlich und sprach:

„Nein, zu einem Billardüberzug eignet sichs nicht. Aber ich weiß einen vorzüglichen Rat."

Ich erschöpfte mich in Danksagungen für Herrn Dörfels

Mitgefühl und bat ihn, deutlicher zu werden.

„Sie kennen doch," sagte er, „das Trübsal der heutigen literarischen Produktion? Gewaltige Begabungen, die zum Teil auf meinem Dubiosenkonto stehen, verkommen im Elend. Gründen Sie doch zu Ihrem Vorhang ein Symbolistisches Theater!"

Ich beleidigte Herrn Dörfel, bezahlte das Billardtuch, bezahlte die Gerichtskosten und die Strafe. Tante Emmys Plüschvorhang aber lag in meiner Stube und erpreßte mir Tränen.

Als ich wieder einmal so schluchzend dasaß, trat mein Freund Makula bei mir ein und rief:

„Mensch, denk einmal! Sie haben mich angekauft."

„Wie?"

„Ja. Das große Stück Leinwand, ‚Morgen am Indus' – im vergangenen Jahr hab ichs hier draußen bei Tutzing gemalt – das kaufte gestern einer in der Juryfreien Ausstellung. Jetzt richte ich mir ein Atelier ein."

Ich wünschte ihm herzlich Glück, ersuchte ihn aber, mich mit meinem Schmerz allein zu lassen.

„Kein Gedanke," sagte er. „Grade auf Tante Emmys Sterbelinnen hab ichs abgesehen, es wird mein Atelierprunkstück werden. Das mußt du mir borgen."

„Alles will ich gern opfern, lieber Makula – daß ich mich aber von dem einzigen Erbstück Tante Emmys trennen soll, wirst du nicht verlangen."

„Mann Gottes, hier hast du hundert Mark, und halt den Mund! Oder bist du nicht zufrieden? Gut, dann will ich dir noch fünfzig Mark verabreichen, wenn ich einen zweiten Schinken verklopft hab."

– Tante Emmys Plüschvorhang wanderte zu Richard

Makula auf das neugemietete Atelier.

— — —

Als ungefähr sechs Wochen vergangen waren, meinte ich, Makulas Stern müßte durch Verkauf eines zweiten Bildes neu vergoldet worden sein, und stieg die vier Treppen zu ihm hinan.

Im Flur keine Seele.

An der Tür kein Schild.

Im Atelier aber fegte der Portier die kahlen Wände rein.

„Wohnt mein Freund Makula hier?"

„Hat."

„Wie meinen Sie?"

„Hat gwohnt. Heut ham mir eahm außagfeuert. A scheener Freund. Schwitzt keine Miete."

Und Tante Emmys Vorhang? Hing groß und herrlich an armdicken Messingstangen.

„Dann nehme ich meinen Vorhang gleich mit," sagte ich.

„Was? Mitnehmen? Ka Spur. Is gepfändet."

„Oho, der ist nicht bezahlt, der gehört mir, den können Sie nicht pfänden."

Man holte den Hausbesitzer – ich legte ihm die Sache klar. Er bäumte sich mächtig. Er richtete sich klafterhoch auf, stieß mit den Hufen vorwärts, wälzte die Augen hervor und schrie wie ein Stier. Doch gegen mein offenbares Recht konnt er nicht an. Der Vorhang war mein.

Da wurde Herr Müller weich. Er faßte mich zart am Schultergelenk und führte mich durch Makulas leere Stätte der Tätigkeit – fünfundzwanzig Schritte auf und fünfundzwanzig ab.

„Sie sehen," sprach er, „hier das größte Atelier beider Hemisphären vor sich. Ich kann es in seinem normalen Zustand unmöglich vermieten – wer es sieht, erschrickt vor den grenzenlosen Dimensionen. Für eine Automobilfahrschule liegt es zu hoch, und ein Zirkus läßt sich hier nicht unterbringen, weil Zirkusse rund sind, dieses Atelier aber viereckig. Ich wollte das Ding zu einem Symbolistischen Theater umgestalten – man hat mich gewarnt. Ich wollte eine neue Religion stiften und hier das Bethaus aufschlagen – dazu fehlt es mir an Haarwuchs und Salbung. Ich weiß also keinen Ausweg, die Halle zu verwerten – außer, wenn ich Ihren grünen Vorhang habe. Wenn ich den Vorhang habe – ah, dann steht die Sache ganz anders: dann läßt sich das Glashaus harmonisch teilen – in einen Arbeitsraum vorn und ein geräumiges Wartezimmer für die Gläubiger hinten – beides wie geschaffen für einen tüchtigen Künstler. – Ein Vorschlag, lieber Herr: überlassen Sie mir Ihren Plüschvorhang!"

„Nie. Er ist das einzige Andenken..."

„Ich ehre Ihre Pietät, ich habe selbst ungemein viel Familiensinn. Wenn ich Ihnen aber zwanzig Mark biete?..."

Ich schlug ein und überließ Herrn Müller den Vorhang für zwanzig Mark bis zum Augenblick der Vermietung. Jawohl: bis zum Augenblick der Vermietung.

Einige Tage später war es geschehen, und der neue Mann eingezogen. Ein Bildhauer, Priem geheißen.

Pünktlich stellte ich mich ein, um den Vorhang wegzuschaffen.

Priem war wie vom Schlag gerührt.

„Den Vorhang?" heulte er. „Aber grad wegen dem Vorhang bin ich Esel doch hier eingezogen, der macht ja die Höhle erst bewohnbar."

Ich lächelte.

„Verehrter Herr Priem," sagte ich ihm ungefähr, „wir leben in einem Zeitalter, wo die Pflicht der Nächstenliebe längst zur Legende geworden ist. Auch ich war kindlich gut, edel und hilfsbereit, ehe mich schmerzliche Enttäuschungen zum kühlen Rechner gemacht haben. Das lieblose Verhalten der Gesellschaft dem einzelnen gegenüber zwingt mich, meinen Vorteil zu wahren. Begreifen Sie? – Nein? Nun, dann muß ich Ihnen klar heraussagen: ich nehme den Vorhang mit, wenn Sie sich nicht entschließen, mich für die Abnutzung zu entschädigen, die er hier erleidet."

„Sie wollen also Geld. Schön. – Wieviel?"

Ich machte es billig: zwanzig Mark. – Der Vorhang blieb.

Nach drei Wochen hing am Tor die Ankündigung:

‚Geräumiges Atelier zu vermieten.'

„Aha," dachte ich mir, „deine Stunde hat geschlagen." – Und ich schröpfte Herrn Müller, den Hauswirt.

Am nächsten Tag den dritten Mieter, Priems Nachfolger.

Wie lang das so fortgehen wird, weiß ich nicht.

Einstweilen aber beziehe ich aus Tante Emmys Plüschvorhang eine Monatsrente von achtzig Mark. Sie entspricht genau den Bankzinsen jenes Legats, das mir die liebe Tante dereinst in ihren bessern Tagen zugedacht hatte.

Der Ausflug

Base Wuckereit studiert Kunstgeschichte. Nebenbei hört sie etwas Literatur bei Professor Kutscher, Psychologie bei Becher und Volkswirtschaft (Sinzheimer). Diese Kumulierung von Wissensgebieten macht hie und da ein Ausspannen nötig, einen Ausflug aufs Land.

So begab sich denn Base Wuckereit unlängst, als zwei Feiertage vorfielen, in nahezu alpinistischer Verkleidung nach Kochel.

In Kochel fand unsre Base, dem vorgeschrittenen Lenz zufolge, in keinem Gasthof ein freies Zimmer. Eine mitfühlende Wirtsfrau wies die Wohnungsuchende an das bäuerliche Ehepaar Reibeisel.

In der Tat erklärten sich Reibeisels bereit, der Fremden ein leerstehendes Bett zur Benutzung für eine Nacht einzuräumen – als welches Bett jedoch in jener Kammer stände, wo der Bauer ansonsten sein Pferdegeschirr aufbewahrt.

Kammer und Bett, unter Führung von Vater und Mutter Reibeisel kommissionell besichtigt, erwiesen sich als praktikabel. „Der Jeruch vons Leder," rief Base Wuckereit, „is sogar zücknd." Man einigte sich freihändig auf einen Preis von fünf Mark, die sich auf zehn erhöhen, falls der städtische Gast Wert auf Teilnahme am ländlichen Abendessen der Familie legen sollte.

Rasch war auch hierüber Verständigung erzielt. Base

Wuckereit saß, von Rucksack und Loden entlastet, am derben Eßtisch mit Reibeisels und deren erwachsenem Sohn.

Hiezu ist zu bemerken, daß Base Wuckereit – als miggriger, jüngster Zwilling der Gumbinner Wuckereits – von ostpreußischer Körpergröße ist; auch drückt sich ihre Beschäftigung mit Volkswirtschaft einerseits und Rubens andrerseits in beiderseits entwickelter Fülle aus, während Sturm und Drang von ihren Backen und Augen leuchten.

Vater und Sohn Reibeisel nahmen von der anwesenden Fremden kaum durch gelegentliches Aufblicken Kenntnis; Mutter Reibeisel hingegen äußerte in lauten Reden Zweifel und Erstaunen darüber, daß Base Wuckereit den Landausflug ohne jegliche männliche Begleitung unternommen haben sollte.

Im diesbezüglichen Verhör blieb die Base aber hartnäckig, mit nicht geringem Stolz bei der Behauptung ihrer magdlichen Alleinigkeit, wobei sie das naiv-dörfliche Beschwatzen der Sexualkomplexe mit erschütterndem Gumbinnenser Lachen und vulkanisch-schämiger Rotglut quittierte.

Nach dem frugalen Mahl zog sich die Base in ihre Kammer zurück.

Der Mangel eines innern Riegels an der primitiven Tür wurde bemerkt, der dadurch ausgelöste, anfangs unangenehme Affekt jedoch alsbald verdrängt durch mit Willen wachgerufene, stark betonte Vorstellung des biderbehrbaren Reibeiselschen Ehepaares.

Kurz nach Eintritt der Schlaftrunkenheit hörte Base Wuckereit halb unbewußt ein Knacken an der Kammertür, ohne darüber vollends zu erwachen. Erst ein Ziehen an der Bettdecke brachte heftige reflektorische Abwehrbewegungen der Base hervor. – Wie sich bald zeigte, war ein männliches Wesen in die Kammer eingedrungen, das seinem Unwillen über das Benehmen der Base durch die Worte „Blödes Saumensch, blödes" Ausdruck gab.

Sofort setzte das Gumbinnenser Lachen ein – was der Eingedrungene irrtümlich eher als Einladung, seine unzüchtigen Bestrebungen fortzusetzen, aufzufassen schien. Die Drohung der Base, sie werde sich durch Stimmenaufwand Hilfe zu schaffen suchen, brachte nicht die erhoffte Einschüchterung des nächtlichen Werbers hervor; erst eine deutliche, durch Brachialkraft unterstützte Absage führte zu seinem Rückzug.

Schon nach wenigen Minuten rührte es sich an der Kammertür von neuem.

Diesmal jedoch war es die bäuerliche Wirtin selbst, die, mangelhaft bekleidet, unter höflichen Beteuerungen und Bitten erschien: das Fräulein möchte die Attacke keineswegs übel deuten; sie wäre im Sinn der Gesamtfamilie Reibeisel erfolgt und in der barmherzigen Absicht, dem Fräulein in seiner Verlassenheit eine kleine Feiertagsfreude zu bereiten.

Jordans Letzte Hilfe

„Resi, noch einen Schoppen! – Ich gebe zu, daß mein Vorleben etwas bemakelt ist. Besonders von meinem zwanzigsten Jahr an bis in den letzten Winter habe ich mich in Gleisen bewegt, die am Abgrund führten. Und über die Zeit vor meinem zwanzigsten Jahr – ich möchte, wissen Sie, darüber nicht gern befragt sein – selbst in diesem Augenblick, wo ich gelaunt bin, Geständnisse zu machen...

Sie sind nicht neugierig? Umso besser. Die Neugier bliebe übrigens unbefriedigt: nach zehn Jahren werden ja gelinde Vorstrafen von den Behörden gelöscht...

Einen Schoppen, Resi! – Aber so wie ich muß eben ein Mann beschaffen sein, der ins Leben von heute passen soll. Eine Zeitlang krumme Pfade wandeln: glauben Sie mir, es ist eine gute Schulung. Man lernt die Augen offen halten, schwindelfrei sein... Lachen Sie nicht!... Man lernt: auftreten, sich auf die Beine stellen. Im alten Deutschland war jedes Schrittchen von der Polizei bewacht – da konnte selbständig nur werden, wer sich – wie ich – manchmal aus den Gehegen wagte...

Doch wozu die Vergangenheit aufrühren? Sie ist vorbei. Jetzt bin ich Jordan, Gründer und Leiter von Jordans Letzter Hilfe – stehe Menschen bei, die es besser in ihrer Jugend hatten, weicher als ich geblieben sind und sich dafür nun auf meine gestählten Muskel stützen können... Denn, sehen Sie – nicht wahr? – Jordans Letzte Hilfe schafft Rat, wo alles den Kopf verlor. Muß ich einstweilen auch erst in kleinem Kreis wirken: München ist mein Anfang; bald gehe ich nach New York. Jordans Letzte Hilfe macht München zur Großstadt – sie wird demnächst New York zur Großstadt machen. – Resi, einen Schoppen!

Oh, ich könnte schon hundert Fälle anführen aus meiner kurzen Tätigkeit – interessant vom ersten bis zum letzten. In meinem Büro reichen ja verzweifelte Menschen einander die Türklinke. Man blickt in Schicksale – in Klüfte, sag ich Ihnen. Man zieht stündlich Existenzen aus dem Schlamassel – am obersten Schopf. Gestern die Rettung des Fräuleins aus der Isar – haben Sies in den ‚Neuesten‘ gelesen? Auch Arbeit von Jordans Letzter Hilfe...

Aber Jordans vornehmste Pflicht ist Schweigen.

Immerhin: einen leichten Fall – ja, den kann ich preisgeben.

Kennen Sie Klingemann? Natürlich. Wer kennt ihn nicht – Siegmund Klingemann, bürgerlichen Poeten? ‚Gudrun‘ hat ja dreißig Auflagen, glaube ich.

Klingemann also wohnt an der Widenmayerstraße, ziemlich standesgemäß, zwei Treppen, Aussicht auf die Isar.

Wohnt und schafft: jährlich liegt ein Roman sauber auf dem Weihnachtstisch der gebildeten Familie; gehört sozusagen in den Kalender.

Ha, da setzt man ihm zu Oktober, wo grad wieder die ‚Spielmannsfahrt‘ erschienen war...

Resi, einen Schoppen, Prost! – Wo bin ich geblieben?

Richtig – bei: Ha! – Zu Oktober also setzt man in die Wohnung über Klingemann einen neuen Mieter. Sagen wir: Herrn Obermieter. Und mit Klingemanns Schaffen ists sofort vorbei.

Klingemann pflegt nämlich seit Jahren von zwei bis drei

nachmittags sein sattes Schläfchen zu schlummern – es ist Grundbedingung seines Organismus – sonst versagt der Leib eben dem Talent den Dienst.

Obermieter, der Hund, spielt Klavier von zwei bis drei.

„Sehr geehrter Herr!" schreibt Klingemann – und stellt die Sachlage dar, wie sie ist: daß da ein Stück deutscher Kultur zerstört wird, wenn das Gespiel von zwei bis drei nicht aufhört. – Obermieter klaviert.

„Du Hund!" knirscht Klingemann – und schreibt einen zweiten Brief: „Hochverehrtester Herr! Ich bitte Sie... nein, ich flehe Sie an bei allem, was Ihnen heilig ist – unterlassen Sie... usw. Verlangen Sie jede Gegengefälligkeit von mir, betrachten Sie mich als ihren Sklaven..."

Obermieter spielt.

Da begreift Klingemann: mit dem Kerl oben ist in Güte nicht auszukommen. Man muß die dicke Saite spannen.

Sie kennen doch das Mittel? Nein? Jedermann sollt es aber kennen: im Zimmer, über dem gespielt wird, tut man den Eßtisch und die Lampe weg. Hierauf schraubt man in den Fußboden einen Haken und spannt zwischen dem Haken unten und dem Lampenhaken senkrecht die dicke Saite. Beginnt Obermieter seinen Walzer: so streicht man unten unermüdlich mit dem Baßbogen die dicke Saite. Wunder der Resonanz! Sie glauben nicht, welche Mißtöne dann aus Obermieters Piano strömen. Es ist zum Steinerweichen – einfach unerträglich für jeden musikalischen Menschen.

Doch Obermieter ist ein Schweinsohr. Ihm macht die dicke Saite nichts; ihn freut der Lärm; er klaviert.

Hierauf hat Klingemann die Nähmaschinen ankurbeln lassen – und zwar drei, besetzt von Frau Klingemann mit ihren zwei Nichten, kurz nach Mitternacht. – Obermieter schlief – und am nächsten Nachmittag um die kritische Stunde klavierte er. Klingemann klopfte vergebens mit einem Besenstiel in falschem Takt die Decke ab.

Klingemann versuchte seine Begabung durch Flucht ins Hofzimmer zu retten: Obermieter, gereizt durch die dicke Saite, die Nähmaschinen und den Besenstiel, rollte sein Piano ins Hofzimmer. Hatte er Spione in Klingemanns Haus?

Klingemann änderte seine Lebensweise: er aß zwischen zwei und drei nachmittag; schlief bis Mitternacht; und dichtete am frühen Morgen. Sofort stellte sich auch Obermieter um: er klavierte von Mitternacht bis Mittag.

Sehen Sie, die Lage war verzweifelt.

Was tut man in verzweifelten Lagen? Man ruft Jordans Letzte Hilfe an. Klingemann abonnierte bei mir.

Ich liefere vier junge Leute und ein Piano. Es spielt jetzt bei Klingemann von vier bis zehn vormittag ein gewisser Strehle, Konservatorist; von zehn bis vier Fräulein Ziegler, eine Anfängerin; von vier bis zehn Uhr abends der Korrepetitor Seil; von zehn bis vier ein Turnlehrer.

Was Klingemann unterdessen treibt? Er ist nach Partenkirchen gefahren und dichtet dort.

Und Herr Obermieter? – Sie fragen noch? Seine Lage ist doch ebenfalls verzweifelt. Selbstverständlich ist auch Obermieter bei mir abonniert. Auch bei ihm spielen vier Mann von Jordans Letzter Hilfe Klavier – unaufhörlich, Tag und Nacht. – Obermieter selbst lebt in Garmisch.“

Das Kunstvariété

Eines Tages erheischten meine Finanzen dringend der Ordnung. Eben zur rechten Zeit sprach draußen im Flur ein Herr vor und nannte sich Direktor Geißler.

Ich empfange Direktoren nur ungern. Was heißt überhaupt: Direktor? Was bedeutet es? Nichts. Direktor ist ein jüdischer Vorname, sagt man in Berlin. Gewöhnlich hat solch ein Direktor nicht einmal das Recht, sich selbst zu dirigieren.

Dennoch – diesmal war ich zu Hause und hatte es nicht zu bereuen.

Direktor Geißler war eine mittelgroße, kräftige Erscheinung mit reinem Kragen, kurzgestutztem Bart und einem Glasauge. Wohlwollend richtete er es auf mich, nachdem er Platz genommen hatte, und sprach:

„Sie werden bemerkt haben, Herr Roda Roda, daß das Variété von heute dem Verfall entgegengeht."

„Dem Verfall, Herr Geißler? Die Leute machen doch faustdicke Geschäfte?"

„Sag ich doch," rief der Direktor triumphierend. „Leben wir denn in einer vernünftigen Zeit? In einer konsequenten Zeit? Wo man sagen kann: das und das ist gut, das wird bestehen? Nein. Die Welt ist ja verrückt. Heute so und morgen so. Zu Mittag himmelhoch jauchzend, am Abend verheiratet. Was eben noch gedeiht, wird im nächsten Augenblick zugrunde gehen. Darum, weil das Variété von heute voll ist, sage ich: es trägt schon den Keim der Pleite in sich."

„Ach so?"

„Ja. Woher aber diese fürchterliche Katastrophe des Variétés?"

Ich überging Geißlers rhetorische Frage mit Schweigen.

„Falsch!" schrie er. „Die Kinos tragen keine Schuld. Das Variété ruiniert sich selbst – durch seine Indolenz. Wo alles ringsum sich die Kunst dienstbar macht, wo man jeden Nachttopf, jeden Lausekamm von einem Professor entwerfen läßt, bleibt das Variété bei seinem alten Flitterkitsch. – Herr Roda, ich gründe das neue, das Kunstvariété mit einem Aktienkapital von fünf – was sage ich fünf? – mit einem Kapital von zehn Millionen Märkern, und Sie sind meine erste engagierte Kraft. Haben Sie die Güte, einstweilen die Taxe des Autos auszulegen, das unten auf mich wartet."

— — —

Ich habe vielleicht unterlassen, zu bemerken, daß sich die eben geschilderte Szene in München abspielte. Wir haben da oberhalb der Theresienwiese eine gigantische Festhalle, die für gewöhnlich leersteht. Sie regt unternehmende Köpfe immer wieder zu Plänen an. Es ist wahr, die Halle liegt etwas abseits, man braucht bei gutem Wetter eine Stunde, um zu ihr zu gelangen. Und wieviel bei schlechtem Wetter? Das hat noch niemand ausprobiert.

Einmal gastierte Barnum in der Halle. Zehntausend entzückte Besucher. Am nächsten Morgen schrieben die Zeitungen, es wär halb leer gewesen.

Einmal ankerte das Zeppelin-Luftschiff darin. Dem Grafen gab man ein Bankett im Rathaus. Als er nachher in die Halle kam, um sein Schiff zu suchen, fand er es nirgend.

Es hatte sich hinten in die Proszeniumsloge gesetzt.

Einmal wollte ein findiger Mann die Halle benutzen, um der Menschheit das Planetensystem in natürlicher Größe vorzuführen. Die Sache scheiterte am Widerstand der Zentrumspartei.

Ein hoffnungsloser Bau. Von Zeit zu Zeit macht die Fußartillerie darin ihre Schießübungen. Das ist alles.

— — —

„Unter diesen Umständen, Herr Direktor, werden Sie mir, fürchte ich…"

„Keine hohe Gage zahlen wollen? Das erstemal natürlich nicht viel – ich weiß nicht, wie Sie meinem Publikum gefallen…"

„Und das zweitemal bin ich nicht mehr neu. Ich kenne das."

„Sie werden bitter, Herr Roda. Ich mache Sie aufmerksam: Ihre sehr geschätzte Kraft ist mir nicht unbedingt vonnöten. Es ist da eben ein dressierter Buckelochs frei, der gleichfalls sehr humoristisch wirkt."

Eingeschüchtert unterschrieb ich den Vertrag.

— — —

Ich will von dem Münchener Künstlervarieté nicht viel erzählen. Es hatte bald ausgelitten.

Ein Riesenbetrieb. Kein Mensch kannte sich aus.

Da war zunächst Geißler, der Direktor. Er hatte einen artistischen Sekretär, einen Geschäftssekretär und einen Dramaturgen. Der Dramaturg war mit zwanzig Prozent beteiligt, dem einen Sekretär gebührte die Hälfte des Reingewinns, dem andern ein Viertel der Bruttoeinnahme. Alle Herren zusammen hießen: die Konzessionäre.

Da war der Verwaltungsrat mit einem Präses, einem Vorsitzenden und einem Vorstand. Sie hießen zusammen: das Kassendepartement.

Da war der repräsentative Ausschuß, an seiner Spitze eine senile Exzellenz. Lauter Herren, die täglich in der Presse erklärten: ihre Namen wären ohne ihre Einwilligung auf die Liste gekommen.

Endlich das Regiekollegium. Es bestand aus jenen berühmten Münchener Malern, die immer wieder die Kunstkommission bilden – ob es sich nun um einen Vereinsball handelt, eine Rindviehausstellung oder das Bismarck-Denkmal auf Bornholm. Sie wählen jedesmal aus ihrer Mitte den ‚engern künstlerischen Beirat‘ und protestieren dann gegen ihn.

Der wichtigste Mann aber im Variété auf der Theresienhöhe war der Portier. Er war nämlich der Kapitalist.

— — —

In der allgemeinen Verwirrung habe ich vergessen, zu sagen, daß unsre Bühne auch sogenannte Ziele hatte. Die Programmschrift war von Professor Fuchs verfaßt. Es sollte bei uns ‚zum erstenmal auf deutschem Boden‘ gezeigt werden, daß das Variété ‚des üblichen Tandes entbehren könne,‘ um, ‚anknüpfend an die Idylle der Biedermeierzeit,‘ das deutsche Gauklertum in seiner primitiven Gestaltung, frei vom Snobismus einer dreimal verdammten, nun, dank den verfeinerten Sinnen unsrer Zeit überwundenen Epoche falscher Prachtentfaltung, wieder in jener Keuschheit zu zeigen, die uns die Körperkultur in ästhetisch-harmonisch angepaßter Umgebung bewundern läßt; nicht Alhambrahöfe, nein, den Dorfmarkt mit seinem malerischen Getriebe wollen wir zum Schauplatz unsrer Seiltänzer erwählen.

Goldne Worte – wie?

Schon vor der ersten Vorstellung klagte mir Geißler über mangelhaften Besuch – ich möge eine Reklame aushecken. Ich schlug vor: er sollte sich aus Verzweiflung die Pulsadern aufschneiden – am Vorabend, aber doch zeitig genug, damit es noch in die Morgenblätter käme. Geißler meinte – mit einem Blick auf mich – er würde den Unfall eines engagierten Mitgliedes vorziehen.

Der Morgen vor der Eröffnung war nervenerschütternd. Unsre Soubrette (am Abend die erste Nummer) fand plötzlich: ihr Repertoire sei zu intim für diesen Raum. Sie müßte etwas Jahrmarktgemäßes haben.

Geißler verlangte, ich sollte ihr ein Lärmcouplet dichten, spätestens bis elf.

„Ich kann nicht dichten. Und Couplets schon garnicht."

„Hätt ich nur den Buckelochsen engagiert," jammerte Geißler. „Hätt ich ihn nur engagiert!"

Geistesgegenwärtig, wie ich bin, stahl ich ein Lied: den Text von Viktor Léon, die Musik von Oskar Straus. Nachmittag war uns die Aufführung durch einstweilige gerichtliche Verfügung verboten, und man bezichtigte mich des Plagiats; hinsichtlich des Textes tat es Grünbaum, hinsichtlich der Musik Paul Lincke.

Ich schrieb sofort nagelneue Verse:

„Ach, jeder Kuß
Schafft Hochgenuß –
Drum küsse, o küsse nur zu!
Sieh doch, voll Lust
Hebt sich die Brust,
Ach, meine Seligkeit bist nur du."

Da meldeten sich sämtliche lebenden Librettisten als Verfasser.

Der Abend war ein einziger Kampf mit den Mächten des Himmels, des Staates, der Kunst und des Magistrats.

Der Amerikaner mit seinem Sketch hatte vorausgesagt: nach dem ersten Bild würde es schüchternen Beifall geben – das wär immer so – nach dem zweiten starken Beifall, nach dem dritten ‚kämen die Galerien herunter.‘ – Man hörte plötzlich schüchternen Beifall; der ganze Sketch war vorüber.

Die zwölf *english girls* hatten alle miteinander keine Stimme; der Agent hatte garantiert, sie hätten zwölf Stimmen.

Die chinesische Tragödin verlor auf offener Bühne ihre chinesischen Füßchen.

Dem Kunstschützen versagte die Flinte – die Ziele hagelten trotzdem im Polkatakt herab.

Ich sollte, als vierte Nummer, die Situation retten und trat mit ganz neuen Geschichten auf. Kaum fing ich eine an, riefen mir die Leute aus dem Parkett schon die Pointe zu.

„Stören Sie meinen Humoristen nicht!“ zischte Geißler beschwörend ins Publikum.

„Was heißt Humorist?“ antwortete ein Literaturfreund von unten. „Roda Roda is ä ernster Künstler.“

Die jugendliche Oteritta hatte eben zu tanzen, da kam ein Mann und sagte: er dulde nicht, daß seine Mutter sich öffentlich preisgebe.

Dem Löwen fiel das künstliche Gebiß ins Orchester.

Der Herkules-Jongleur vermißte sein Kanonenrohr; das Bübchen des Kapellmeisters war mit dem Rohr davongelaufen.

Unsre Hoffnung war noch der sprechende Hund – die Zensur verlangte seine Texte in zwei Exemplaren und verbot

ihm (als angeblich zum Klassenhaß aufreizend) das einzige
Wort, das er sprechen konnte: Hunger.

Indessen suchte Geißler unten die Zuschauer immer
wieder zu beruhigen. Da kam (ist es verwunderlich bei
diesem Riesenbetrieb?) da kam der Logenschließer, der Herrn
Geißler nicht kannte, und schmiß ihn als ruhestörend
hinaus. Schmiß Herrn Geißler hinaus; den eignen Direktor.

Die Athleten vom Sketch forderten ihre Gage. Von wem?
Von mir. Ich wies sie an den Geschäftssekretär. Sie packten
ihn und wollten ihn unter sich aufteilen. Er rief nach dem
Dramaturgen – der Regisseur meldete kurz: „Ist beruflich
verhindert. Wird eben gepfändet." Die Herren des
Ausschusses bestürmten den Verwaltungsrat um
Aufklärung. Der Portier trat dazwischen.

Schon hatte der sprechende Hund den Löwen verbellt,
als auf einmal Stille in die streitenden Gruppen kam: die
städtischen Elektrizitätswerke hatten das Licht abgedreht,
weil die Rechnung nicht bezahlt war.

In der finstern Halle aber tönte die Stimme Geißlers:

„München – dieses Nest! Hier ist ja nichts zu machen.
Geben Sie mir augenblicklich meine fünfzehn Mark heraus!
Ich gründe in Berlin ein Schauspielunternehmen."

Die Katzen

Ich habe eine Zeitlang in Innsbruck gelebt. Es war ja nicht überströmend amüsant – doch ich hatte eine nette Hauswirtin und vor allem meine beiden Katzen. Unwahrscheinlich, unsagbar liebe Tiere.

Eines Tages stirbt mein Onkel (na endlich – Gott sei Dank!) – ich muß im Augenblick meine Zelte abbrechen und nach Darmstadt eilen.

Gut. Wie aber bringe ich meine Katzen dahin?

Ich tat ihnen hübsche Halsbänder um, nahm sie an die Leine und stieg in den Zug.

Und nun soll ich die Katzen neun Stunden lang beaufsichtigen? Man muß dreimal umsteigen.

Mit mir im Abteil fuhr eine Dame mit zwei kleinen Kindern.

„Wohin, Gnädigste, wenn man fragen darf?"

„Nach Darmstadt," sagte sie.

„Ach, das trifft sich ja herrlich; da will auch ich eben hin... Wollen Sie übrigens die Güte haben, Gnädigste, meine Katzen einen Augenblick zu halten? Nur einen kleinen Augenblick?"

Sie nahm die Katzen, und ich suchte mir einen andern Wagen.

Und schlief prachtvoll.

Viele, viele Stunden. In München stieg ich um.

Und schlief wieder – bis Aschaffenburg.

In Aschaffenburg stieg ich abermals um und schlief. Fast bis Darmstadt.

Eine Station vorher sah ich mich nach der Frau mit den Katzen um.

Sie stand da in ihrem Abteil – die Katzen pfauchten, die Kinder schrien – die Katzen kratzten, die Kinder pißten – und die Frau in vollkommener Hilflosigkeit, umwickelt von den Leinen. Schon seit Stunden, von Innsbruck an. Sie hatte meine Kätzchen nicht aus der Hand gegeben, die Gute.

Ich dankte ihr herzlich. Sie übergab mir meine Tiere und wischte sich ein paar Tränen ab.

Das Telephon

Ich sehe die Notwendigkeit des Telephons nicht ein. Es ist wie der Tango: eine Modesache – heute mit Jubel aufgenommen – jeder muß mitmachen; morgen ist sie vergessen. – Andrerseits weiß ich Fälle, wo sich das Telephon wirklich als praktisch erwiesen hat.

Ich habe einen Freund. Aus Rücksicht auf seine unbescholtene Familie will ich ihn nur kurzweg Riemer nennen. – Dieser Riemer kniff eines Tages sein Kindermädchen ins Bein.

Das war aber kein gewöhnliches Kindermädchen, sondern ein Fürsorgezögling des Pastors Brausewetter – fromm erzogen, von stahlstrenger Denkungsart – die ließ sich niemals ins Bein kneifen.

Und ging durch.

Nun waren Riemers zu Abend geladen. Doch wie konnten sie weg vom Haus, wenn das Kindermädchen nicht da war?

Riemer ist Ingenieur, Elektrotechniker. Er wußte sofort Rat: er schob die Wiege unters Telephon, tat dem schlafenden Säugling die Sprechmuschel auf die Brust – und Riemers gingen.

Sooft der jungen Frau den Abend über die Sorge um den Säugling aufstieg – ob es daheim auch ruhig schlafe, das süße Kind – ließ Frau Riemer sich telephonisch mit ihrem Haus verbinden und horchte hin.

Dreimal hörte sie die ruhigen Atemzüge ihres Kindchens. Als sie zum viertenmal hinhorchte, vernahm sie die geflügelten Worte des Kindermädchens:

„Riemer, ich habe dich von jeher geliebt. Ich bin zurückgekommen. Tu was du willst mit mir."

— — —

Ich habe einen andern Freund – in Hamburg. Er ist ein blutjunger Mann und hat eine echte Hamburger Mutter. Die kennt kein Beben in Liebe.

Und als das Söhnchen einmal heiß entbrannt war für eine sehr anständige und hoffnungsvolle Cafékassiererin in Sankt Pauli, da machte jene Hamburger Mutter ihrem Sohn Vorhaltungen – Vorhaltungen, die nach Ansicht der meisten Juristen noch innerhalb des mütterlichen Züchtigungsrechtes blieben.

Hierauf erinnerte sich die Mutter des weisen Wortes: ‚Aus den Augen, aus dem Sinn,‘ bestellte für den Herrn Sohn eine Kajüte erster Klasse nach Ägypten und barkierte ihn ein.

Der Sohn nahm tränenden Auges Abschied von der Stätte seines Glückes. Und fuhr mit dem nächsten Dampfer ab.

Er fuhr bis Kuxhaven, zwei Stunden von Hamburg. Dort stieg er aus.

Und kehrte zurück.

Zu seiner Erwählten.

Und wohnte mit ihr einen kurzen Frühling zu Sankt Pauli, An den Viehschuppen 7, vier Treppen, links.

Von Zeit zu Zeit ging er in den nächsten Zigarrenladen und rief telephonisch seine Mutter an:

„Hallo, Hallo! Hier Kairo. Sie werden sofort gerufen."

Ließ die Dame am Apparat eine halbe Stunde warten und piepste dann mit sterbender Stimme:

„Hallo, Hallo! Mama – bist dus? Ich spreche aus Kairo. Wie geht es dir? Ich wohne sehr gut und bin gesund."

Das war mein Freund in Hamburg.

— — —

Ich habe einen dritten Bekannten. Er ruft jeden Morgen vom Café aus Herrn Neumann an – mit leicht verstellter Stimme:

„Herr Neumann, wo ist Ihre Frau?"

Herr Neumann, etwas verwundert:

„Na, zu Haus natürlich."

„So? Das meinen Sie. Ich aber sage Ihnen: sie ist in der Kaserne des Feldhaubitzregiments Prinz von Lobkowitz Nr. 13."

Worauf Herr Neumann regelmäßig etwas erregt nach Haus läuft.

Grade an dem Fenster vorüber, wo mein Bekannter sitzt. Und das macht uns immer recht viel Freude.

— — —

Diese angenehmen Erfahrungen im engsten Kreis veranlaßten mich voriges Jahr, mir gleichfalls ein Telephon anzuschaffen.

Gott, so ein Telephon bietet eine Menge Annehmlichkeiten. Man muß freilich nicht alles glauben, was einem die Staatsbehörde versichert. In München zum Beispiel herrscht vielfach – selbst unter gebildeten Leuten – der Aberglaube, man könne Autodroschken durchs Telephon bestellen. Das ist natürlich übertrieben.

Autodroschken bestellen kann man nicht.

Auch der Versuch, mit Hilfe des Apparats um das Telephonfräulein zu werben, hat noch selten zu einem greifbaren Ergebnis geführt. Ich wenigstens erfuhr letzthin eine Absage, als ich krank und einsam im Bett lag und – unter eingehender Darstellung meiner Lage – das Telephonfräulein bat, zu mir zu kommen und mir Gesellschaft zu leisten. Die Dame erklärte mir schnippisch: sie besuche grundsätzlich nur Herren, die ihr persönlich bekannt sind. Eine Beschwerde beim Aufsichtsbeamten blieb fruchtlos.

Ich hatte gehört, man könne auch von weither nach München telephonieren, selbst von Berlin aus. Gewohnt, Gerüchten auf den Grund zu gehen, stellte ich unlängst in Berlin den Versuch an: ich klingelte nach meiner Münchener Braut.

Lange harrte ich und harrte einer Antwort.

Plötzlich – nach etwa zwei Stunden – regte sich etwas. Offenbar am andern Ende des Drahtes, in München.

Mein entzücktes Ohr vernahm gar lieben Klang: die Stimme meiner Münchener Braut.

Zitternd vor Glück rief ich in die Muschel:

„Hier Roda."

Darauf meine Braut in München:

„Ach, Blech! Herr Roda ist doch in Berlin."

Und sie hängte geärgert das Hörrohr ein.

Immerhin, das Telephon hat seine schönen Seiten. Man kann sich vor Gläubigern verleugnen lassen. Man kann mit Hilfe des Telephons beleidigen. Und schwört nachher einfach, man wär es nicht gewesen.

Im nördlichen Stadtteil Münchens, der mit Recht Schwabing heißt – in Schwabing hat man das automatische Telephon eingeführt. Früher wurde man von der Zentrale aus falsch verbunden. Jetzt muß man das selbst besorgen. Vorige Woche fragte mich die Handelskammer, wie mir das neue Telephon gefalle. Ich schwieg, um nicht als lästiger Ausländer ausgewiesen zu werden.

Das automatische Telephon hat eine sehr peinliche Eigenschaft: wenn man sich auch nur um eine Ziffer irrt, meldet sich ein ganz andrer.

Im November sollte unser Mädchen zwei Zentner Kohlen bestellen. Ich erhielt zwei Zentner Kohl. Den einen Zentner hab ich gegessen. Aus dem andern Zentner errichtete ich beim vegetarischen Verein ‚Thalysia' eine Stiftung, deren Zinsen der Verein alljährlich am Gedenktag des Ereignisses an zwei strebsame Mitglieder zu verleihen hat – zum Zweck der Ausbildung im Vegetarischen.

Ich habe von Schwabing gesprochen. Früher hatten wir auch da das gemeine Rufsystem – wie allerorten. Es hat sich nicht bewährt. Wenn der Teilnehmer eine Nummer vom Amt verlangte, offerierte ihm das Zentralfräulein regelmäßig um 3 bis 5, oft um 200 weniger, als er erwartet hatte. Rief ich meinen Freund Hauschildt auf, Nummer 30216, bot man mir auf der Zentrale höchstens 3215. Um des lieben Friedens willen schlug ich dann meistens vor, die Differenz zu teilen. Dieses Feilschen schien der bayerischen Postverwaltung unwürdig, sie ging nicht darauf ein.

Mein Draht (ein leutseliger Beamter, den ich zu Hilfe rief, hat mirs erklärt) – mein Draht ist der oberste Draht von München, er ist hoch über alle andern Drähte der Stadt gespannt. Und da ich die oberste aller Leitungen habe (wenn da der Rang mitspräche, käme sie mir nicht zu) – ist grade meine Leitung, sooft es Schnee und Sturm regnet, zu allererst zerrissen.

Dann fällt mein Draht vom Stengel und liegt über sämtlichen andern Drähten des Bezirks. Ich bin mit ganz München verbunden. Alle Ungeduld der Großstadt, die Grobheit Bayerns, die Schimpfreden von 30000 ergrimmten Fernsprechteilnehmern geben sich in meinem Hörrohr Stelldichein. Immerfort klingelts.

Zu solchen Zeiten pflege ich im Heim für Handwerksburschen zu wohnen. Das Heim hat kein Telephon. Es ist überhaupt eins der angenehmsten Quartiere von München. Ich empfehle es jedermann.

Blümelhubers Begegnungen mit Richard Wagner

Wir sprachen wieder einmal von unirdischen Dingen – Geistererscheinungen und Telekinese.

„Ich für mein Teil," sagte der Materialist, „werde erst glauben, wenn ich das Wunder mit Händen greifen kann."

„Ein bequemer, entrückter Standpunkt," erwiderte die schöne Frau und rümpfte das Näschen.

„Bequem oder nicht – es komme einer, auf dessen kühles Urteil ich baue, und halte mir ein Erlebnis vor."

Da sprach der Maler Szenes:

„Lieber Herr Materialist, wen werden Sie denn als kühlen Beobachter gelten lassen?"

„Ihren Fachgenossen Blümelhuber zum Beispiel."

„Nun, grade er kann Ihnen mit einem großen Erlebnis aufwarten."

Diesen Blümelhuber muß man kennen: er ist kraft seines Phlegmas einer der unangenehmsten Mitglieder dieses, weiß Gott, genugsam unangenehmen Jahrhunderts. Vor Blümelhubers Untemperament erbleichen die Faultiere neidisch und beschämt. Ihn ansehen macht einen schon vor Ungeduld rasen.

Wie er nur daliegt auf dem Sofa! Ein Felsblock im Sumpf. Ihn werden Aeonen nicht vondannen rücken.

Blümelhuber klappt krötenlangsam die Augen auf, blickt krötenlangsam in die Runde und sperrt die Deckel wieder zu.

„Schießen Sie los, Blümelhuber! Reden Sie! Spannen Sie uns nicht auf die Folter!"

„Laß dich nicht gar so lang bitten, Alter!"

„Wann es aber doch so ganz uninteressant is..." murmelt Blümelhuber...

Die Gesellschaft rückt gespannt zusammen, und der Maler Blümelhuber beginnt endlich:

„Alsdann – ich hab doch vor dem Krieg immer im Palazzo Vendramin gemalt, in Venedig. Sö wissen, gnä Frau, daß Richard Wagner da gstorben is – net?"

„Oh!"

„Ja. Wie also nach dem Krieg die Grenze wieder offen war, bin i glei nach Venedig zruck, in den Palazzo Vendramin..."

„Und?"

„Und der Herr Graf Bardi, der was schon der Besitzer is von dem Palazzo, der hat mir halt die Erlaubnis geben, dort zu malen. – Das ist also die ganze Gschicht."

„Aber Mensch, erzähl doch weiter!" mahnte Szenes.

„No, was is da viel zum Erzählen?"

„Du bist doch hingekommen – eines trüben Nachmittags gegen fünf – im März..." sagte Szenes ein...

Blümelhuber fuhr gezwungen fort:

„Ja. Der Gondoliere legt an... Das sein nämlich diese... diese Kähne in Venedig – früher hat man eahm aane Lira geben, hat er sich noch schön bedankt – jetzt, wanns du eahm net..."

„Laß das, Blümelhuber! Weiter! Weiter!"

„Weiter! Ich geh also schö stad die Stiegen vom Palazzo aufi – steht dorten a Diener – also aso a Blonder, grad so ähnlich wie der Szenes, nur halt viel rassiger..."

„Weiter! Weiter!"

„No, sagt der Diener, *buona sera, signor Blumeluber*, saan S' aa scho wieder da? – aber natürlich auf Italienisch..."

„Weiter! Weiter!"

„No, sagt er – i soll nur eini in die *sala*."

„Und?"

„Nix mehr. I bin halt hinein."

„Aber jetzt, Blümelhuber – weißt du denn nicht mehr? Jetzt kommt doch das Wichtigste, das Unbegreifliche. So leg doch los!"

„Ich bin also drinnet in der *sala*, da... da kommt mir also nicht ein Mann entgegen – ein Mann kann man net sagen... halt: etwas kommt mir entgegen – so mit unbestimmte Umrisse – das wär schwer zum Zeichnen – am gescheitesten noch mit an sehr an weichen Bleistift..."

„Weiter, Blümelhuber, weiter!"

„Nur tönen müßt ma's leicht mit Pastell, weil sonst hat ma net den Eindruck."

„So bleib doch, zum Teufel, bei der Sache! Wer, wer ist dir entgegengekommen?"

„Eine kleine, gedrungene Gestalt mit an Barett, an seidnen Schlafrock hat er anghabt und rosa Seidenhosen. – I bin a bissl derschrocken. Sakra, denk i mir – ob des net am End der Richard Wagner is – so nach der Beschreibung? – Er kuckt mi an – i kuck eahm an – dann lupft er..."

„Das Barett??"

„Naa, den Kopf. – ‚Guten Tag,' sagt er. Setzt 'n Kopf wieder auf und verschwindt in der Mauer. – – –"

Ein einziger Schrei in der Gesellschaft: „Mensch!! Und Sie?? Und Sie??"

Blümelhuber erzählt:

„I? I hab halt mei Sach hinglegt, für morgen – und bin gangen."

„Und am nächsten Tag??"

„Am nächsten Tag is er kommen – lupft den Kopf, setzt ihn wieder auf un verschwindt in der Mauer."

„Blümelhuber! Erinner dich – er hat doch mit dir gesprochen!"

„Ja – aber nix Besonders. Gfragt hat er so... wies in Deutschland is. – Schäbig, sag i. A Weißwurscht kostt jetz zwaa Mark fuchzig."

„Sie Barbar! Wie konnten Sie dem Meister so albern antworten?"

„Gott – was waaß i, was eahm grad intressiert? –"

„Blümelhuber! Ist Ihnen die Erscheinung noch öfters begegnet?"

„O ja. Hab doch vier Monat im Palazzo Vendramin gmalt. Täglich is er kommen mit die nämlichen Blimiblami."

„Ja, hat Ihnen denn nicht gegraust?"

„Nur im Anfang, wissen S'. – Später war i's so gwohnt – es hätt mir was gfehlt, wann er ausblieben war. – I hab immer einfach ‚Guten Tag!' gsagt – er lupft 'n Kopf und setzt sich zu mir."

„Haben Sie denn nicht zu ihm geredet – von der

Menschheit großen Gegenständen?"

„Naa. I, wissen S', red net gern unterm Malen."

„Er aber? Hat er nicht begonnen?"

„No ja – scho. Manchmal hat er angfangen... Von Gott... und die Sterblichen... und so... I hab eahm gsagt: Entschuldigen scho, Herr Wagner, i hab a bestellte Arbeit, sehr dringend – Sö müssen an Einsehen haben. – Er – auf des – fahrt wie 'r 'a Kettenhund auf mi – i zruck – er aufs Fenster – i ruf noch: ‚Bleiben S' da, es regent' – er will sich so quasi hinausschwingen – auf aamal fallt eahm der Kopf aus der Hand und – platsch! – hinunter ins Wasser; in den Kanal."

Allen in der Gesellschaft stand das Herz still.

Blümelhuber sprach:

„Ich hab eahm gsagt: ‚Schauen S,' sag i, ‚des haben S' jetzt von dem Kometspielen! Bleiben S a wengerl ruhig, i hol Eahna Eahnern Schädel wieder.' – ‚Naa,' deut er mit die Händ – er werd sich ihm selber holen. – No, umso besser – im März is 's Wasser kalt. – Drauf is er nimmer wiederkommen. Wahrscheinlich war er beleidigt. – Aber i kann natürlich net mit an jeden herumdischkurieren, wann i a dringende Arbeit hab."

Der Postscheckverkehr

Eines Tages setzte mich die Generosität einer Braut in den Besitz von dreihundert Mark. Ich pflegte den Betrag im Hosensack zu tragen.

Meine Mutter fand die Art der Aufbewahrung riskant und kaufte mir eine hübsche rote Brieftasche.

Am selben Abend stahl man mir – in einer Gesellschaft meiner literarischen Freunde – die Brieftasche; zum Glück hatte ich meine dreihundert Mark immernoch im Hosensack.

Es gibt kein sichereres Depot als den Hosensack. Doch ich bin nicht imstande, und kein Ereignis ist imstande, meine Mutter von dieser großen Wahrheit zu überzeugen. Da erwogen wir, den Betrag einer Bank anzuvertrauen.

Ich war dagegen. Man kennt die Herren Bankkassierer. Sie halten sich Weiber und Automobile – woher? wovon? Von ihrem Gehalt? – Nein, auf die Bank gebe ich mein Geld nicht. – In diesem Augenblick der höchsten Zweifel fiel mir der Postscheckverkehr ein.

Das Deutsche Reich ist vertrauenswürdig. Ich beschloß, mein Vermögen auf ein Postscheckkonto zu legen. Und begab mich auf das Postamt München 23, Leopoldstraße.

Gewöhnlich sind ja die Beziehungen zu den öffentlichen Gewalten wenig erfreulich. Ich erinnerte mich peinlich eines Vorfalls aus alten Tagen – der Geschichte, wo mir die kritiklose Menge suggeriert hatte, es gebe einen Apparat, der einem erlaubt, mit entfernten Menschen zu sprechen. Zwei Jahre habe ich damals das Telephon im Haus gehabt, benutzt und wieder benutzt, bezahlt und wieder bezahlt, und nie mit jemand anderm gesprochen als mit dem Fräulein auf der Zentrale. – Solche Erfahrungen sollten einen warnen. Ich aber bin unheilbar weltgläubig.

Die Dienstvorschrift der bayerischen Postämter schreibt dem Beamten am ersten Schalter vor, das Publikum an den dritten Schalter zu weisen, und der dritte ist belagert. Für solche Fälle nun habe ich ein prachtvolles Hilfsmittel. Ich fing an zu weinen und sagte, mein armer Vater wäre vorgestern gestorben – heut, in einer Viertelstunde, sei die Beerdigung; ich möchte nur noch schnell dreihundert Mark einzahlen – dann hieße es, auf den Friedhof eilen.

Ehrfürchtig vor der Majestät des Todes teilte sich der Menschenhaufe, und ich stand dem Beamten Aug in Auge gegenüber.

„Postscheckkonto? Dös is Schalter Eins."

„Nein," sagte ich, „es ist am Schalter Drei"

Laut § 6 des 1. Nachtrags zur Dienstvorschrift für Postämter ist bekanntlich jedermann verpflichtet den Beamten in schwierigen Postangelegenheiten ‚höflich, jedoch in aller Kürze Rat und Auskunft zu erteilen.' Diese humane Bestimmung bewährte sich wieder einmal aufs beste. Als der Beamte hörte, daß er wirklich das zuständige Forum wäre, holte er eine Reihe von Reglements, überzeugte sich durch Nachschlagen, daß er sich nicht auskannte, und fragte einen Kollegen. Der Kollege wußte natürlich nichts. Sie sagten, es gäbe keinen Postscheckverkehr.

Grade diesen Einwurf hatte ich erwartet. Lächelnd holte ich meine Zeitung hervor – darin stand alles haarklein so, wie ich es behauptet hatte. Da es ein Zentrumsblatt war, konnte der Beamte nichts entgegnen und befahl mir, in einigen Tagen wiederzukommen.

Ich kam wieder. Diesmal gelang es mir, die Sache soweit einzufädeln, daß ich meinen Namen auf ein Blatt Papier schreiben durfte, und man würde mich verständigen.

Schon nach überraschend kurzer Zeit rief mich ein Briefträger zum Herrn Amtsvorstand.

Ich rasierte mich, schlüpfte in meinen Gehrock, tat meine Mitgift in einen saubern Briefumschlag und ging.

Das Zimmer des Amtsvorstandes ist ein elegant, aber einfach ausgestatteter Raum mit einem hübschen Schreibtisch, einem diebssichern Kassenschrank und einem Kleiderständer. Zwischen den Fenstern grüßt uns das wohlgetroffene Porträt weiland des Prinzregenten, flankiert von brünstigen Hirschen. Unter den Gemälden steht ein braunes Ledersofa, auf dem ich aber nicht Platz nehmen durfte.

Der Herr Amtsvorstand ist ein bejahrter, ernster Herr mit angegrautem Haar und Bart, gütigen, doch energischen blauen Augen und einer Brille davor, die dem Besucher alsbald Respekt vor der Verantwortlichkeit des Amtes einflößt.

„Sie wollen also dem Postscheckverkehr beitreten?" fragte er. „Es ist meine Pflicht, Ihnen vorher die Folgen Ihres Schrittes klarzumachen. Wissen Sie auch, daß Sie dann keine Postanweisung, überhaupt kein bares Geld mehr in die Hand bekommen? Man wird die Beträge unmittelbar Ihrem Konto gutschreiben. Paßt Ihnen das?"

„Gewiß," sprach ich – völlig ruhig – wie ichs immer bin, auch wenn ich noch so hohen Herren gegenüberstehe.

„Dann fertigen Sie hier die Vollmacht aus!"

Ich tat es. Er betrachtete wohlwollend die Unterschrift

und sagte:

„Ah, der bekannte Operndirektor. Ich habe Ihre Werke wiederholt erwähnen hören. ‚Die lustige Witwe' und so. Sagen Sie: wie fallen Ihnen die vielen Melodien ein? – Na, Sie wollen also dem Scheckverkehr... Gut, Sie können versichert sein: die Regierung wird Ihre Bitte wohlwollend in Erwägung ziehen. Guten Tag!"

Ich war entlassen.

Als ich vierzehn Tage nichts hörte, fragte ich auf dem Postamt: ob es nicht möglich wäre, jene dreihundert Mark einzuzahlen, die ich, zum Leidwesen meiner Mutter, immernoch mit mir herumtrug.

Man sagte mir:

„Nein, einzahlen können Sie nicht. Denn Sie haben noch kein Konto und keine Nummer."

Es war eine schwere Zeit. Meine Mutter verlangte täglich das Geld zu sehen – damit ich es nicht verbrauchte – und auch bei Nacht erwachte sie öfters, kam herüber und guckte nach dem Geld.

Ich bat auf der Post, man möchte mir eine Kontonummer zuweisen. Sie sagten, es ginge nicht. Warum? Weil ich noch nichts eingezahlt hätte.

„Ich will gern einzahlen..." antwortete ich.

„Ja – da müßten Sie erst eine Nummer haben, unter der wir es buchen können."

Endlich am 17. April – nie werde ich den Tag vergessen – am 17. also durfte ich mein Geld hinlegen. Der Amtsvorstand ließ mich zu sich rufen und sagte mir:

„Man hat, wie Sie sehen, Ihrem Ansuchen willfahrt – wiewohl Sie Ausländer sind und Ihr Vorleben durch mancherlei bedauerliche Schatten getrübt ist. Die Regierung hofft, daß Sie sich der Aufnahme in den Postverkehr würdig erweisen werden. Geloben Sie das?"

„Ich gelobe es," versicherte ich.

Und ich bekam die Kontonummer 1130, Scheckamt München.

— — —

Wenn nun eine Postanweisung an mich kommt, schickt man mir nicht etwa das Geld, sondern ich erhalte – ganz wie es der Amtsvorstand angedroht hat – nurmehr die Verständigung, dieser und dieser Betrag wäre meinem Konto gutgebucht worden.

Jeden Betrag, den ich von irgendwoher bekomme, schickt man aufs Postscheckamt und schreibt ihn auf Nummer 1130.

Erst gestern kamen wieder:

Vom ‚Lustigen Sachsen' für ein hübsches Trinklied

2 M 50.

Von der ‚Literarischen Rundschau' für einen Artikel ‚Sollen junge Mädchen Korsette tragen?'

15 M

Ich kriege das Geld nicht. Wir haben seit sechs Wochen nichts mehr im Haus.

Einmal füllte ich ein Formular aus und ging damit auf die Post.

Der Beamte sah die Geschichte durch, nickte beifällig, hielt das Papier gegen das Licht, um das Wasserzeichen zu prüfen, und sprach:

„Sie können ganz beruhigt sein. Der Scheck is echt."

„Ich wollte hundert Mark..."

144

„Schicken S' halt den Schein aufs Scheckamt."

Ich schicke öfters einen Schein aufs Scheckamt.

Dann weist das Scheckamt hundert Mark an – an Herrn Roda Roda, München 23, Leopoldstraße.

Das Postamt München 23 bekommt die Anweisung, sagt sich aber mit Recht: ‚Der Mann hat ein Konto, auf das wir diesen eingelaufenen Betrag überweisen müssen.' – Und die hundert Mark gehen wieder ans Scheckamt.

Meine Mutter verkümmert in Not, Bettelstab ist bei uns Küchenmeister. Mein Geld geht ans Postscheckamt.

Gestern war ich persönlich bei einem Verleger und suchte ihm zwanzig Mark abzulisten.

Er sagte mir:

„Gewiß, mit Vergnügen. Ich überweise Ihnen das Geld durch einen Postscheck."

Ich ging gebrochen vondannen.

Ich wiederhole den Versuch, Geld von der Post zu erhalten, jede Woche. Ich sehe ja ein, der Versuch ist töricht. Doch das eben ist die Art der Verzweifelten, törichte Versuche zu wagen.

Die Regierung bleibt unbarmherzig. Die Einführung des Postscheckverkehrs war ein Teil der Finanzreform des Reiches. Man wollte Geld haben, und nimmt es nun den Ärmsten. Meine kargen, sauern Schriftstellerhonorare wird man der Entente überweisen. Und die deutsche Kunst gibt man dem Hungertuch preis.

Die Löwen des Professors Behn

Es wird hier nicht die Rede sein von Behns Löwen aus Porphyr, Marmor, Syenit, Fayence, Gips, Erz, Eisen, Porzellan und Sandstein – sondern von zwei wirklichen, lebendigen... eben: von Löwen schlechtweg. Aus allem möglichen Material hat Behn Löwen gehauen, gegossen, geknetet – ruhende, zornige, brünstige, sterbende Löwen – er hat aber auch zwei Stück selbst gefangen, nach München mitgebracht und jahrelang gehegt. Sie müssen nämlich wissen: Fritz Behn ist kein Professor mit Vollbart und Brille, er ist ein sehniger Sportsmann; nicht nur Bildhauer, nein, auch Afrikajäger.

Unten in der Villa Behn war der Zwinger, nebenan das Atelier – oben die Wohnräume. Unten knurrten in jener Faschingsnacht die Bestien und fletschten ihre Reißer – oben tanzte man Walzer, One-step und Tango. Es war im Tangojahr, Februar 1914.

Diese Nacht ist sehr unliebsam gestört worden; gegen vier Uhr nämlich stürzte Matthes, der Wärter, in den Salon und schlotterte und stotterte:

„Herr Professer! Auskummen saan s'."

Nichts weiter.

Das Jazz war damals noch nicht erfunden – Behn in seinem Schrecken erfand es: er machte einen regelrechten, riesigen Jazzsprung nach dem Flur; kehrte mit einer Pirouette um ins ‚Saharazimmer' und raffte rasch zusammen: einen derben Strick; die Rifleexpreßbüchse; eine Handvoll Patronen.

„Was ist denn geschehen? Was ist los?" schnatterten die Damen, riefen die Herren; einige wollten mit Behn.

„Ruhe! Nichts ist geschehen. Bitte: sofort zurück in den Tanzsaal! Niemand darf hinaus." – Frau von Pleininger, in Hermelin gehüllt, hatte eben mit ihrem neuesten Freund holländisch davongewollt, im Auto; Professor Behn hielt die Flüchtlinge unsanft auf.

Einen Herzschlag später stand Behn vor dem Käfig. Die Tür des Käfigs weit offen. Die Löwen weg.

„Sie werden im Garten sein..." sagte sich Behn, glaubte sichs selber nicht und begann den Garten abzustöbern. Die Büchse hielt er schußbereit vor sich, den Finger am Züngel, und über der Schulter trug er den derben Strick.

Den Strick... hatte er in der ersten Verwirrung mitgenommen. Vor so viel Jahren am Taganjaka – ja, damals hatte er die Löwen mit eben diesem Strick gefangen, gewiß. Drei Eingeborne hatten mitgetan. Die Löwen waren jung und dumm gewesen, die Nigger erzgescheit. Heute aber? Die Löwen sind seither voll erwachsen. Es besteht nur Hoffnung, sie lebendig zu kriegen, wenn etwa der Wärter sie mit rohem Fleisch...

„Matthes! Matthes!! Wo steckst du?"

Prost Mahlzeit! Matthes war nicht da, der Lump; er hatte sich verkrochen.

Und die Löwen waren nicht im Garten; waren nirgends. Die erregte, die ängstliche, die schnatternde Gesellschaft konnte nach einer guten Stunde Zögerns, nach zahllosen Beteuerungen und Schwüren des Hausherrn die gastliche Villa verlassen. Sind die nach ihren Wagen gerannt, die Damen und Herren, an jenem Faschingsmorgen! Und haben tief aufgeatmet, als sie in den sichern Betten lagen. Frau von Pleininger hatte sich an ihren eignen Gatten geklammert; mein Gott – in der Panik.

Behn war allein.

Zunächst rief er 20231 auf, Polizeidirektion.

Keine Antwort.

Ach so – man muß die Nachtnummer verlangen.

Eine bärbeißige Stimme:

„Wos mögen S' denn?"

„Hier Behn. Meine Löwen sind mir durchgegangen."

„Wer is Eahna durchganga?"

„Meine Löwen."

„I hör allweil ‚Löwen'? Buchstabieren S' mal!"

Behn buchstabierte:

„Louise, Otto, Ernst, Wilhelm, Ernst, Nikolaus."

„Saan Eahna durchganga? Die Louis, der Otto, Ernst...? Melden S' es halt um a neune auf Zimmer 126, ‚Vermißte Kinder.' Schluß."

Behn blieb geduldig. Rief nochmals 20231 an.

„Jo??"

„Hier Behn." – Weiter kam er nicht.

„Saan S' scho wieder do? I hab Eahna scho gsogt: Zimmer 126, um a neune."

„Aber hören Sie doch: es handelt sich garnicht um Kinder. Zwei L–ö–w–e–n sind mir ausgekommen."

„L–ö–w–e–n?? Derblecken S' Eahnern Großvatter!! Verstehn S'??"

„Mensch, es sind doch gefährliche Raubtiere – Sie müssen etwas tun."

„So? Raubtiere?? Ha. Wirkliche Löwen??"

„Gewiß."

„So rufen S' halt Amt Eglfing, Nummer vier!!"

Dem Professor fiel aber nicht ein, der behördlichen Weisung zu folgen. Eglfing Nr. 4 – das ist nämlich die bayerische Irrenanstalt.

— — —

Eine halbe Stunde darauf schrillt Behns Telephon.

„Hallo! Hier Polizeidirektion... Sie selbst, Herr Professor? Man hat bei uns vorhin... Waren Sie es? Und Ihnen sind tatsächlich...??? Kommissariat Freymann meldet zwei Pudel in der Größe von Kälbern..."

Himmel, das sind sie! Freymann liegt nordöstlich von München, fünf, sechs Kilometer weit.

Von nun an stand die Klingel nicht mehr still.

Um acht waren die Löwen bei Ramersdorf; sie mußten im Bogen um die Stadt gelaufen und durch die Isar gefurtet sein.

Um zehn waren sie im Perlacher Forst.

Um elf kam eine betrübliche Nachricht aus Benediktbeuern, nicht weit vom Kochelsee: die Bestien hatten zwei Vollblutfohlen des Staatsgestüts gerissen. (Zwei Vollblutfohlen: es werden hoffentlich nicht gleich Derbycraks gewesen sein; immerhin kann man sich auf zehntausend Mark Schadenersatz gefaßt machen.)

Um ein Uhr: Garmisch.

Nun aber wurde Professor Behn stutzig. Garmisch – Donnerwetter – das liegt doch in der Luftlinie achtzig

Kilometer weg von München – und mit den Umwegen über
Freymann, Benediktbeuern müssen es gut zweihundert sein,
quer durch Gebirg und Flüsse... Sonderbar. Rasen sie denn
wie Schnellzugslokomotiven, die verdammten Viecher?

Da hieß es im Fernsprecher:

„Wetterstelle Zugspitze, 2964 Meter über dem Meer. –
Herr Professor! Soeben sind Ihre Löwen wohlbehalten bei
uns eingetroffen." – Dazu lebhaftes Hohngelächter.

Behn wußte alles. Er sprach ohne Vorwurf, ohne Zorn:

„Sag mal, Ebbinghaus, wie lang willst du den
langweiligen Ulk noch forttreiben?"

Denn nun wars gewiß: Behns Löwen hatten das Haus
überhaupt nicht verlassen. Professor Ebbinghaus, der
Spaßmacher, hatte sie des Nachts in Behns Keller gebracht;
und dann von Stund zu Stunde vom Café Stefanie aus
Berichte über Wege und Untaten der Löwen an den
Professor telephoniert.

Die Angelegenheit war also ziemlich glatt verlaufen.

Die einzig Leidtragende war Frau von Pleininger; sie
glaubt, in jener Nacht eine große Chance versäumt zu
haben; und bis heute hat sie es Behn und Ebbinghaus nicht
verziehen.

Die Trauung

Eines Tages beschlossen wir, meine Frau und ich, einander zu heiraten. Nämlich mit Hilfe der Staatsgewalten – damit wir ein anerkanntes, königlich bayerisches Ehepaar würden. Wir besprachen unsern Entschluß – und auch, daß wir vom nächsten Ersten an ein Abonnement auf die Straßenbahnen nehmen würden. – Doch was sind menschliche Entschlüsse? Wir vergaßen den einen wie den andern.

Irgend einmal sprach uns Väterchen Rößler von der schlechten Zugsverbindung, die er nach Dachau habe (er käme, wenn er erst in München sei, nicht vor dem dritten Morgen heim) – da erneuerten wir unsre Vorsätze, nahmen auch richtig das Abonnement – mit der Heirat bliebs wieder bei der Absicht.

Nicht mehr lang. Am Abend nach der Taufe unsres Jüngsten sagte meine Frau:

„Du, erinner mich morgen, daß ich aufs Standesamt gehe."

Und sie ging. Und erzählte mir später:

„Es sind ganz umgängliche Menschen, garnicht sehr roh. Ich fragte: ‚Bitte, was muß ich tun, um meinen Mann zu heiraten?' – Sie schrieben mir sofort alles nötige auf. Hier ist der Zettel."

Er enthielt im ganzen sieben oder acht Gegenstände.

— — —

Ich bin irgendwo an der serbischen Grenze geboren – und als sei das des Jammers nicht genug, war unser Pfarrer am Tag meiner Geburt ein wenig angeheitert. Er schrieb mich nicht in die Matrikel.

Solang ich daheim lebte, machten sich die Folgen der hochwürdigen Laune nicht weiter fühlbar – die Ämter bei uns begnügten sich mit meiner Anwesenheit und fragten nicht nach dem Schein.

Jetzt aber sollt ich erfahren, was es heißt: auf der Welt und nicht in der Matrikel sein. In Deutschland muß man beweisen können, daß man geboren ist. Ich konnt es nicht beweisen.

Ich schrieb sieben Briefe nach Haus: sie sollten mir einen Geburtsschein schicken. Irgendeinen. Wenn er auch nur im mindesten für mich passe.

Auf jeden der sieben Briefe blieb ich sieben Wochen ohne Antwort. – Wer da berechnet, daß siebenmal sieben etwa fünfzig sind und daß ich vierzehn Tage brauchte, um mich zu besinnen – der wird mir gern glauben, daß ein Jahr fruchtlos verging.

Als das Jahr um war, fuhr ich – eine verdammte Reise! – persönlich nach meinem Geburtsort. Ich erkannte ihn nicht wieder. Mein Vaterhaus fehlte, ein vorüberfahrender Fuhrmann hatte es gestohlen. Den kostbaren schmiedeeisernen Torflügel des Hofes, seit Generationen ein Stolz der Familie, hatte der wirkliche Eigentümer erkannt und reklamiert.

Ich ging gradenwegs zum Pfarrer.

„Mein Sohn...,“ begann er...

„Verzeihung, Hochwürden, Sie verwechseln mich mit

jemand anderm."

Der Irrtum klärte sich rasch auf – der Pfarrer hatte die Anrede ‚Mein Sohn‘ nur figürlich verstanden.

Na, und da Seine Hochwürden zum Glück wieder gut gelaunt war, kriegte ich meinen Geburtsschein ohne weiters. Ich ordnete meine häuslichen Angelegenheiten, forschte den diebischen Fuhrmann aus, parierte geschickt seine Ohrfeigen, zeigte ihn an und fuhr vondannen.

Zu Haus in München empfing man mich mit großer Freude. Daß Papa so rasch heimkehren würde, hatte sich niemand gedacht.

„Aber," sagte meine Frau, „du hättest auch gleich deinen Heimatschein mitbesorgen sollen."

Richtig, den Heimatschein! Ein endloser Briefwechsel erhob sich. Ähnlich wie einst um die Geburt des Homeros, stritten sich sieben Städte – nur verleugneten sie mich alle und schoben sich gegenseitig meine Angehörigkeit zu. Verleugneten mich unter den nichtigsten Vorwänden, das muß ich sagen. Endlich kamen Essegg und Agram in engere Wahl. Ich schlug vor, die Magistrate sollten um mich würfeln – man lehnte mit Erlaß vom 23. Juni v. J., Zahl 12364, mein Ansinnen ab. Zehn Kronen Geldstrafe wegen versuchter Verleitung zur Veranstaltung eines unerlaubten Glücksspiels. – Dank dem Eingreifen eines befreundeten Abgeordneten mußte Essegg klein beigeben, und – da der Abgeordnete sehr mächtig war – wälzte man meine Geldstrafe auf die Staatskasse über. Sie prangt im letzten Budget der Königreiche Kroatien-Slavonien *sub titulo* ‚Investitionen,‘ Punkt 7: ‚Kanalbau‘ – kaum verschleiert durch einen Federhut für die Geliebte meines Beschützers.

Ich hatte also meinen Heimatschein und brauchte nichts weiter als die Bewilligung des ungarischen Justizministers ‚zur Verehelichung im Auslande.‘ Mir stiegen

Beklemmungen auf. Das Justizministerium zu Budapest arbeitet bekanntlich fieberhaft. Doch die Last, die man ihm aufgebürdet hat, ist zu groß – kein Amt der Erde kann eine solche Aufgabe bewältigen: 896 n. Chr., vor mehr als tausend Jahren, fielen die Madjaren in Ungarn ein und nahmen das Land in Besitz. Man nennt das kurz: die Landnahme. Die Landnahme ist im königlichen Grundbuch noch nicht ganz durchgeführt. Tag und Nacht schreibt man seit 896 die Grundstücke um – man ist erst im dritten Achtel. Wie wird man da Zeit finden, mir meine Heiratsbewill...?

Ich bekam sie postwendend. ‚Seine Exzellenz freue sich ungemein, dem großen Künstler dienen zu können.‘ Ich fühlte mich mädchenhaft geschmeichelt, sah die Heiratsbewilligung durch – da lautete sie für den Bildhauer Rodin.

Ich wehrte mich schriftlich. Man sah den Irrtum ein und gab mir meinen Schein. Die Budapester Blätter aber nennen Rodin seither ‚unsern verblichenen großen Landsmann.‘

So hatte ich meine Papiere denn mit vieler Mühe gesammelt. Meine Frau ist Deutsche, bei ihr dauerte es natürlich ein wenig länger: die deutschen Behörden sind zäh, und Gewalt darf man hierzuland nicht anwenden. Schließlich gelang es aber, auch die deutschen Papiere herbeizuschaffen.

Wir gingen nun vereint aufs Standesamt. Der Beamte beanstandete einige Dokumente – wir drohten mit Konkubinat, und er gab nach. Nur müßte ich die Geschichte aus Budapest ins Europäische übersetzen lassen. Was mir mit Hilfe eines vom Polizeibezirk Schwabing beigestellten Taschendiebes sofort gelang.

Da sagte der Standesbeamte:

„Ja, das ist die Heiratsbewilligungsurkunde; aber nicht

die Bescheinigung der Heiratswilligkeit. Ich brauche ein Dokument, aus dem Ihre Heiratswilligkeit hervorgeht. Wer bürgt mir denn dafür, daß Sie überhaupt heiraten wollen?"

Ein Naiver hätte nun vielleicht geantwortet:

„Herr, wenn ich nicht heiraten wollte, hätte ich doch all die Dinge nicht unternommen, die seit zwei Jahren an meinen Ganglien reißen, all die Schritte, die mir infolge ungeheurer Gallenabsonderung zu einem Leberleiden verholfen haben. Ich hätte mich überhaupt des Verkehrs mit den Behörden ängstlich enthalten."

So hätte ein Naiver gesprochen. Ich aber weiß, daß man innerhalb von Amtslokalen Vernunftgründe nach Möglichkeit vermeiden muß – weil Vernunftgründe nur zu leicht zu Beamtenbeleidigungen führen.

Ich fragte also:.

„Wo ist das Amt, wo ist die Behörde, die mir bescheinigen kann, daß ich heiratswillig bin?"

„Im Rathaus, vierter Stock, Zimmer 235."

Vierter Stock... Donnerwetter! Aber wer weiß? Wenn ich Glück habe, gibt es einen Fahrstuhl.

Ich ging aufs Rathaus, ich fand auch einen Fahrstuhl. Und daran die Inschrift: ‚Nur für Kranke und Gebrechliche.‘ – Einen Augenblick spielte ich mit der Illusion, daß meine Leberverhärtung...

„Haben S' an ärztliches Zeugnis?" fragte der Portier. „Wann net, na schwitzens zwanzig Fennige, na fahr ich Ihnen hinauf."

Ich schwitzte.

Wie hatte die Nummer des Zimmers gelautet? 253 – nicht wahr?

Nein, da sitzt der Sachverständige für Bewertung von mäßiggekrümmten Metallgasschläuchen.

243 ist das Bureau für Bemessung bayerischer Starkbierbestände. 233: Amtslokal der Delegierten zur Besichtigung normalspuriger Straßenwalzen. Man glaubt nicht, wie verwickelt der Verwaltungsapparat einer Großstadt ist. Ein humaner Beamter wies mich auf das Zimmer 235, ‚Register der ausländischen Heiratswilligen.‘

Der Vorstand dort erklärte: es läge ein häretischer Aberglaube des Standesamtes vor; die Bescheinigung der Heiratswilligkeit könne man hieramts nicht ausstellen, die könne niemand auf Erden ausstellen als ich selbst; denn niemand als nur ich selbst könne wissen, ob ich Willens sei, eine Ehe einzugehen.

Die Gründe waren so einleuchtend, daß sie mir ganz und gar unrichtig erschienen. Und wirklich stellte sich später heraus: für Leute, die im ehemaligen Österreich-Ungarn geboren sind, besteht eine Ausnahme: sie müssen eine behördliche Bescheinigung ihrer Heiratsabsicht beibringen – die einfache Erklärung von Österreichern hält das Standesamt nicht für glaubwürdig.

Schon rieten mir wohlmeinende Freunde, auf die Trauung zu verzichten.

„Denn,“ sagten sie mir, „du bist jung – auch Sie, gnädige Frau, sind jung – es wird euch früher oder später gereuen, den Behörden für nichts und wieder nichts soviel Plackerack gemacht zu haben.“

Indessen kehrten wir uns nicht an die Redereien und heirateten rüstig weiter. Ich stellte schriftlich die dezidierte Behauptung auf, heiratswillig zu sein, bat einen mehrfach, auch vor dem Feind dekorierten Oberstleutnant, mein Zeuge zu sein, und begab mich aufs Konsulat, um meine Identität beglaubigen zu lassen. Als das Konsulat immernoch zögerte, holte ich den Oberkellner aus dem Café Stefanie und stellte ihn als meinen Vetter, den Grafen Wiltschek vor. Das wirkte. Man beglaubigte mich.

Nun zurück aufs Standesamt. Der Beamte empfing mich freundlich. Meine Frau fand ihn sehr gealtert gegen das erstemal.

„Gut," sprach er, „Ihre Papiere sind in Ordnung. Ich kann Sie ohne weitres trauen. Haben Sie aber auch die Konsequenzen bedacht? Sie sind Österreicher. Österreicher, die sich im Ausland trauen lassen, werden daheim bestraft."

„Bestraft?"

„Ja. Wegen Bigamie."

„Erlauben Sie – ich bin doch noch nie verheiratet gewesen?"

„Nicht? Dann wegen Monogamie. Bestrafen wird man Sie jedenfalls." – Und mit leisem Mitleid: „So wollens die österreichischen Gesetze. Ich kann sie nicht ändern."

Tu, felix Austria, nube! Da stehe ich nun mit meinen Papieren. Mit meinem gräflichen Freund, dem Oberkellner. Dem mehrfach dekorierten Oberstleutnant. Der unüberwindlichen Zuneigung meiner Frau. Daheim schreien die Kinder.

Kostenrechnung: 5 *M* dem Oberkellner. 1,25 dem Portier. 20 *M* für Papiere. Ein Vaterhaus – 60 *M* Eine Porzellanpfeife für meinen Beschützer, den Abgeordneten – 3 *M* 50.

Ruiniert, blamiert und ledig. Mit einem Haufen unnützer Papiere. Sämtliche Amtsdiener Bayerns grüßen mich auf der Straße – wenn ich im Keller neben sie zu sitzen komme, trinken sie, ohne zu fragen, eine Maß auf meine Kosten.

5 *M* dem Oberkellner, 1,20 dem Portier. Ein Vaterhaus – 60 *M* usw. usw.

Zusammen	182 *M* 20.
Hiezu für Amtsdiener bisher	13 *M* 80.
Zusammen	196 *M* –.

Ich bin entschlossen, diesem verfehlten Leben ein Ende zu machen.

B. G. Nuschitsch nacherzählt

Die Schwabinger Alp

Wenn Sie Ihre Schritte nach dem nördlichsten Schwabing lenken – was ohne jegliche Gefahr geschehen kann – wenn Sie Ihre Schritte dahin lenken, fällt Ihnen ein riesenhaftes Gebäude auf mit der Inschrift:

„Städtische

Mädchenhandels-

Schule"

Doch sollen da keineswegs auf Kosten der Stadt München Mädchenhändler fachlich herangebildet werden – vielmehr ist eine Handelsschule geplant für Mädchen.

Geplant und erbaut – doch nicht ins Leben gerufen. Das große, schöne Gebäude steht leer – es enthält nur die Schwabinger Alp. Die Geschichte ist traurig und wahr:

Wir haben einen jungen Mann in München, Georg Hensel – so was von Begabung schreit zum Himmel. Man kann Henseln nicht mehr einen Bildhauer nennen – er ist schon Skülptör.

Im Jahr 1914 nun, knapp nach der Kriegserklärung, verdichtete sich die Stimmung des deutschen Volkes in Hensel zu einer Idee: er wollte ein kleines Medaillon schneiden, etwa in Pfenniggröße. Vorn: die Siegesgöttin; hinten Schrift: die Jahreszahl.

Ganz einfach, aber bezwingend – wirksam grade durch die strenge Knappheit.

159

So geht Hensel sinnend die Friedrichstraße lang – da begegnet ihm *Dr.* Kratz. Begrüßung und Händedruck – ein Wort gibt das andre – – schließlich fragt *Dr.* Kratz:

„Und Sie, Hensel? Was treiben Sie?"

„Eigentlich nichts... Man hat so Entwürfe..."

„Ah!! Entwürfe?? Das berührt mich aber innig. Reden Sie!"

„Nun...," antwortet Hensel, „... ich denk mir halt: ein Medaillon wär fein; vorn die Siegesgöttin..."

„Außerordentlich!! Vorn die Siegesgöttin?? Glänzend!! Das wird gemacht, das ist ein Hauptschlager, das ist Sensation. Sofort, auf der Stelle modellieren Sie die Siegesgöttin! Medaille – und gleichzeitig eine kleine Plastik. Vielleicht so..." – (Kratz zeigt durch eine oszillierende Gebärde 15 bis 65 Zentimeter Höhe an und bleibt bei 40 fest.)

Hensel wendet ein: er müßte doch noch überlegen, ob...

Kratz aber ist elektrisiert. „Ach was," sagt er „– ich spreche heute noch mit Borscht" (dem Herrn Oberbürgermeister) – „verlassen Sie sich darauf: Sie kriegen ein Atelier."

Hensel ist wie vor den Kopf geschlagen. Ein Atelier? – für das Medaillönchen?

Kratz ist schon verschwunden.

– – –

Was dieser Kratz damals auf dem Rathaus gesagt und geschwafelt hat, wird ein ewiges Rätsel bleiben. Kratz selbst ist bekanntlich seit Jahren wegen unheilbaren Blödsinns unter Verschluß, und der Herr Oberbürgermeister erinnert sich des Vorgangs nicht mehr. Es wird ein ewiges Rätsel bleiben, warum, wieso...

Kurz, es kam plötzlich ein gewappelter Bote nach der Pension Schmal und begehrte den Bildhauer Georg Hensel zu sehen. Worauf er Henseln einen Dienstbrief übergab.

Inhalt: Der Magistrat der kgl. Residenzstadt München stelle Henseln für seine patriotisch-künstlerischen Zwecke unter dem Vorhalt jederzeitigen Widerrufs, vorerst für die Dauer der Schulferien den Fest- und Prüfungssaal der Schwabinger Mädchenhandelsschule zur Verfügung.

Man muß den Saal gesehen haben; er ist einer der imposantesten Münchens. Er hat Fenster nach Osten, Süden, Westen; doch wenn die Sonne da in einem Tag rundherumkommen will, muß sie sich sputen. Der Saal hat eine gewölbte Decke; man nimmt es mit freiem Auge kaum wahr. Der Saal ist 1,4 lang; Kilometer? oder deutsche Meilen? – das ist bisher nicht festgestellt. Bekannt ist nur, daß man die letzte Trambahn verpaßt, wenn man den Saal mittags zufällig durch den unrichtigen Ausgang verläßt. Ferner, daß sich einmal ein junges Mädchen im Festsaal verirrte, worauf die Rettungsexpedition der Polizeiwache Ungererstraße fünf Tage später von einer zweiten Rettungsexpedition in völlig erschöpftem Zustand nächst der nördlichen Saalecke aufgefunden wurde.

In diesem Saal also stand Georg Hensel und sollte da sein Medaillönchen schneiden. Selbstverständlich wuchs ihm die Idee, wenn er so in die Höh und Ferne sah.

Einen Augenblick dacht er noch an die Plastik, wie Kratz sie angedeutet hatte: 40 *cm* – dann schämte er sich; schämte sich vor den Ausmaßen des Saals.

Eine Victoria... Sie mußte doch den deutschen Siegen in Belgien, Frankreich einigermaßen entsprechen. Nun waren aber Lüttich gefallen, Namur, Maubeuge. Ein doppelt lebensgroßes Eisengerüst für das Modell wird grade noch ausreichen...

Da fiel Antwerpen; Hensel ersuchte den Magistrat
München, als welcher durch Darleihung des Saals so
lebhaftes Interesse an dem vaterländischen Werk bekundet
hatte, ‚zum Zweck der Verwirklichung der Kolossalgruppe‘
etliche Wagen Gips anfahren zu lassen.

So entstand die Schwabinger Alp. Sie stellt sich den
ewigen Gletschern des Ortlers würdig an die Seite.

Nur ist sie künstlerisch gegliedert:

Oben auf barock-kubistischen Gewitterwolken der
Kriegsgott (16,3 *m*) mit hochgekämmtem Schnurrbart,
Adlerhelm (Gips). Der Kriegsgott schwingt ein Banner – na,
ich sage Ihnen: ein Banner: wie das Focksegel eines
Kauffarteischiffs. Der Kriegsgott ist von Wodans wildem
Heer begleitet. (Alles Gips.) Im Gefolge erkennt man: den
ehemaligen Chef des Generalstabs v. Moltke; Hindenburg;
dann Kluck, Falkenhayn. Ungern reißt sich der Blick von
ihnen los – doch tiefer unten gibt es ebenso Anziehendes zu
schauen: die deutschen Stämme mit den Kronprinzen
Friedrich Wilhelm (11 *m*), Ruprecht, Albrecht an der Spitze:
im ganzen etwa 360 Figuren, keine unter 8 *m*. Wer
schwindelfrei ist und eine Feuerwehrleiter ganz hinansteigt,
wird herrliche Details bewundern können.

Das Ganze ruht auf einem Sockel (in Wirklichkeit sollt ja
der Spessart von Aschaffenburg bis Gemünden als natürlich
überhöhte Basis dienen) – und am Sockel werden *en relief*
sämtliche deutschen Mitkämpfer in natürlicher Größe
verewigt. (Alles Gips.)

Das ist die Schwabinger Alp, wie sie im Herbst 1914 als
Modell fertigstand. Wenn man vom künstlerischen Wurf
ganz absieht: schon als Äußerung roher Kraft allein eine
ehrfurchtgebietende Arbeitsleistung.

Da schrieb der Magistrat München:

So, die Schulferien wären nun zu Ende – Hensel werde ersucht, den Saal der Mädchenhandelsschule Schwabing bis 12. d. M. wieder für den Unterricht freizugeben.

Wie sollte Hensel sein Modell hinausbringen – durch die Tür oder durch die Fenster? – Die Schulkommission erklärte, darüber möge sich der Künstler selbst schlüssig werden.

Wenn man aber die Mauer weit genug aufbrach, fiel die ganze Mädchenschule zusammen.

Nachdem sich erst eine Stimme aus der Bevölkerung im Generalanzeiger der Neuesten Nachrichten für ein pietätvolles Belassen des Werkes im Festsaal ausgesprochen hatte, nahm sich die Sezession der Sache an – und ein Wink von oben gab den Ausschlag; man ließ Henseln einstweilen in Ruhe: bis zu den nächsten Ferien.

Indessen aber war die Mädchenschule dem Kriegsministerium überwiesen worden – der Festsaal insbesondre als Bureau der siebenhundertgliederigen Zentrale zur Beschaffung von Ersatzhornknöpfen für Papierlitewkas.

Da fielen übereinander her: der Magistrat; die Schulkommission; die Künstlergenossenschaft; der Bund zur Erhaltung von Denkmälern; das Kriegsministerium; und eine Gruppe von Gläubigern, die Henseln Gips geliefert hatte. Es entstand ein Wirbel von Staats- und Bürgergewalten, von militärischen und kulturellen Belangen, die einander aufs schrecklichste flankierten.

Sie flankierten und befehdeten einander – immerzu – immerzu – jahrelang. Schließlich drückten sie Henseln völlig an die Wand: er habe das Modell jedenfalls hinauszuschaffen, und zwar auf seine Kosten. Beinah mußt er nachgeben, seine Alp zerstören...

Da kam ihm ein erlösender Gedanke: in einem prachtvollen Brief schenkte er die Alp, wie sie stand, dem bayerischen Herrscherhaus.

Das war im Sommer 1918.

Das Oberhofmeisteramt dankte dem Künstler brieflich.

Worauf die Schulkommission sich an den König wandte – mit dem Ansinnen, über ‚sein‘ Denkmal zu verfügen. München, 8. November 1918.

Das Haus Wittelsbach gedachte, die Schwabinger Alp ganz einfach der deutschen Nation zu stiften, da...

... da kam der Umsturz.

Nun war die Sache erst recht verfahren:

Die Münchener Gewerkschaften wollten die Schwabinger Alp als Gipsbergwerk sozialisieren.

Die Mehrheit der bayerischen Abgeordneten betrachtete das Ding als Krongut.

Hensels Gläubiger haben es mit Beschlag belegt.

Durch eine bereits ausgestellte, nur im Gesetzblatt noch nicht abgedruckte Urkunde ist die Schwabinger Alp Reichseigentum geworden.

Wem gehört sie also? Das ist das große Rätsel.

— — — Unterdessen geht Georg Hensel in den Kaffeehäusern umher, mit den Händen in den Hosentaschen, und pfeift sich eins: ein Mann, der nach schweren innern Kämpfen zur Herzenseinfalt zurückgefunden hat.

Die Grandeln

Vorigen Frühling äußerte meine Frau die Absicht, im Juli nach Kissingen zu gehen.

Der Juli hat 31 Tage. Um diesen überaus langen Monat nicht allein in München verbringen zu müssen, sah ich mich als vorsorglicher Familienvater schon im Mai nach etwas um.

Ich fand es. In der Pinakothek.

Es war eine babylonische Witwe. Nicht besonders klug, aber freundlich, schwarz von Haar, finanziell unabhängig und mit etwas Malerei begabt. Sie hatte mit sechzehn geheiratet, berichtete sie, war fünf Jahre lang Gattin gewesen, fünf Jahre Witwe und zählte im ganzen zweiundzwanzig.

Sie hieß Ludovica. Ich liebe Frauen, deren Namen man sich leicht merken kann. Ein mnemotechnischer Zufall kam mir zu Hilfe: Ludovica war in diesem Jahr die Dritte.

Ludovica war sogleich entbrannt. Um mich nicht zu zersplittern, vertröstete ich sie auf den Juli; und sie wartete.

Plötzlich, am 1. Juli – wer beschreibt meinen Schrecken? – gab meine Frau ihre Kissinger Reise auf.

Augenblicks beschloß ich, auf die Hochwildjagd zu gehen.

Ich selbst habe natürlich kein Revier. Doch Walter Ziersch hat eins. Sooft ich nun Wert darauf lege, mich zu diesem oder jenem Zweck für ein paar Tage zu dematerialisieren, pflege ich meinen Verwandten gegenüber eine Jagdeinladung zu Walter Ziersch vorzuschützen.

Das Verfahren ist sehr einfach: ich passe im Flur auf, bis mich irgendwer telephonisch anruft; hierauf ergreife ich beide Höhrrohre – jawohl, beide Höhrrohre – und was mein Partner auch immer sage – ich jauchze in die Muschel:

„Ah, du bists, lieber Doktor Ziersch? – Fein, fein gehts mir, ich danke... Hochwildjagd? Gewiß, gewiß, mit Vergnügen."

Der Mann am Telephon widerspricht eindringlich: er wäre der Gemüsehändler und wisse nichts von einer Jagd, es sei ein Mißverständnis.

Ich noch lauter, noch freudiger:

„Mittwoch? Famos! Herrlich! – Wie, Auerwild gibts auch? Ich werde bestimmt erscheinen. Ich danke sehr. Schluß!"

Und ich wende mich an meine Familie:

„Denkt euch, Walter Ziersch hat mich schon wieder zur Hochwildjagd gebeten."

Alle freuen sich mit mir und preisen den edeln Jagdherrn und Gönner.

— — —

Mittwoch also fuhr ich mit meiner Babylonierin nach Augsburg.

In Augsburg kaufte ich einen Rehbock und schickte ihn meinen Lieben, damit auch sie teil an Vaters Jagdvergnügen hätten.

Der Tante schickte ich zwei Fasanen.

Meinem Bruder nur ein Rebhuhn – er glaubt die

Geschichte von der Jagd ohnehin nicht.

Dem Onkel aber selbsterbeutete Hirschgrandeln, denn ich verehre den lieben Onkel sehr.

Ich weiß nicht, ob es allgemein bekannt ist, daß echte Grandeln heidnisch teuer sind. Ich kaufte nachgeahmte, für fünfzig Pfennig.

Onkelchen, der Schurk, muß auf den ersten Blick erkannt haben, daß diese Grandeln aus Zelluloid bestehen; er fand das Geschenk ‚zu kostbar für einen alten Onkel‘ und verehrte es... meiner Frau.

Meine Frau schmollte ein wenig, daß sie ihres Ehemanns Trophäe erst auf Umwegen bekommen hätte, beruhigte sich aber und ließ das kostbare Stück vom Juwelier in Gold fassen.

Dann trug sie die Grandeln öffentlich als Brosche.

Ich ärgerte mich bunt. Jeden Tag zweifelte ein andrer Mittagsgast die Echtheit meiner Jagdbeute an. Meine Lieben begannen, mich mit scheelen Blicken zu betrachten.

Da kam Professor Bechtel zu Besuch – Bechtel, der Zoologe.

Meine Frau wollte offenbar die Gelegenheit ausnutzen und zeigte dem Herrn Professor die Grandelbrosche, natürlich um sie prüfen zu lassen.

Doktor Bechtel besichtigte die Brosche oberflächlich, nickte freundlich und schob sie zurück. Sie wäre sehr geschmackvoll, sagte er. Und hochmodern.

Schon atmete ich auf. Meine Frau aber hatte offenbar Verdacht gefaßt und wollte durchaus Sicherheit haben. Sie rief:

„Was sagen Sie nur, Herr Professor? Vetter Toni behauptet immer, die Grandeln wären nicht echt.“

„So?" rief der Professor. – „Nicht echt?" – Er schob die Brille in die Stirn und hielt sich die Brosche an die Nasenwurzel. – „Man müßte das Ding chemisch untersuchen: das Gold mit Hilfe einer Mischung von Schwefel- und Salpetersäure, dem sogenannten Königswasser – die organischen Bestandteile der Brosche mit..."

„Ha," unterbrach ich, „ich lasse mich von Vetter Toni nicht beleidigen. Die Grandeln sind echt. So lieb sie mir sind – als Andenken an meinen ersten Hirsch – ich werde sie erbarmungslos opfern. Bekanntlich," rief ich – und meine Stimme hatte hier ehernen Klang – „bekanntlich gibt es eine unwiderlegliche Probe: falsche Grandeln sind durch Feuer unzerstörbar, echte aber flammen auf und verbrennen."

Ehe meine bestürzten Anverwandten noch ein Wort hatten erwidern können, zündete ich ein Streichholz an – ein Zischen, ein wenig Gestank – und die Grandeln waren gewesen.

Wie stand ich da? Ungefähr wie Mucius Scaevola. Oder wie Manlius Torquatus. Je 2,5 Zentimeter ein König.

— — —

Aus dieser schlichten Begebenheit erklärt sich die eigentümliche Stelle in Professor Doktor Bechtels ‚Leitfaden der Zoologie,' 17. Auflage, München, 1921:

„Die Schneidezähne mancher Hirscharten (Cerviden) zeichnen sich durch leichte Brennbarkeit aus, was unter Umständen die Unterscheidung von Schädelresten der Gattung *Cervus* von denen andrer Wirbeltiere erst ermöglicht."

Tobias Leinzeltners Schicksale im Münchener Umsturz

Tobias Leinzeltner ist Diener der Süddeutschen Verlagsgesellschaft Euterpe, Wochenblatt für Milchwirtschaft und Käserei.

Georg Leinzeltner ist der Direktor; ein älterer, massiv gebauter Herr, den man beim ersten Ansehen eher den alkoholhaltigen Branchen zurechnen würde.

Zwischen Herrn und Diener besteht mehr als Namensverwandtschaft; sie sind richtige Vettern. Nur darf Tobias bei Strafe eines prasselnden niederbayerischen Ungewitters sich dritten gegenüber zu Georg Leinzeltner als Vetter nicht bekennen; muß ihn als Herrn Direktor anreden, auch in den vier Wänden und wenn sie unter sich allein sind, ‚sonst fliegt er von der Stelle;‘ muß vergessen, daß sie einst zu Dingolfing gemeinsam Schuljungen gewesen – und er denkt stündlich daran; muß den nagenden Groll in seiner Brust erwürgen und verleugnen, daß sein Vetter Gebieter ist und er nur Sklave – wo sie doch eines Bauernblutes sind, aus einem knorrigen Holz, Tobias sogar älter – und Georg nur darum aufgeblasen sein darf und grob, weil sein Vater dem Vater Tobiae das Stammgut der Familie einst vor Jahren in langwierigen, sumpfigen Sitzungen abgeschmust und abgelachselt hat.

Nie sind Ketten knirschender getragen worden. Wenn Tobias vormittags um elf dem Herrn Direktor Weißwürscht aus dem Hackerbräu zu holen hat, so betrachtet er sie bei sich als seine Weißwürscht und sieht mit Neid und Ärger, wie der reiche Vetter sie frißt. Jeden Pfennig, den Georg ausgibt, reißt er dem Tobias vom Herzen. Er praßt unaufhörlich vor Tobiae Augen; so sieht es der Diener.

In Wahrheit ist auch Georg Leinzeltner, der Herr Verlagsdirektor, keineswegs auf Rosen gebettet. Man hegt ja große Hoffnungen für die Euterpe m. b. H. – einstweilen aber geht das Wochenblatt nicht besonders gut. Man kann sagen, es geht garnicht. Es lebt von Anzeigen – und die Anzeigen werden vom Herrn Direktor selbst äußerst mühsam ‚hereingeholt‘: indem der Herr Direktor zuerst einen saftigen Aufsatz I. schreibt ‚über gewisse gewissenlose Aussauger des armen Milchproduzenten‘ und mit dem Gelöbnis schließt, ‚in der nächsten Nummer unsres verbreiteten Blattes in diese Elemente ausführlich hineinleuchten‘ zu wollen. Die ewig drohende Fortsetzung II. ist noch nie erschienen; denn alles, was Butter in Milchdingen auf dem Kopf hat, beeilt sich, rechtzeitig in der ‚Euterpe‘ halbseitig zu annoncieren.

Wirkt Direktor Georg Leinzeltner also im Grund sittlich bessernd auf seinen Kreis, indem er die Schädlinge durch fortgesetzte Erpressung wirtschaftlich schwächt, so steht er doch stets mit einem Fuß in den Schlingen der öffentlichen Rechtspflege. Die Weißwürscht, wo das Schicksal ihm gewährt, sind nur eine – nicht einmal unbescheidene – Gefahrprämie.

Tobias merkt es nicht; sein Grimm nimmt die Weißwürscht des Vetters wahr, nicht die Seelenängste.

In Anbetracht der peinlichen Finanzlage des Verlags war es doch wohl übertriebene Vorsicht des Herrn Direktors, wenn er schon beim ersten Hahnenschrei des revolutionären Maschingewehrs aus München floh –

offenbar befangen von dem Irrwahn, er wäre Kapitalist und Zielscheibe des Proletenhasses. Andrerseits muß ein Schutzengel ihn gewarnt haben: denn schon am Geburtstag der Räteherrschaft hatte Tobias, der böse Diener, in einem blindgehässigen Brief ohne Unterschrift grade Herrn Georg Leinzeltner, den Vetter, als einen der reichsten Bürger gekennzeichnet, als Leuteschinder, vielfachen Millionär und fanatischen Weißwurschtgenießer, den das erwachende ‚Voik‘ zu allererst zu vernichten hätte ‚wannz überhaubz an Ordnung gäbet in der königlichen Rebublick.‘

Ob mit, ob ohne Not – genug, Georg, der Herr Direktor, war nun einmal nicht da, sondern im heimatlichen Dingolfing und – Tobias, der Diener, sah sich allein im Brausen des Umsturzes; sah sich, der Diener ohne das Korrelat eines Herrn. Und hatte die neue Regierung ohnehin verkündet: es gebe keine Diener mehr – so ist ein herrenloser Diener am allerwenigsten denkbar. Tobias Leinzeltner tat also recht daran, wenn er sich seiner Stellung enthoben fühlte, für arbeitslos hielt.

Ob sein Vetter, der Herr Direktor, zurückkehren wird, stand in den Sternen geschrieben, Tobias Leinzeltners rückständiger Lohn vielleicht sogar im Schornstein. Tobias beschloß nach einiger Überlegung, sich an das Sichere zu halten: an die Arbeitslosenunterstützung des Staates.

Und Tobias stellte sich an – hinten als letzter an eine endlos krumme Menschensäule, um seinen Anspruch auf die Unterstützung anzumelden. Nach der Hohenzollernstraße 15 sollt er, zwei Treppen, Zimmer 59, gleich links – da war das Amt – und er stand gegen Mittag noch auf dem Kaiserplatz. Herrgott, bis die Menschensäule da im stockenden Schritt der Wartenden nach der Hohenzollernstraße vorrückt! Er hatte mit dem Nachsinnen kostbare Stunden vertrödelt, das ist klar – und wirklich, er kam zur unrechten Zeit: vor ihm waren schon

Zehntausende auf dem Amt gewesen, vielleicht hunderttausend, und der Volksbeauftragte war sehr kritisch mit der Zuteilung der grünen Zettel; er sah sich jeden Bittsteller dreimal an.

„Du, Genosse," sagte er zu Tobias, „bist doch ein kräftiger Mann? Du könntst hinaus aufs Dorf? Kartoffeln graben? Torf stechen?"

Davon verstehe er nichts, wandte Tobias ein und blickte scheu hinweg; er sei nun einmal gelernter Redaktionsdiener für Milchwirtschaft.

„Na, deinetwegen werden wir keine Fachblätter gründen," brummte der Beauftragte. „Tritt in die Rote Garde ein – anders gibts kein Brot!"

Tobias – was sollt er? – sagte: Gut! – und sie führten ihn mit einem Trupp Leidensgenossen nach der Türkenkaserne, hängten ihm ein Gewehr um, steckten ihm fünf Handgranaten von oben in den Hosenriemen und gaben ihm eine gestempelte Binde, die sollt er auf dem Ärmel tragen. Die Hauptsache aber: einen Napf Pichelsteiner Fleisch kriegte er und zwanzig Mark Handgeld. Das ließ er sich wohl gefallen; und trollte sich nach Haus.

Am nächsten Morgen sitzt Leinzeltner gemütlich daheim mit seinen Spezis bei einer frischen Maß und erzählt seine Abenteuer von gestern und haut auf den Tisch und sagt: wenn jetzt, wenn heut, wenn abermals der saubre Herr Vetter käme, der Direktor, und tät wiederum so maulen und ‚Tobias, Tobias!' brüllen und ihn, den Leinzeltner, zehnmal an einem Vormittag auf die Post schicken – und andre reaktionäre Umtriebe machen: so würde er als Rotgardist es garnie nicht dulden; für so was hätt er nun ganz einfach die Flinte da hinterm Bett und fünf Stück Handgranaten.

„Hehe!" grinsten die Spezis, „hast denn schon amal aus an Gwehr gschossen?"

Habe er allerdings noch nicht, räumte Tobias ein – indem er wegen seiner Plattfüße dauernd untauglich gewesen; doch wenns zum Knallen ist, werde er seinen Mann schon stellen, darauf könne man sich verflucht verlassen.

Da öffnet sich die Tür, und klirrend erscheint eine rote Patrouille, blutjunge Bursche.

„Achtung!" ruft der Führer. „Saan Sö der Leinzeltner?"

„Ja."

„Hände hoch!"

Aber, wandte Leinzeltner hilflos ein, er sei ja selber Rotgardist, da auf der Kommode – er wies mit dem Finger hin – liege doch seine Armbinde.

Pardautz! – hatte er eins an der Schnauze sitzen, und „Hände hoch!" brüllte der Führer. „Sö kommen mit auf die Polizei!"

Leinzeltner schritt knieweich und beklommen inmitten der Patrouille auf die Polizei, immer mit den Händen hoch – nur eben verschränken durfte er sie im Nacken. O du lieber heiliger Tobias, Schutzpatron – was wird man ihm dort antun, was von ihm wollen?

Auf der Polizei meldete der Führer:

„Leinzeltner zur Stelle gebracht."

„Ah, der Herr Leinzeltner!" riefen die Volksräte und schienen sich grimmig zu freuen. „Der Georg Leinzeltner?"

Nein, versicherte der Häftling; der Georg wär er nicht, vielmehr der Tobias.

Sie wollten es nicht gleich wahrhaben, doch er stellte die Sache dar, wie sie lag – da sprachen sie zu ihm:

„Wanns so is, Genosse – nachher geh nur schön heim und trink a Maß auf den Schrecken!"

Das ließ sich Tobias nicht zweimal sagen.

Saß eine halbe Stunde darauf mit seinen Spezis und schilderte ihnen haargenau sein Erlebnis...

Da öffnete sich die Tür, und klirrend erscheint – wer?

Eine rote Patrouille: diesmal vier ältere, bärtige Männer.

„Achtung!" ruft der Führer. „Saan Sö der Leinzeltner?"

„Ja – aber..."

„Hände hoch!"

Ja – aber... er sei doch eben erst auf der Polizei gewesen – hier – hier auf dem Nachttischchen habe er den Schein...

Weiter kam er nicht. Pardautz! – hatte er eine rechts an der Schnauze, eine links – einen Kolben im Bauch – er merkte gleich, das waren Frontsoldaten. Und die Hände hoch sollt er halten, sowie das Mäu und augenblicklich mit auf die Polizei wandern.

„Herrgottfix – des is ja scho wieder der Tobias Leinzeltner und net der Georg," riefen die Räte zornig, sowie er sich nur zeigte. „Was willst denn du bei uns, du damisches Rindviech, damisches? Schaug, daß d in Schwung kimmst, sonst wern mir dir scho helfen, du Bazi!"

Na, dachte der arme Tobias, gar a so mundartlich hätten s mit an Genossen und Gardisten net reden bräucht – immerhin war er froh, aus der Höhle der neubayerischen Löwen draußen zu sein...

... Wollte eben daheim das Gespräch da fortsetzen, wo er es vorhin abgebrochen hatte, durch die Patrouille gestört – – wehe, wehe: sie holten ihn zum drittenmal.

Denn er sei durchaus nicht der Tobias Leinzeltner, für den er sich immer ausgebe, sondern der vielgesuchte Georg selbst, der ,wo die Anzeige eines klassenbewußten

Proletariers gegen ihn vorliege' wegen Leuteschindens, bürgerlichen Millionärprotzes und frevlen Weißwurschtfressens.

Die Patrouille war nun mächtig verärgert über den frechen Burschoa, dem sie zweimal so weit hatte nachlaufen müssen.

Wieviel Holz der arme Tobias diesmal kriegte, auf den Buckel sowohl wie vornhin und drüber weg: Kinder, es geht auf keine Kuhhaut. Und es dauerte eine geschlagene – wie geschlagene! – Stunde, eh er alles klarstellen konnte – teils, weil sie seine Sprüch nicht glaubten, teils, weil seine Red und Fresse so geschwollen war.

Endlich, endlich entließen sie ihn, und Tobias zog sich gebrochen zurück: scheinbar nur aus dem Zimmer der Räte, innerlich aber aus der Partei, aus der Welt, aus dem Umsturz überhaupt.

Er hat seine Flinte nie mehr angerührt – noch weniger die Handgranaten.

Nach Dingolfing ist er geschlichen und Redaktionsdiener ist er worden bei seinem Vetter, dem Georg – bei der Euterpegesellschaft, behaftet mit Beschränktheit, Wochenblatt für Milchwirtschaft und Käserei.

Die Reinhold Lenz-Gesellschaft
zur Förderung junger Talente

Wenn Sie, Gnädigste, Ihr kleines Handbuch der Weltliteratur aufschlagen, wissen Sie gleich Bescheid:

„L e n z , Jak. Mich. Reinhold, * 12. (23.) Jan. 1751 zu Seßwegen (Livland), studierte i. Königsberg, ging 1771 n. Straßburg, trat hier alsbald in Berührg. m. Goethe u. Jung-Stilling. Nach Goethes Abreise unterhielt L. ein leidensch. Verhältnis zu Friederike Brion (s. d.!), dem Lieder entstammten, die man lange für Goethes Werk hielt. Am Weimarer Hof machte sich L. durch Taktlosigkeiten unmögl. Verfiel 1777 in Wahnsinn, ging 1780 n. Petersburg u. Moskau, † 1792. Dramen: D. Hofmeister, D. Soldaten; Roman: D. Waldbruder."

Welch erschütternde Tragödie in wenig Zeilen!

Nun war in München etwas ähnliches geschehen – ein junger Dichter war in Not umgekommen – und damit der Fall sich gewißlich nimmer wiederhole, gründete Universitätsprofessor *Dr.* Beutemann die Reinhold Lenz-Gesellschaft. Mitglieder: die Münchener Dichter Mann für Mann – an ihrer Spitze Georg Hirth, Graf Keyserling, Ruederer und andre. Sitzung: jeden Freitag abend, Eberlbräu.

Die Sache ließ sich schön an. Wir entdeckten Begabungen und unterstützten sie; lenkten die Aufmerksamkeit der Theater auf ringende Autoren; gaben Versbücher heraus, Almanache – veranstalteten Vorlesungen, bis...

... bis sich dieser und jener verletzt fühlte, weil man seinen Schützling unaufgeführt ließ – Lyrik, die er empfohlen hatte, für Mist erklärte...

Es starben Georg Hirth, Graf Keyserling und Ruederer – Professor Beutemann verzog nach Berlin – Gustav Meyrink nach Starnberg – der Eifer erlahmte – und von der Reinhold-Lenz-Gesellschaft ward es still. Malzumal hörte ich: anstelle Beutemanns wäre nun *Dr.* Kitzheimer Vorsitzender geworden; oder: die Lenzgesellschaft hätte die Absicht, im Schauspielhaus eine verschollene Komödie von Gumppenberg zu inszenieren. Wiederum vergingen Monate – und ich wußte nicht: hatte man den Plan fallen lassen? vergessen? ausgeführt?

Ich kümmerte mich nicht um die Reinhold Lenz-Gesellschaft. Nur wenn ich irgendein Geschäft hatte, das ich mit meiner Frau nicht diskutieren wollte, verlegte ich es gern auf Freitag.

Und sagte nachmittag meiner Frau:

„Schatz, ich komme heut nicht zum Abendessen."

„Oh! Warum?"

„Es ist Sitzung der Lenz-Gesellschaft. Im Eberlbräu... Laß mir den Smoking bereitlegen!"

„Den Smoking...??"

„Ja. Es ist Festsitzung."

Das ging viele Jahre so.

Manchmal kam *Dr.* Kitzheimer zu uns ins Haus, und ich fürchtete sehr, entlarvt zu werden. Aber nein. Kitzheimer benahm sich tadellos. Meine Frau fragte lauernd (denn sie ist ein wenig mißtrauisch):

„Die Herren haben einander wohl lang nicht mehr gesehen?"

Dann hob Kitzheimer in seiner müden Art die Lider, und ohne sich auch nur durch einen Blick auf mich zu verraten, sprach er:

„Roda war doch wohl Freitag in der Lenz-Gesellschaft?"

Ich konnte seelenruhig erwidern:

„Letzthin habe ich leider gefehlt, Herr Doktor – aber vor zwei Wochen bin ich dagewesen."

„Schon zwei Wochen?" murmelte *Dr.* Kitzheimer träumerisch. „Wie die Zeit vergeht..."

Und das Schwert des Damokles war glücklich vorbeigesaust, ohne mir ein Haar gekrümmt zu haben; oder hing vielmehr wie eh und je an seinem Haar.

— — —

Auch mein Freund Schütz gehört zu den fleißigen Mitgliedern der Reinhold Lenz-Gesellschaft. Jede Woche wirft mir Frau Schütz vor:

„Ihr mit euerm abscheulichen Verein! Mein Mann ist erst um fünf Uhr morgens heimgekommen."

Ich antworte in schönem Baryton:

„Gnädigste, wo es solche Ziele gilt – die Förderung junger Talente – muß einen das Opfer an Stunden nicht gereuen."

Schütz summt unterdessen sphärische Arien vor sich hin. Der Racker hat also immernoch seine Gesangselevin...

— — —

Als zweiten Vorsitzenden hatte ich meiner Frau stets den Geheimrat v. Huber angegeben, einen uralten Griesgram, der sich nie, oh, niemals in unsern Kreisen blicken läßt. Unseligerweis mußte grade er mit meiner Frau zusammentreffen, und sie verfehlte nicht, von jenem ‚ersten

Entwurf zum Urfaust' zu reden, den – nach meiner Angabe – die Lenz-Gesellschaft damals in so festlicher Gewandung beraten hätte.

Schon spaltete v. Huber die Lippen, um zu versichern: er wisse nicht das mindeste, keine Spur...

Da trat ich dem alten Mann so energisch auf die Zehen, daß er, selbst er, sofort verstand und sprach:

„Au! Sie tun mir ernstlich wehe –"

– ein Schmerz, den meine Frau, die zartfühlende, sich dahin deutete, daß der Geheimrat irgendwie – sei es von Goethen, sei es von Faust abstammen müsse, und die Erwähnung seiner toten Verwandten berühre sein Familiengefühl.

— — —

Der Fall Huber-Urfaust war mir eine fürchterliche Warnung. Ich beschloß, den Aufenthalt unter dem Damoklesschwert aufzugeben und endlich mal nach so viel Jahren wirklich in die Lenz-Gesellschaft zu gehen.

Freitagabend. Die Extrastube im Eberlbräu. Ein freundlich gedeckter Tisch.

Neun Uhr. Ich der erste Lenz-Gesellschafter.

Zehn Uhr. Noch hat sich mir niemand zugesellt.

„Kathi," locke ich die Kellnerin – „ich bin hungrig geworden. Bringen Sie mir die Speisekarte!"

Ich esse ein Schnitzel mit Kartoffeln – Käse – eine Omelette... (unglaublich, wie hungrig Einen das Warten macht) –

– und als auch 10^{h}30 noch kein zweites Mitglied da ist, beschließe ich in meiner Verwunderung, beim Vorsitzenden telephonisch anzufragen: ob denn die Sitzung am Ende verschoben wäre?

Nein. Die Gemahlin *Dr.* Kitzheimers bestätigt mir: es sei heute Sitzung.

Punkt elf abend. Ich – mutterseelenallein.

Offenbar irrt sich Frau Kitzheimer – ich klingle bei Huber:

„Halloh! Herr Geheimrat zu sprechen?"

Eine dünne schläfrige Stimme erwidert mir:

„Mein Mann ist seit sieben Uhr im Eberlbräu – in der Reinhold Lenz-Gesellschaft."

Nun bin ich beruhigt.

„Kathi – zahlen!"

Ich gehe. Ihr Eberlräume seht mich nun ein Dezennium nicht wieder.

Doch die Reinhold Lenz-Gesellschaft will ich fortan regelmäßig besuchen und leichtern Herzens.

Mein letzter Wille

Wir leben – was übrigens viele meiner Mitbürger noch nicht bemerkt zu haben scheinen – in einer schweren, schweren Zeit. Fast gewaltsam heißt es sich durchs Leben schlagen – dabei nimmt seit kurzem die Gesetzlichkeit des Alltags wieder erschreckend überhand und beraubt einen aller halbwegs leichten Erwerbsmöglichkeiten. Ein Schritt abseits vom ehrlichen Weg, dem längsten zum Elend – und du bist die Beute der Polizeihunde. Feste arbeiten, intensiv und rechtzeitig vorsorgen tut not. Vorsorgen nicht nur für sich – nein, seit die Witwenverbrennung abgeschafft ist, diese prächtige wirtschaftliche Maßregel unsrer Altvordern – auch Vorsorgen für die geliebten Rechtsnachfolger.

In dieser Erwägung habe ich beschlossen, schon jetzt mein Testament zu machen. Es ist im Entwurf fertig.

— — —

„Bei vollkommen klarem Verstand, so klar, wie ich ihn mein Leben lang nicht gehabt habe, verfüge ich, was folgt, als meinen letzten Willen:

Mein Vermögen mit allen Bar- und Liegenschaften gehört meiner Frau. Die Barschaften sind in verschiedenen Westentaschen zerstreut, ein großer Teil liegt, mit einem Verbot behaftet, auf dem Gerichtsdepositenamt. Mein unbewegliches Vermögen besteht aus dem Stammgut meiner Familie, das mir mein älterer Bruder samt dem Erstgeburtsrecht für ein Linsengericht überlassen hat. Ich trage ihm die Übervorteilung aber weiter nicht nach.

Unbeschadet dieser Verfügung über mein Gesamtvermögen soll mein Freund *Dr.* Hermann Sinsheimer das Recht haben, sich aus meinem Nachlaß als Andenken einen beliebigen Gegenstand auszuwählen, jedoch im Wert nicht über 1 *M* 50, schreibe: eine Mark fünfzig Pfennig R.-W.

Die Tantiemen aus meinem vor sechzehn Jahren verfaßten Lustspiel ‚Der Räuber von Crucina‘ schenke ich meinem Verleger – unter der Bedingung, daß er bei der Uraufführung persönlich die Titelrolle krëiere. Die im letzten Akt vorgeschriebenen Torturen müssen aber echt durchgeführt werden.

Viele meiner Bekannten waren Maler. Ich begnade sie nun mit den Bildern, die sie mir einst gestiftet haben. Doch soll jeder Maler ein von seinem Nebenbuhler gemaltes Bild erhalten.

Meinem Paten Paul Geier fällt jener schwersilberne Löffel zu, den er mir zu meiner Taufe gespendet hat. Der Löffel ist stark abgenutzt und schwärzlich. Er muß daher vernickelt werden, um genau so täuschend auszusehen wie damals. Zwei andre, mit R. v. D. gravierte prächtige Löffel hinterlasse ich meinem liebenswürdigen Gastfreund und Mäzen Rudolf von Delius. Er wird sie hocherfreut begrüßen, sie fehlen an seinem Dutzend.

Alle meine Kämme, Schwämme, Bürsten und dergleichen vermache ich Erich Mühsam, dem Münchener Freund und Kommunisten. Er möge sie nicht achtlos beiseitelegen, sondern die Gebrauchsanweisung, die ich für ihn verfaßt habe, lesen und beherzigen – dann wird er die Scheu vor Kamm und Seife bald überwinden. *Credat experto.*

Mein Patent als Freischwimmer hinterlasse ich der Kirche meines Heimatsortes.

Das Sterbequartal meines k. u. k. Pensionsanspruchs von 28 Gulden habe ich vor Jahren Herrn Moritz Knochenmehl verpfändet. Man bestreite es ihm nicht.

Ich wünsche, an meinem Rasiertag zu sterben – und bei heftigem Regen, jedoch ohne überflüssigen Pomp begraben zu werden. Drei oder vier Priester, etwas Chor und fünfzig bis sechzig Meter Vereine genügen mir. – Von Blechmusik hingegen sehe man ab; die Leute verlangen jetzt schon 20 M. pro Kopf und Bestattung – ein Preis, der in keinem Verhältnis mehr zu dem Vergnügen steht. – Am Grab möge Friedenthal jene Rede halten, die uns von frühern Trauerfeierlichkeiten her so vertraut ist.

Künstliche Blumen weise ich als gesundheitsschädlich zurück, andre Liebesgaben erbitte ich in bar. Meine treue Schreibmaschine soll, mit einem neuen Farbband gezäumt, hinter meinem Sarge hergeführt und dann mit mir bestattet werden.

Ich wünsche, in Deutschland begraben zu sein – meine Eingeweide aber bitte ich in meinem teuern Österreich beizusetzen. Die Leber, mein kostspieligstes Organ, händige man unserm Hausarzt aus, worauf er seine Diagnose vermutlich doch noch ändern und die ärztliche Praxis aufgeben wird.

Bezüglich meiner Grabstelle ordne ich weiter nichts an, ich zähle aber auf die Pietät meiner Erben, wenn ich erwarte, daß man mich neben meine letzte Geliebte, Frau......[C] betten wird. Sollte sich das nicht durchführen lassen, dann lege man mich zwischen meine literarischen Freunde Franz Blei und Karl Kraus. Man traue aber ihrer einfachen Versicherung nicht und überzeuge sich, am besten durch Beträufeln mit siedendem Siegellack, ob sie wirklich schon tot sind. Jedenfalls muß mein Sarg eine Vorrichtung erhalten zum Verriegeln von innen.

Den Sarg befehle ich hölzern. In einem Metallsarg könnte ich mich niemals behaglich fühlen. Mein Schädel muß eine Etikette tragen mit der Jahreszahl 19.. – ausdrücklich: *post Christum natum*. Ich will nicht nach ein paar Jahren als Neandertaler herumgezeigt werden.

Über die Vollziehung all dieser Anordnungen hat als Testamentsvollstrecker mein Rechtsanwalt zu wachen, dem ich da zum erstenmal Vertrauen schenke.

Freunden und Feinden, die ich je im Leben mündlich, schriftlich oder tätlich beleidigt habe – ihnen allen sei hiemit verziehen.

Geschlossen und gefertigt zu München im Hornung[D] 1921.“

[C] Der Name ist mir natürlich heute noch nicht bekannt; ich werde ihn nachtragen.

[D] Hornung – so nennt der gebildete Münchener mit Recht den Karnevalsmonat sive Februar.

Der große Serbe

Ein sonderbares Organ, das Gehirn. Wunderlich wie alle seine Funktionen ist auch seine Treue: das Gedächtnis.

— — — Ich frage die schöne Dame:

„Gnädigste interessieren sich wohl nicht für Politik? Für Russland und Polen? Für Griechenland und die Türkei?"

„Doch, doch, Roda. Besonders die Balkangeschichten – ich höre sie immer gern. Und für einen Menschen dort habe ich gradezu geschwärmt."

„Der Glückliche! Wer ist es denn?"

„... Dieser große Serbe..."

„Wer?"

„Na, wie heißt er gleich?"

Sie faltet ungeduldig die Brauen, sie schnalzt burschikos mit den Fingerchen. Endlich ruft sie fast bös:

„So erinnern Sie mich doch, zum Kuckuck! Der große Serbe – der elegante, entschlossene Mensch..."

„?"

„Sie selbst, Roda, haben mir ihn wiederholt genannt – tausendmal stand sein Name in der Zeitung, sein Bild sogar in den Schaufenstern..."

„??"

„Helfen Sie – der große Serbe mit den schönen Augen?!

Ich habe den Namen auf der Zunge – mit P fing er an, und
alle Welt sprach von ihm."

„Meinen Sie Putnik, den Wojwoden von 1912,
Generalissimus im Weltkrieg?"

„Nein, anders."

„Dann also Paschitsch? Von König Milan zum Tod
verurteilt, später Serbiens Bismarck und jetzt sein
Unterhändler?"

„Auch nicht. Einer mit P, von dem soviel die Rede war."

„Am Ende Patschu, einst Arzt in Belgrad, Serbiens
Miquel?"

„Nein, nein. Einer mit P, ein ritterlicher Kerl mit
Feueraugen."

„Ah – – Pribitschewitsch? Oesterreichischer
Oberleutnant, nun serbischer Minister?"

„Herrgott, sind Sie ungeschickt! Oder stellen Sie sich nur
so? Der soignierte, tapfere große Serbe mit P, für den ich so
geschwärmt habe, der berühmte Mann… Er war Gesandter
in Paris, hat dann den Sultan entthront… (Freudig:) Ich
habs! Er hieß Enver-Bey. – Sagen Sie, Roda: warum hört
man jetzt nichts von ihm?"

Das Plagiat

Als ich diese beiden Worte hingeschrieben hatte – jawohl, die Worte, die Sie eben überfliegen: den Titel ‚Das Plagiat' – da pochte man an meine Tür, und herein trat ein Mann, den ich nie vorher gesehen hatte. Ein vierschrötiger, rothaariger Mann mit durchsichtigen Augen.

„Ich bin Kolonel Mac Gee," sprach er, „Schriftsteller aus Northampton, Massachusetts. Ich komme in einer Angelegenheit, die Ihre Ehre berührt."

„Um des Himmels willen," rief ich bestürzt. (Ich bin ehemaliger k. u. k. Kadett-Titular-Korporal in der Reserve der Sanitätstruppe.)

„Jawohl, Ihre Ehre berührt, Herr Roda. – Sie haben eine meiner Erzählungen plagiiert."

„Kolonel, ich habe Ihre Arbeiten nie gelesen, ich kenne nicht einmal Ihren Namen."

„Es ist, wie ich sage," erwiderte er mit ruhiger Sicherheit. „Hier in meiner Tasche steckt die Nummer des Massachusetts Herald vom 23. November vorigen Jahres. Sie enthält meine Geschichte – jene, die Sie später wörtlich abgeschrieben – wörtlich abgeschrieben, Herr! – unter Ihrem Namen veröffentlicht haben."

„Unmöglich, Kolonel! Welche meiner Arbeiten soll denn Ihr Eigentum sein?"

„Diese hier."

„Mit Verlaub – was heißt das: diese hier?“

„Nun – ‚Das Plagiat‘ – eben diese, die hier gedruckt steht.“

Ich sah den Amerikaner starr an. Nicht ein Tropfen Blut kann in meinem Hirn geblieben sein. Ich fühlte deutlich, wie darin alle mühsam geordneten Begriffe mit einem Schlag in Verwirrung gerieten. Die Vergangenheit und die Gegenwart (ich hatte sie bisher immer in zwei Fächer verteilt gehabt) stürzten aus der obern Lade in die untere, brachen durch und bildeten mit meinem Gewissen einen dickflüssigen Brei. Die Großhirnrinde platzte der Länge nach – man konnte die stärksten patriotischen Empfindungen durch die Spalte stecken. Die Ursachen quollen über in das Fach ‚Nebenflüsse des Indus,‘ lösten die Raumbegriffe auf und überschwemmten die Ganglienzellen ‚Gesang‘ und ‚Botanik.‘

Mit dem letzten Rest von Besinnung, den ich eben noch retten konnte – etwa wie man einen fallenden Spazierstock auffängt – gelang es mir, ein Endchen Bewußtsein festzuhalten.

„Wissen Sie auch,“ rief ich, „mit wem Sie reden, Kolonel? Ich werde doch nicht Stoffe stehlen gehen? Mir fällt täglich beim Zähneputzen ein ganzseitig illustrierbarer Originalwitz ein. Ich schüttele Novellen aus dem Ärmel – verstehen Sie? Und aus dem andern Ärmel hochkomische Lustspiele in fünf Akten. Ich entwerfe zwischen Frühstück und Mittag einen Kolportageroman, zwischen je zwei Löffeln Suppe Balladen, dichte nachmittags lyrisch und gehe selten schlafen, ohne eine Jambentragödie an die Bühnen verschickt zu haben. Ich habe mehr Einfälle als andre Leute Sünden und könnte mit all dem literarischen Stoff, den ich jährlich unverarbeitet lasse, die Waisenkinder Ihrer Heimat bekleiden. Schlagen Sie sich also Ihre Idee aus dem Kopf,

Kolonel! Ich habe noch niemals plagiiert."

Mac Gee blieb kalt wie ein erfrorner Gartenlaube-Intrigant und antwortete:

„Sie verlegen sich aufs Leugnen? – Gut. Ich werde Sie öffentlich brandmarken."

Ich erbebte.

Als ich in rasender Eile nachsann, was zu tun wäre, legte ich in meinem Innern sozusagen das Ei des Kolumbus. – Mensch, dachte ich mir, wie konntest du dich von dem Narren ins Bockshorn jagen lassen? Es ist doch klar, daß ‚Das Plagiat' kein Plagiat sein kann – war ich doch nach den beiden ersten Worten durch den Besuch gestört worden und die Fabel zur Zeit der Unterredung noch garnicht geschrieben. Er kann sie also auch noch nicht gelesen haben – ja, es hängt ganz von meiner Laune ab, ob ich sie überhaupt jemals verfassen werde. – Das hielt ich dem Amerikaner denn auch mit mildem Theologenernst vor.

Ein Nashorn wäre der Gewalt meiner Logik unterlegen. Kolonel Mac Gee aber war kein Nashorn. Er zog sein Dokument aus der Tasche, den Massachusetts Herald vom 23. November, und hielt mir ihn vor die Nase.

„Lesen Sie und dann... reden Sie noch, wenn Sie können."

Ich las... und... l... a... s..., und mein Gesicht wurde i... m... m... e... r länger..., denn... der Mann hatte recht: jedes Wort, jede Pointe meiner Geschichte hatte schon im Herald gestanden. Grade wie ich war Mister Mac Gee, nachdem er zwei Zeilen seiner Arbeit geschrieben hatte, von einem Besucher gestört worden – nur war der Besucher damals O'Connor, ein Redakteur aus Arizona. Grade wie ich hatte Mac Gee den Vorwurf anfangs empört zurückgewiesen, war dann auf Minuten in Fieber und Irrsinn verfallen und hatte

endlich vor dem grausam augenscheinlichen Beweise
stutzen, das Unbegreifliche glauben müssen. – So stand es
in Mac Gees Aufsatz.

Es gibt rätselhafte Dinge auf der Welt. Unsre
Schulweisheit hat einen tiefen, traumlosen Schlaf.

Das Unglück ist also geschehen, ich bin ein Plagiator.
Meine literarische Ehrenhaftigkeit steht unter dem
Gefrierpunkt.

Wie bitter, nach einem langen, durchaus unbescholtenen
Lebenswandel plötzlich ohne eignes Verschulden – oh, ich
kanns beschwören: ohne eignes Verschulden – das teuerste
Gut des Mannes, die Ehre – oh, die Ehre – zum Teufel gehn
zu sehen!

Ich raffte alle Kraft zusammen.

„Kolonel," sagte ich, „Ihr Belegstück hat mich platt
niedergedrückt – ich gebe mich geschlagen. Sie werden
meine Lage besser als sonst jemand begreifen, denn Ihnen ist
es einst ebenso gegangen. Ihr Henker war O'Connor aus
Arizona. Er kam, wie Sie jetzt zu mir, und stampfte den
Blumengarten Ihrer Hoffnungen mit plumpen Stiefeln
nieder."

„Auch diese Redensart ist von mir," murmelte Mac Gee.

„Es kommt auf die eine nicht mehr an. Sie haben sie ja
von O'Connor. – – Doch ich bin ein reuig Gotteskind. Sie
werden mir die Erfüllung einer kleinen Bitte nicht
verweigern..."

„Sprechen Sie!"

„... Kolonel, welchen Schluß haben Sie damals Ihrer
Geschichte ‚Das Plagiat' gegeben?"

Zu Tränen gerührt – ein schöner Zug von
Menschlichkeit bei diesem harten Mann – legte er mir noch

einmal den Herald hin, damit ich ihm auch die letzten Zeilen
stehlen könnte. – O'Connor hatte sich seinerzeit Mac Gee
gegenüber ebenso edel benommen.

Die Post

Eine Treppe unter mir wohnt ein Herr Robert Roder.

Ich aber heiße Roda Roda.

Da geschieht es denn manchmal, daß der Briefträger die Adressen zu flüchtig liest und meine Post unten abgibt. Regelmäßig öffnet dann dieser Robert Roder meine Briefe und schickt sie mit einem Entschuldigungszettel herauf:

Er habe in der Eile den Umschlag aufgerissen, da er aber schon aus den ersten Zeilen ersehen habe, daß der Brief nicht ihm, sondern mir gehört, erlaube er sich... usw.

Gestern wurde mir das zu dumm. Ich bat meinen besten Freund, mir einen Brief mit den Anfangsworten zu schreiben:

„Sie gemeinschädliches Gesinnungskrokodil, Büffelkönig beider Welten und Vorsitzender des Reichsverbandes der Idiotenvereine...“

Diesen Brief also schickte ich geöffnet an Herrn Roder mit einer Karte:

„Ich habe das beifolgende Schreiben im Versehen angenommen – da aber schon aus den ersten Zeilen hervorgeht, daß es für Sie bestimmt ist, hochverehrter Herr... usw.“

Robert Roder hat mir über die Treppe zugerufen: er wolle von nun an scharf auf die Adressen achten.

Das Marienkäferchen – ein Glückssymbol?

Handelnde Personen dieses kleinen Dramas sind alles in allem:

Dr. Eugen Meier, Universitätsdozent,

Agathe, seine junge Frau.

Der erste Akt spielt am Abend nach Meiers Hochzeit; spielt im Fremdenzimmer eines vornehmen Gasthofs.

Am Anfang des Dramas steht ein Entzückungsschrei: während nämlich der Dozent ein Köfferchen auspackt und die dessen Eingeweiden entnommenen Gegenstände auf das Spiegeltischchen reiht, ist die junge Frau Agathe wie ein Schwälbchen durchs Zimmer geflattert; glaubt auf den Kissen ihres Bettes ein Marienkäferchen erblickt zu haben und quiekt:

„Sieh! Sieh nur Eugen! Es bedeutet Glück!"

Der Dozent langsam:

„Ich vermag die Behauptung, daß ein Marienkäfer Glück bedeute, nicht zu teilen. Glück in deinem Sinn heißt wohl: der gefällige Ablauf einer Folge von kleinen persönlichen Erlebnissen. Im allgemeinen wird an der Kausalität dieser Erlebnisse durch das akzessorische Erscheinen eines Insektes nichts geändert. In dem hier vorliegenden besondern Fall ist deine vom Erinnerungsbild eines Volksaberglaubens angeregte Assoziation ‚Marienkäfer-Glück' umso weniger berechtigt, als dem von dir aufgefundenen Insekt die charakteristischen sieben Punkte des Marienkäfers fehlen; es hat ferner nicht, wie der Marienkäfer, karneolrote sondern dunkelbraune Flügeldecken, der Körper ist nicht kuppelförmig sondern ausgesprochen flach – kurz, was du für einen Marienkäfer, *Coccinella septempunctata* hältst, ist in Wahrheit eine *Cimex lectuaria* oder Bettwanze."

— — — Wenn *Dr.* Eugen Meier hier die Bedeutung des Marienkäfers als Glückssymbol leugnete, so traf sein – wissenschaftlich nicht unbegründetes – Urteil insofern ins Schwarze:

als Frau Agathe in ihrem jüngst dem Amtsgericht überreichten Scheidungsbegehren grade den anläßlich der Auffindung des Marienkäfers vom Ehegatten gehaltenen geschwollenen Sermon als ersten Erreger ihrer unüberwindlichen Abneigung gegen den Gatten (§ 115, Bürgerliches Gesetzbuch) bezeichnet hat.

Die höchste Leistung des Geistes

Wir wissen, wer Liebigs Fleischextrakt erfunden hat – wer aber erfand das Brot? Wer das Feuermachen? Wer die Kunst des Webens? Des Schmiedens? Wer entwarf den Plan der Pyramiden, wer dichtete die Ilias?

Die höchsten Leistungen des Menschengeistes sind namenlos.

— — — Im Jahr 480 vor Christi rückte der Perser Darius mit 100000 Mann gegen die Athener.

Miltiades, der Sieger von Marathon, hatte nur 9000 Mann. Dazu kamen noch ein Bataillon Platäer und etliche Kompagnien bewaffneter Sklaven.

Miltiades kämpfte – wie Hindenburg – mit starken Flügeln: rechts Athen, links Platää. Die Sklaven standen im Zentrum.

Die Perser durchbrachen das Zentrum. Da schloß sich die Hindenburgsche Zange und vernichtete die Perser. Man sieht: die Gesetze der Taktik sind ephemer – Strategie ist Ewigkeit.

— — — Aus der Mitte der Athener nun löste sich ein junger Bürger und lief zwei deutsche Meilen weit nach der Vaterstadt.

Dem Rausch des Blutes war er entstürzt, dem betäubenden Geklirr der Schlacht, dem Rachen des Todes.

Rannte, was ihn die Beine trugen, nach Athen.

Schmetterte mit dem letzten Atemzug die Jubelnachricht
heraus:

Nenikêkamen!
Wir haben gesiegt!

und sank tot um.

Wahrlich:

daß dieser Mann – auch sein Name ist uns nicht
überliefert – daß dieser Athener in so viel Erregung, Gefahr
und Mühe, trotz Lebensbangnis und Sterbensnähe das
Perfektum von *nikáo, nikân,* erste Person Pluralis, durch
Reduplikation der Anfangssilbe richtig konstruierte: es ist
eine der höchsten Leistungen des menschlichen Geistes.

Die Männer sein klatschsüchtig

„Die Männer sein manchesmal noch klatschsüchtiger als wie die Frauen," sagte plötzlich meine Sitznachbarin. Dabei kannte ich sie garnicht – sie war nur hier im Kino zufällig neben mich geraten. Ein Mädchen, etwa dreißig, schon im Verblühen. Sie ging sicherlich nicht darauf aus, eine ‚Bekanntschaft zu machen.' Nein. Die packenden Vorgänge dort auf der Leinwand – ‚Rache des Andalusiers' – hatten das Mitteilungsbedürfnis meiner Nachbarin so mächtig angeregt.

„Die verklatschten Männer richten auch mehr Unglück an..."

„Warum grad die Männer?" fragte ich.

Und meine Nachbarin, der ein Erlebnis auf der Zunge brannte, legte ohne Hemmung los:

„Segen S', ma glaubt denen Männern eher – darum. Zum Beispiel: auf unserm Büro, da is meine Freundin, die Paula – das heißt, meine Freundin is sie nicht – wir sitzen halt nebenanand. Die Paula is verlobt mit an Magazineur, und in sechs Wochen hätt' sollen die Trauung sein. Die Möbeln sein schon bestellt."

„Und die Sache ist auseinandergegangen?"

„Warten S nur! Da – gestern kommt der Hilfskassierer, der was schon bei der Tageskasse sitzt, der Kragelsberger – überhaupt ein sehr ein großer Intrigant – der Hilfskassierer also kommt zum Magazineur, zum Bräutigam, und sagt

200

ihm:

„Wissen S, Herr Hugo, wo überhaupt ihner Fräulein Braut is, die Paula? Mit an fremden Herrn is s' im Hotel."

„Sie lügen!!" sagt der Hugo un is ganz aufgebracht.

„So? Ich lüg?" sagt der Kragelsberger, der Intrigant. „Einen Lügner heißen Sie mich für meine Freundschaft? Eh daß Sie so etwas Gemeines behaupten können, daß ich ein Lügner bin, wo ich die Paula selber hab gesehen hineingehen, laufen S ins Hotel und überzeugen S Ihnen mit eigene Augen!"

Richtig – der Hugo lauft davon – aber nicht zu Fuß – nein, in ein Auto hat er sich gesetzt, daß er die Paula ganz gewiß überrascht – und is bis zum Hotel Kliebusch, hat lassen den Schofför warten und hat gelauert.

Auf einmal kommt ganz fröhlich die Paula heraus mit einem fremden Herrn. – Gel, da schaugst? – Ja, jetzt hätt die Verlobung sicher müssen in Brüche gehn, wo die Möbeln schon bestellt sein. – Aber der fremde Herr, das war kein so ein klatschsüchtiger Mensch – sondern ein sehr nobler Charakter war er.

„Bedaure," sagt der fremde Herr, „indem daß ich Ihnen mein Ehrenwort gib mit zwei Fingern in der Höh, daß nichts Unrechtes nicht vorgegangen is im Hotel mit 'm Fräuln Paula, so hoffe ich, Sie werden ihr verzeihen. Überhaupt hat sie nur mit mir besprochen, ob ich Ihnen nicht könnt eine bessere Anstellung verschaffen bei unsrer Firma, und ich leite es bereits energisch in die Wege."

Auf das hat der Hugo, der Bräutigam, natürlich nichts sagen können – und die Hochzeit wird stattfinden. Weil, Gott sei Dank, der fremde Herr ein vornehmer Mann is und der Hugo, der Bräutigam, die Paula wirklich liebt und ihr nichts Unrechtes nicht zutraut... Aber sagen S' selber: is nicht genug Unannehmlichkeit geschehen durch die Klatschsucht von dem elenden Menschen, dem Hilfskassierer? Dem Hugo und der Paula nicht – die haben sich ja wieder. Aber dem fremden Herrn: der Arme hat müssen das Auto zahlen.“

Die Schuldsumme

Der folgende merkwürdige Fall hat sich in der berühmten, hochlöblichen und überaus ehrsamen Reichsstadt Nürnberg ereignet:

Zum Rechtsanwalt Bitter kam einmal ein Bursche vom Land und sprach:

„Jetzten, wie is des, Herr Dokter – därf i mei Bäuerin verklogen? Auf tausend Mark? Daß s' mr's zahlen muß?"

„Ja, ja – des därfst lei – wann sie dir's schuldig is."

„Schuldi is s' mr's scho."

„Kannst aber aa Beweise bringen?"

„An Beweis wüßt i scho."

„Und kannst du auch schwören?"

„Mei, schwören – da feit si nix."

„Du hast ihr wohl ein Darlehen gegeben?"

„Han??"

„Geborgt wirst ihr halt tausend Mark haben..."

„Naa, naa – borgt hab i ihr nix."

„Oder is 's a rückständiger Lohn?"

„Naa, naa – des nit."

„Oder gebührt dir ein Gewinnanteil aus an Gschäft?"

„Naa, naa. Klagen S' nur auf tausend Mark – d' Bäuerin

waaß scho."

„So geht das nicht. Auch das Gericht will wissen, wofür
du 's Geld verlangst."

„No, wann i 's sagen muß?? Alstern i bin zwanzig Jahr
alt – net? Und d' Bäuerin is vierzig, der Bauer sechsevierzig.
– ‚Martin,' sagt s' mir amaal, d' Bäuerin, ‚Martin, wann i a
Kind krieget – i gäbet gern tausend Mark.' – No – und 's
Kind is da. Alstern verlang i mei tausend Mark."

— — —

— — —

(Wie schön wäre die Geschichte erst, hätt ich sie auf gut
Bayerisch erzählen können!)

Der Kindelwein

Als ich noch in Radkersburg diente, da pflegten wir alle im Jägerhorn zu essen: drei Offiziere der detachierten Batterie, der Bezirksrichter mit seinen vier Beamten, der politische Adjunkt und ein paar ledige Herren der kaiserlichen Forstverwaltung. Wenn niemand von uns Offizieren kommandiert worden war und von den Beamten keiner auf Kommission, alles in allem grade dreizehn Mann. Dann mußte sich Bertha zu uns an den Tisch setzen.

Bertha war nämlich die Kellnerin. Ein sehr nettes Mäderl. Ungefähr siebzehn Jahre alt und von jener Sicherheit, die eben nur ganz, ganz unverdorbene Landkinder an sich haben.

Eines Tages... – ich kann nicht einmal sagen, daß es mir besonders aufgefallen wäre; denn auf die Dauer gab es in Radkersburg doch keinen Gesprächsstoff, und so schwiegen wir meist. Eines Tages also wars an unserm Tisch muckmäuschenstill. Drückend still. Alle dreizehn da, und Bertha doch nicht am Tisch.

Da erhob sich der Bezirksrichter, bat Bertha, ein wenig draußen zu bleiben – schloß die Tür ab, räusperte sich und sprach:

„Meine Herren, Sie wissen, um was es sich handelt. Wer sich nicht beteiligen will, braucht es ja nicht zu tun. Ich glaube aber: es ist am besten, wir zahlen jeder monatlich einen Gulden – und zwar von heute an – so lang, bis das

Kind volljährig ist."

Niemand sträubte sich. Alle atmeten erleichtert auf. Dem Bezirksrichter, als dem Ältesten zu Ehren, sollte das Kind Albert heißen. Albert Themeier. (Gegebenenfalls Albertine.)

Und ich schickte pünktlich an jedem Ersten einen Gulden nach Radkersburg – viele, viele Jahre.

Um 1902 kam ich durch Graz. (Da war ich schon außer Dienst.) Und es reizte mich, meinen alten Bezirksrichter wiederzusehen, der jetzt in Pension in Radkersburg lebt. Auch den alten Tisch und das alte Städtchen und am Ende – na, sehr neugierig bin ich ja nicht, aber wenns das Schicksal grade will: am Ende auch Albert Themeier.

Im Jägerhorn zu Radkersburg fand ich – es war am 19. Juli – die Tafel prächtig gedeckt.

Oho, man feiert ein Fest? Wie dumm. Ich hätte mich doch so gern mit zu Tisch gesetzt, wenn ich das erste bekannte Gesicht erblickte.

Doch lauter fremde, neue Leute.

Ah, der Oberforstrat! (Damals war er noch Forstgeometer.) Er erkennt mich, und... ist verlegen.

Dann der Gemeindearzt. Er erkennt mich und... errötet.

Endlich der Bezirksrichter selbst – jetzt schon im Ruhestand.

Er erbleicht.

„Sie sind grade zurechtgekommen," sagt er mir. „Wir haben so eine kleine... Erinnerungsfeier, ganz intern... Oh ich bitte, Sie müssen natürlich teilnehmen."

„Was ist denn los?"

Der Bezirksrichter wippt von einem Bein aufs andre, ficht unbeholfen mit einer Hand in der Luft – endlich faßt er sich ein Herz und beichtet:

„Also, wissen Sie... dieser Albert Themeier, der ist schon ziemlich lange tot. Einige Jahre. Und die Herren, die von hier weggezogen sind, die schicken doch jeden Monat am Ersten den Gulden? Sollten wir die Lappalie zurückgehen lassen? Das macht doch Umstände auf der Post. Da haben wir einen Fonds gegründet, und an jedem Neunzehnten trinken wir den Herren Vätern von Albert Themeier zu Ehren den Kindelwein."

Die schiefe Ebene

$$s = ct + \frac{gt^2}{2}\sin \alpha$$

„Ein total unbenutzbares Publikum," pflegte Niki jeden Abend zu sagen, und seine Blicke fegten ärgerlich den Saal.

Da war unser Nachbartisch: eine ungarische Familie; die Frau, drei halbwüchsige Jungen, ein Pinscher und ein Ehemann – Pferdehändler, Theaterdirektor oder sowas.

Da waren die Leute aus Meran; er und sie stumm und dumm.

Die Berliner hatten eine nette Tochter. „Aber," sagte Niki, „ich bin nicht hergekommen, fremder Leute Kinder sexuell aufzuklären. Eh' der Balg begreift, ist der Winter um."

Kurz: langweilige Bande. Wir dachten schon ans Kofferpacken.

Mit einemmal wurde alles anders. Eines Morgens, wir hatten eben gefrühstückt und standen in der Halle und wollten rodeln gehen – da sehe ich im Vorgarten ein fremdes Paar. Madame war schlank und melodiös, in Distinktion getaucht; die Schultern ein wenig zu beweglich.

„Trotzdem eine Weltdame vom Scheitel bis zur Sohle."

„Glaubst du, Niki?"

„Das sieht man auf den ersten Blick."

Niki schob seine Kappe auf Courage, und wir folgten

dem Paar nach hinten in den Park. Vor dem verschneiten steinernen Herkules blieb Madame stehen und debattierte mit ihrem Mann – wahrscheinlich über Herkules: denn der Fremdling stellte sich in Positur und blähte seinen Pelz auf. Sie lachte herzlich und sah, wie von ungefähr, zu uns herüber.

Die beiden schritten weiter – wir ihnen nach – und Madame blinzelte sooft zurück, daß ich besorgt wurde.

„Niki, paß auf, der Herkules haut dir dieser Tage eine herunter."

Ich hatte es noch nicht gesagt, da wandte sich Madame schon wieder um. Herkules folgte ihrem Blick. Er hatte einen Kneifer auf und Parkettbürsten an den Backen; redete auf Madame ein – offenbar von uns – schien aber ansonsten nicht übel gelaunt.

Als sie im Parktor standen und Madame wiederum nach uns blickte, stiegen mir neue Bedenken auf. Niki schien sie zu teilen.

„Denn," sagte er, „wenn sie wirklich eine Dame wär, müßt sie wissen, daß sie so viel Acquit nicht zu geben braucht. Es kann sich nur mehr darum handeln, wo das Hühnchen wohnt."

Sie wohnte sehr anständig, vorn hinaus, Nr. 7, im ersten Stock. Es ist das Zimmer mit den Himmelbetten und goldnen Engeln darüber.

Niki holte Rodel und Fäustlinge und schritt nach der krausten Linde. Er kalkulierte: „Früher oder später kommt das Hühnchen auch hin. Rodelt sie – gut. Rodelt sie nicht, wird sie Lust äußern, es zu lernen. Das Weitere findet sich."

Wir warteten und warteten – sie kam nicht. Als wir, halb erfroren, einrückten, saß sie mit Herkules im Lesezimmer. Herkules zückte immerfort die Uhr, knurrte und schüttelte die Mähne – er paßte offenbar auf die Freßglocke.

Das Diner über lachte Madame uns immerzu an. Ich behauptete: mich. Niki behauptete: ihn. Niki meinte, wir müßten jetzt aus Repräsentationsgründen Sekt trinken. Sekt bei Tage macht sich sehr gut.

Der Kellner fragte: „'tschujding, Herr Baron – auf welche Rechnung därf ich es notieren?" Und guckte uns beide an.

Niki fixierte ihn. „Entweder Sie sind Demagog, oder Sie sind Kellner. Ich ziehe lautlose Bedienung vor."

Der Kellner entmaterialisierte sich. Niki aber war ungehalten und verdächtigte mich, ich hätte meine Wochenrechnung bezahlt, um Eindruck beim Hotelpersonal zu schinden. „Traurige Freundschaft," sagte er, „die Raum für so kleinlichen Ehrgeiz läßt."

Wie unbegründet der Vorwurf war, erwies sich sofort: als wir auf unsre Bude kamen, lagen Duplikate unsrer Wochenrechnungen auf dem Tisch, das Wort ‚Duplikat' war zweimal unterstrichen.

„Niki, die Leute gehen scharf ins Zeug."

„Sei unbesorgt. Mein Schwager ist ein wenig langsam im Geldanweisen. Aber endlich schickt er doch."

„Wenn er aber nicht schickt...?"

„Wenn –! Wenn –! Damit jagt man keinen Hund vom Ofen. Er wird schicken."

Drei Tage verrannen: Frühstück – Rodeln – Diner – Rodeln – Schlafen. Und Warten, Warten. – Nichts. Das Hühnchen lachte uns an – Herkules ging ihr nicht von der Seite. Und kein Lebenszeichen von Nikis Schwager.

Zu solchen Zeiten wird Niki Philosoph. Als wir zu Bett gingen, redete er dummes Zeug. „Glück in der Liebe," sprach er, „ist eine Funktion des Besitzes. Geld ist ein

Aphrodisiacum. Nicht nur, daß Geldbesitz beim Mann die Weiber wahnsinnig aufregt – grad wie eine Tenorstimme, Kraft, Uniform, Titel – sondern Liebe braucht auch Gelegenheit – und um der Liebe eine Gelegenheit zu schaffen, braucht man Geld. Ohne Kapital kann man das Geschäft nicht betreiben."

„Wozu sagst du mir das, Niki?"

„Weil du kein Gesicht machen sollst wie sieben Meilen Karrenweg. Ich weiß schon, dich reun die paar Moneten, die wir hier verbrauchen. Du weißt, was wir wollen. Und so was kann man nicht übers Knie brechen."

„Schön, Niki. Woher aber Geld nehmen? Wir haben zusammen... viel ists jedenfalls nicht. Die Hotelschuld..."

„Bitte, diesmal ist das meine Sache – so haben wirs vereinbart, und dabei bleibts."

Es blieb dabei. Doch der Schwager rührte sich nicht. Das Hühnchen kam nicht rodeln. Herkules machte runde Augen, wenn wir uns nur blicken ließen.

Der Mißerfolg auf allen Linien machte Niki gereizt. Er brummte. Nach dem Abendessen setzte er sich hin und schrieb. Ich dachte mir: an den Schwager.

Dann rief er das Stubenmädchen.

„Fräulein, da haben Sie einen Brief. Wissen Sie – die türkisblaue Dame? Aus Nummer Sieben? Verstehen Sie? Aber aufpassen, wenn sie allein ist! Ja nur, wenn sie allein ist. Ich gebe Ihnen ein hochgräfliches Trinkgeld – nachher."

„Niki, was hast du getan?"

„Ihr geschrieben. Wenn du einen so ekligen Schnabel ziehst...? Da kann man ja nicht systematisch vorgehen. Uebrigens: wer weiß? Vielleicht ist es besser so. Werden ja sehen, was das Stubenmädel für eine Antwort bringt."

Da öffnet sich die Tür, und herein...

... herein tritt Herkules.

Er setzt sich in den Klubsessel an der Tür – um uns den Rückzug abzuschneiden?

Grinst uns an, schlägt ein Bein übers andre und weidet sich an unsrer... an unsrer...

Niki versuchte, an die Fensterscheibe zu trommeln, doch ihm zitterten die Finger. Ich wollte pfeifen – die Zähne klapperten mir.

Da zog Herkules in aller Gemütlichkeit einen Brief aus der Tasche – Nikis Brief. Und quarrte:

„Meine Herren, Ihr Interesse für meine... Frau ist sehr schmeichelhaft. Wissen Sie: ich merke das schon seit einigen Tagen. Wissen Sie: ich will auch ein Ende machen. Ich reise ab – noch heute. Die Person lasse ich hier. Für eine Person, was anderweitig kokettiert, habe ich keine Verwendung. Sie können sie sofort greifbar übernehmen – auf Nummer sieben." Er erhob sich. „Angenehme Feiertage! Das Zimmer ist bis heute abend beglichen." – Und weg war er.

Wir wankten den Flur entlang – da meldete uns der Portier:

„Es is Geld da für den Herrn Baron."

Mit warmer Anteilnahme in der Stimme.

„Wieviel?"

„Zweitausend."

Ah, der Pump ist also gelungen.

Es freute uns nicht einmal. Das Appartement mit den goldnen Engeln kostet hundertfünfzig Mark täglich.

Niki betrachtete die Banknoten – zweitausend Mark – und seufzte.

„Das schöne Geld soll man jetzt diesen Hotelräubern abgeben. Sag mal, ist das dein bester Smoking?"

„Ja, Niki."

„So tu genau wie ich." Er zog über den Smoking seinen Frack an.

„Bist du irrsinnig, Niki?"

„Ich sag dir: tu genau wie ich." Er schloss in den Cutaway. „So, jetzt das Reisegewand! Immer einen Anzug über den andern! Und die Rodeljacke! Alle Wäsche in den Rucksack. Den Rucksack aus dem Fenster schmeißen! Nichts, nichts darf hier bleiben als die leeren Koffer."

Ich verstand endlich und griff zu. Dann schlenderten wir so recht harmlos und aufgeräumt zum Tor hinaus.

„Die Herren gehen noch rodeln??" fragte der Portier. „So spät?"

Niki grüßte mit einem Finger. Und sagte zu mir laut, möglichst laut:

„Am schönsten ist es doch bei Mondschein. Den Pulverschnee muß man genießen."

Als wir draußen waren, umarmten wir einander und tanzten und lachten – lachten diebisch. Schulterten die Rodeln – und auf zur krausten Linde!

Um 7 Uhr 15 geht vom Bahnhof unten ein Zug nach München. Den erreichen wir noch.

Am Ablauf bobten wir, sprangen auf – und los in die Nacht. Niki voran. Ich hinterher. So ist noch niemand in die S-Kurve gesaust. Der Schnee stob, die Kufen zischten. Himmlischer Herrgott! Zweitausend Mark in der Tasche – die Qual hinter uns, die Freiheit vo...

„Halt!" schrie Niki und überschlug sich und lag im

Schnee.

Ich bremste, daß mir die Gelenke knackten.

In diesem Augenblick – Niki war an eine Baumwurzel geraten – rauschte es über uns, und etwas großes Schwarzes stürzte auf uns zu und knirschte und krisch und stoppte neben uns: ein Bobsleigh.

Der Portier, der Oberkellner, der Hoteldirektor.

Der Portier packte Niki am Kragen, der Direktor mich.

„'tschujdingen,“ sagte der Oberkellner, „die Herren haben noch einiges zu regulieren vergessen. Därf ich gleich bitten?“

Wir mußten diese Nacht keuchend, mit so viel Kleidern bepackt, im tiefen Schnee bis auf den Bahnhof waten. Die Rodeln hatten uns die Hunde entrissen.

Musik

Oben Flöten, Klarinetten,
Rechts ein Horn, ein Bombardon,
Und mein stiller Kompagnon
Unten rührt die Kastagnetten;
Harfen, Zithern und Gitarren
Schnarren.
Trummeln
Rummeln,
Und die Bratschen
Quatschen.

Gegenüber baut man grade.
Brausend fährt die Straßenbahn
Hart an unserem Altan
Ihre kreischend-krummen Pfade.

Mit Musike ziehn die Truppen
Gruppen.
Ein getretner Kater plärrt
Schmerzverzerrt.
Tollgewordne Autohupen
Stärken das Konzert.

Stampfend im Asphalt rumoren
Pflasterer der Obrigkeit.
Im Parterre dem Schuster Veit
Ward ein Zwillingspaar geboren,
Welches unisono schreit.

Lächelnd lehne ich am Fenster,
Kratz die Geige hell und zart
Und dank Gott mit tiefer Inbrunst,
Daß ich taub geboren ward.

Schwänke

Von den Malern

Sie kennen wohl die Bayerische Schönheitsgalerie, sechsunddreißig Frauenbildnisse; hängen im Saalbau der Residenz. Josef Stieler, Ludwigs des Ersten Hofmaler, hat sie geschaffen.

In Mailand porträtierte derselbe Josef Stieler den Vizekönig Eugen; in Wien Beethoven und den Kaiser Franz; in München den König; in Weimar Goethen und den ältern Humboldt.

Josef Stieler hatte zwei berühmte Söhne: Karl, den Dialektdichter – er starb vor einem Menschenalter; Eugen Ritter von Stieler (nach Eugen Beauharnais genannt) lebt wohlgemut, der alte Herr, war viele Jahre Syndikus der Münchener Kunstakademie und ist jetzt Geheimer Rat im Ruhestand.

Eugen von Stieler war ein Schüler Pilotys – gleich Defregger, Lenbach, Makart, Gabriel Max, Leibl, Hermann Kaulbach. Er durfte Münchens glänzendste Vergangenheit miterleben und erzählt gern davon im Scherz und Ernst. Hier ein paar Geschichten, die ich ihm verdanke.

*

Dem alten Kaulbach war eben ein Knabe geboren worden. Schwanthaler begegnete dem glücklichen Vater und gratulierte ihm.

Doch eine bissige Bemerkung konnt er sich nicht verkneifen:

„Mein lieber Professor – dös hätten S net tun sollen – a Famüli gründen; jetzt saan S net mehr der einzige Kaulbach."

Kaulbach, der Sarkast, antwortete gereizt:

„Bei Ihnen is es grad umgekehrt, Herr Professor Schwanthaler." (Schwanthaler hatte stets zahlreiche Aufträge auf Denkmäler.) „Sie sollten heiraten, dann könnt Ihre Witwe s Gschäft fortführen."

*

Schwind und Wilhelm Kaulbach hatten sich in einer Akademiesitzung überworfen und waren als Feinde voneinander gegangen. Die Zwietracht erregte Münchens Künstlerschaft aufs höchste. Alle Versuche, die beiden Herren zu versöhnen, blieben erfolglos.

Eines Tages saß Kaulbach mit ein paar Freunden im Hofbräuhaus – und wie sichs so trifft, ging er sich die Hände waschen. Vor der Tür traf er mit Schwind zusammen, der zu demselben Zweck gekommen war.

Der sonst so grobe Schwind trat zurück. „Bitte, Herr Direktor, Sie haben den Vortritt!"

„Oh, durchaus nicht," sprach Kaulbach, „unter keinen Umständen. Sie waren zuerst da."

So komplimentierte man einander an das Waschbecken. So lang sich Kaulbach wusch, stand Schwind wartend dabei. Dadurch fühlte wieder Kaulbach sich verpflichtet, auf Schwind zu warten. Und endlich betraten die seit Jahren verfeindeten Meister versöhnt das Bräustübel.

*

Im alten München gabs eine sogenannte Lokalausstellung. Sie wurde nicht eben von den Besten beschickt.

Eines Tages traf Menzel auf der Durchreise in München ein. Professor Stieler suchte ihn im Gasthof auf und erfuhr zu seinem Erstaunen, Menzel wäre in die Lokalausstellung gegangen. Er fand ihn dort in Betrachtungen versunken vor einem recht uninteressanten Landschaftsbild.

„Sehen Sie," sagte Menzel, „wenn man sich nur recht bemüht, kann man in jedem Bild etwas Gutes finden."

„Haben Sie auch hier etwas Gutes gefunden, in diesem Bild?"

„Ja," sagte Menzel. „Den guten Willen."

*

Als Menzel in Berlin seinen achtzigsten Geburtstag feierte, da gab es allerhand Festlichkeiten auf der Kunstakademie: Abordnungen aller deutschen Schulen und Museen waren gekommen – die brachten Menzeln ihre Wünsche dar; der Kaiser hatte die Schloßgardekompagnie als Ehrenwache hingeschickt.

Am Abend ein Bankett im Kaiserhof: Prinzen, Minister, Exzellenzen ohne Zahl. Alles war pünktlich erschienen, nur einer fehlte: die Hauptperson, das Geburtstagskind, Exzellenz Menzel.

Bange zehn Minuten verstrichen; da schickte man einen Eilboten nach Menzels Wohnung.

Seine Exzellenz aber stand im Pelz, mit warmer Mütze vor dem Haustor; die dicken Handschuhe hatte er im Eifer abgelegt, den Pelz geöffnet – ein Dutzend Orden war sichtbar auf der Brust. Und der alte Menzel zeichnete und

zeichnete das Hofgespann, das ihn holen gekommen war
zum Jubiläumsmahl.

Der Bote wollt ihn stören – Menzel ließ nicht ab. Feste,
sagte er, gäbs mehr als genug; ein so schönes Gespann aber
komme einem nicht alle Tage in den Wurf.

*

Stieler war damals Vorsitzender der Deutschen
Kunstgenossenschaft. Menzel nahm ihn im Verlauf des
Banketts beiseite (es war Sonntag abend) und bat ihn und
zwanzig, dreißig andre Herren zum Schoppen für Dienstag
früh. Wohin? Das wollte Menzel den Herren schon noch
sagen lassen.

Stieler wäre gern Montag abgereist. Doch um eines
Frühstücks mit Menzel willen – nicht wahr? – bleibt man
gern noch einen Tag.

So warteten denn dreißig Herren, Stieler mit ihnen, auf
die Nachricht von Menzel.

Bis Dienstag morgen keine Zeile. Seine Exzellenz hatte
offenbar vergessen...

Man fürchtete: Menzel sitze nun irgendwo an einem
Tisch mit einunddreißig Gedecken, ganz allein, und warte
auf seine Gäste. Um ihm die Verlegenheit zu ersparen, ließ
man bei ihm bescheiden anfragen: wie es denn mit dem
Frühstück stände?

Er, der schon längst wieder mitten in der Arbeit war – er
knurrte: ob denn die Herren Sonntag abend nicht genug
gegessen hätten?

*

Stieler hatte mit Menzel irgendeine Angelegenheit zu

besprechen, die er gern beim Frühstück erledigt hätte. Nun mußte er den Meister wohl oder übel im Atelier aufsuchen.

Auf langes Klingeln öffnet Menzel endlich. Er ist eben im Begriff, einen Herrn zu verabschieden, wohl einen Kunsthändler.

Der Fremde: „Dreitausend also, wenn ich recht gehört habe?"

„Dreitausend," bestätigt Menzel – begrüßt den neuen Besucher und geleitet ihn den langen finstern Flur entlang ins Atelier.

„Halt," ruft er plötzlich, „ich muß dem Mann noch was sagen."

Stürzt an die Tür und schreit ins Treppenhaus, dem Kunsthändler nach:

„Taler! Wohl verstanden: Taler!"

*

Als Knaus, damals schon eine Größe, in München einzog, empfing ihn eine Abordnung von Künstlern – darunter auch Leibl.

Leibl hatte von der herkulischen Stärke des Professors Knaus gehört – Knaus nicht weniger Erstaunliches über Leibls Riesenkraft.

Man stellte sie einander vor; und nun reichten sie sich die Hände und quetschten – alles in Gegenwart des Begrüßungskomitees – und drückten und preßten, bis ihnen die Augen aus den Höhlen traten – keiner wollte nachlassen, keiner um Schonung bitten – nicht der Riese Leibl, nicht der Athlet Knaus.

*

Naturam expellas furca...

Defregger war schon ein sehr, sehr gefeierter Mann, und seine Bilder wurden nicht mit Gold, nein, mit Dollarnoten aufgewogen – da hatte er ein Grundstück in München an der Mandlstraße; ein hübsches Haus, einen hübschen Garten mit ein paar sonnigen Flecken. Hier im Garten pflegte Defregger zu malen.

Nun wars Mai, das Gras üppig gewachsen, Defregger ließ es mähen. Und weil die Leute doch eben an der Stelle, wo er zu malen pflegte, mit den Sensen an der Arbeit waren, mußte Defregger seine Arbeit unterbrechen und ging Freunde besuchen.

Man sitzt in anregendem Gespräch – da stutzt Defregger plötzlich, blickt hinaus auf den Himmel, der sich ein wenig verfinstert hat – blickt hinaus mit großen Augen und stammelt bleich:

„Um Gottes willen – ein Regen zieht herauf."

„Haben Sie denn keinen Schirm, Meister?" fragte liebenswürdig die Hausfrau.

„Was – Schirm? Aber mein Heu, mein Heu!" schreit Defregger.

Und stürzt verzweifelt davon – das Heu des Gärtchens vor dem Regen zu retten. Zwei, drei Schiebkarren Heu im ganzen.

Er, der berühmte Professor – nein, der Tiroler Bauer Defregger.

Natura tamen usque recurret.

*

Irgendwo in einer bayerischen Stadt lebte eine Witwe

und hatte ihren Sohn verloren – was sie aber am meisten schmerzte: sie hatte kein Bild des Toten.

Auf den Rat irgendeines Freundes fuhr die Witwe nach München zu Lenbach. Ihr Sohn hatte ihr ja einmal, vor sieben Jahren, des langen und breiten erzählt, er wäre mit Lenbach in Italien zusammengetroffen – und wieviel anregende Stunden er in des Meisters Gesellschaft verbracht hätte. Da dachte sich die Witwe: am Ende hat Lenbach ihren Sohn, den prächtigen Jungen, zufällig einmal skizziert oder gar gemalt.

Doch Lenbach konnte sich des jungen Mannes nicht einmal entsinnen.

Die Witwe immer dringender:

„Wissen Sie nicht, Herr Professor? Dort und dort – in Verona, in Neapel – müssen Sie ihn gesehen haben – er schrieb mir, Sie hätten ihn beschenkt, mit Wein bewirtet...“

Da stieg in Lenbach eine ferne, dunkle Erinnerung auf... Er langte nach Bleistift und Papier und zeichnete mit raschen Strichen einen Mann hin.

„Ist es der, liebe Frau?“

„Nein.“

„Dann vielleicht dieser hier?“ – Blitzschnell war ein andrer Kopf entstanden.

Die Mutter jubelte auf, die Tränen traten ihr in die Augen. Das war ihr Sohn.

Zwei Tage später hatte sie ein Oelbild ihres Sohnes in Händen.

*

Stieler hatte als Präsident der Münchener

Künstlergenossenschaft nach langer Mühe den Bau des Künstlerhauses durchgesetzt. Lenbach war entzückt. Als Stieler am Abend in der Allotria erschien, hielt Lenbach eine Rede auf Stieler und pries ihn über den grünen Klee.

Die Sitzung der Künstlergenossenschaft war recht anstrengend gewesen. Stieler ging bald schlafen.

Am nächsten Tag kam einer nach dem andern von den Leuten der Allotria zu Stieler und fragte ihn:

„Herr, was haben Sie Lenbach angetan? Womit haben Sie ihn gereizt? Er ist, als Sie wegwaren, furchtbar gegen Sie losgezogen."

Stieler fackelte nicht lang und ging gradenwegs zu Lenbach.

„Ist es wahr," fragte er ihn, „daß Sie gestern unmittelbar nach Ihrer Lobrede über mich..."

Lenbach ließ Stielern garnicht erst vollenden.

„Mein Lieber," sagte er, „bei mir ist alles möglich. Das sind eben Stimmungssachen. Aber Sie sollen sehen, daß ich Sie hochschätze: sagen wir einander von nun an ‚du'."

Und Lenbach drückte dem verblüfften Stieler den Bruderkuß auf die Lippen.

*

Nach Eröffnung der Prinzregentenbrücke gabs eine Hoftafel. Der Prinzregent fragte Lenbach:

„Was sagen Sie zu meiner neuen Brücke?"

„Königliche Hoheit! Wenn ich meine Meinung über den Architekten äußern soll: lassen Sie mich einen Tag Scharfrichter sein."

*

Als Makart auf der Akademie studierte, hatte er einen strengen Lehrer in Piloty.

Makart hatte eine Gruppe von Landsknechten skizziert. Da sagte Piloty:

„Jetzt hören Sie aber, Makart! Ich dulde nicht, daß Sie mir das Bild wieder unvollendet lassen. Sie werden daran weiterarbeiten – verstehen Sie? – bis es fertig ist."

Makart nickte.

Als Piloty am nächsten Tag zur Korrektur kam, saß Makart vor einem Bild: ‚Badende Nymphen.‘ Und erklärte seinem Lehrer:

„Ich hab an den Landsknechten weitergearbeitet und immer weiter. So sind mir halt Nymphen draus geworden."

*

Einst hatte Makart eine purpurrote Quaste gefunden. Er hörte nun und sah niemand mehr – saß mit seiner Quaste am Fenster, drehte sie zwischen den Fingern und freute sich an ihrem Farbenspiel. Auf der Akademie sagte man: „Er spinnt." Das bedeutet in München: er ist verrückt.

Er legte die Quaste aus der Hand, setzte sich an die Staffelei und skizzierte ‚Das Gastmahl der Kardinäle.‘ Da gabs was zu schauen von roter Pracht – vom tiefsten Bordeaux bis zum strahlendsten Feuer. Leider ist das Bild, wie so viele andre seiner Skizzen, niemals ausgeführt worden.

*

Makart war ein wortkarger Mann. Einst wurde er Tischnachbar der Geistinger – blieb aber still wie immer.

226

Eine Weile hörte sichs die Geistinger an. Dann sagte sie:

„Wissen S was, Makart? Schweigen mir jetzt von was anderm."

*

Als Gedon und Leibl in Wien studierten, da wohnten sie zusammen in einem Zimmer.

Eines Abends, zu sehr vorgerückter Stunde, geriet Leibl in irgendeiner Kneipe in Streit mit Makart. Leibl, der Riese, setzte seinen Bierkrug auf den Tisch, daß er in Stücke ging und ihm die Hand zerschnitt. Gedon brachte den blutenden, trunkenen Kameraden heim und schaffte ihn ins Bett.

Gegen drei Uhr morgens ein Rascheln, ein Plätschern, ein Stühlerücken. Leibl hantierte mit der Waschschüssel, am Koffer, am Schrank.

Gedon fragte ihn überrascht: was er denn treibe?

Und Leibl noch überraschter:

„Ja, Mensch – weißt du denn nicht? Ich muß doch fliehen – ich habe Makart erschlagen."

*

Und nun, nach so vielen Geschichten, deren Zeuge oder Erzähler Professor von Stieler war, auch eine Begebenheit, deren Held er selbst ist:

Ein junger Akademiker – Trattner – hatte Stielers schier übermenschliche Menschenliebe schamlos ausgenutzt; hatte sich im ersten Jahr eine runde kleine Summe von Stieler gepumpt und dann jedes Jahr das Schulgeld und etwas mehr dazu. Bis die Schuld zu ansehnlicher Höhe gewachsen war.

227

Und als wieder ein Termin verstrich und noch einer –
wohl der zwanzigste – von Trattner keine Botschaft und
kein Pfennig – da rief Professor von Stieler, und seine Augen
flackerten wild:

„An dem Kerl, an dem werd ich ein Exempel statuieren.
Er wird was von mir erleben. Ohne Gnade..." (hier
schwollen des Professors Zornadern.) „... ohne Gnade
schreib ich ihm einen Mahnbrief."

*

Man muß wissen, daß Professor von Stieler aus einem
Beruf kommt, der herzversteinernd wirkt: Stieler war einst,
eh er sich der Kunst seines Vaters zuwandte, Jurist und so
etwas wie Staatsanwaltsubstitut.

Man erzählt in München, wie er einst einen
Muttermörder anklagen sollte. Der Muttermörder weinte
und jammerte, wie schlecht es ihm immer ergangen wäre;
nur in seiner äußersten Not hätt er dann endlich den
Raubmord an der eignen Mutter verübt.

Der Staatsanwaltsubstitut ward gerührt und immer
gerührter; fühlte das Elend des Angeklagten mit und stellte
schließlich den Antrag: die Notlage dieses Menschen wäre
wirklich fürchterlich gewesen; immerhin, für den
Muttermord gebühre ihm ein Verweis.

Diese Geschichte hat sich niemals zugetragen – sicherlich
nicht. Doch der sie erfand, hat des alten Herrn Charakter
damit aufs treffendste gezeichnet. So ist es ja in aller Welt
wohl mit den Anekdoten; auch wenn sie sich zufällig nie
abgespielt haben: ihr Geist ist immer wahr.

*

Meister Max Nonnenbruch erzählt von einem Besuch,

228

den er vor ein paar Jahren dem verstorbenen Alma Tadema in London gemacht hat.

Alma Tadema führte den Münchener Kunstgenossen nicht ohne Stolz in seinem Palais umher und ließ alles nach Gebühr bewundern – besonders die Palmen; es waren herrliche Bäume darunter.

„Man sieht, daß Sie hohe Preise für Ihre Bilder erzielen,“ meinte Nonnenbruch.

„O, sagen Sie das nicht. Ich habe erst unlängst ein Bild mit Müh und Not an den Mann gebracht.“

„Wie ist das möglich?“

Alma Tadema berichtete:

„Es war ein Akt, ich nannte ihn ‚Venus.‘ Dutzende von Kunsthändlern hatten bei mir vorgesprochen und sich mit verlegenen Mienen und Achselzucken abgewendet – denn in England kauft man keine Akte. Da stellte ich das Ding in irgendeine Ecke und beachtete es weiter nicht. – Kommt da unlängst wieder ein Händler zu mir und verlangt, ein Bild zu erwerben.“

„Ich habe nichts.“

Der Mann wird immer dringender.

„Ich habe nichts.“

„Doch, Sir – hier in der Ecke, sehen Sie...“

„Ach, das ist eine Venus. Die ist nicht anzubringen.“

„Wenn ich sie aber haben möchte?“

„Ich sage Ihnen doch: sie ist nicht anzubringen. Kein Mensch will bei uns solch ein Bild im Zimmer hängen haben.“

„Nun,“ sagte der Mann, „ich bin volljährig und willens, mein Geld zu wagen. Was kostet das Bild?“

„Sie kennen meinen Preis: tausend Guineen.“

Der Mann schreibt einen Scheck aus, nimmt sein Bild und geht.

Nächstens begegne ich ihm in der Ausstellung und denke mir: dem Mann weichst du lieber aus.

Er aber kommt strahlend auf mich zu und ruft:

„Ein herrliches, ein glänzendes Geschäft. Ich bin Ihnen außerordentlich dankbar, Sir Tadema!“

„Ja, Mensch, wie haben Sie es nur angefangen, das Bild loszuwerden?“

„Ganz einfach: ich nannte es ‚Die Unschuld‘; andern Tags hatte ich dreitausend Guineen dafür.“

*

Bei Max Nonnenbruch stand ein Mädchen Aktmodell – ein junges Ding natürlich und wohlgewachsen. Kein Wunder eben, daß sie eines Tages einen Brillantring am Finger trug, das Geschenk eines nobeln Verehrers.

Doch allzu sicher der Noblesse schien sie nicht zu sein – sie fragte Nonnenbruch, ob der Ring auch gewiß echt wäre.

„Fräulein,“ erwiderte Meister Nonnenbruch, „davon verstehe ich nichts. Sie müssen zu einem Juwelier gehen.“

Am nächsten Tag erzählte das Fräulein:

„Ich hab den Juwelier gefragt. Wissen Sie, wie hoch er den Ring schätzt? Drei Mark. Wissen Sie aber auch, was ich getan habe? Meinem Schatz hab ich gesagt: „Du,“ hab ich gesagt, „ich hab deinen Ring verkauft – unter Garantie – für fünfhundert Mark.“ – Da ist der falsche Kerl fein blaß worden. – „Und dann,“ sag ich, „hab ich meine Schneiderrechnung davon beglichen. Kaum hab ich sie

beglichen, da kommt der Käufer wieder und nennt mich eine
Betrügerin und will seine fünfhundert Mark – der Ring wär
unecht – sonst bringt er mich ins Gefängnis. Ich fürcht
mich nicht vor dem Gefängnis. Ich sag vor Gericht einfach,
von wem ich den Ring hab – und er muß echt sein." – Da ist
mein Schatz, der falsche Hund, ganz kreideweiß geworden
und hat sein Tascherl zogen und hat mir fünfhundert Mark
geschenkt."

*

Studierte da ein junger Mann aus Jüterbog in München;
hatte daheim im Norden einen Onkel sitzen, bezog eine
Rente von ihm und lebte in München frisch und froh.

Plötzlich ein schrecklicher Umschwung: dem Onkel dort
oben war des lieben Neffen Studium allgemach zu lang
geworden, die Geldansprüche gar zu hoch – der Onkel
machte kurzen Prozeß und stellte die Rente ein.

Was tut man in solchem Fall? Man schreibt dem Onkel
einen herzbeweglichen Brief.

Und der Junge tat es. Schrieb: wie dankbar er dem lieben
Onkel allzeit wäre – wie fleißig er studiert hätte, wie weit er
es gebracht – und jetzt grade, im letzten Augenblick, wolle
der liebe Onkel ihn verlassen? Jetzt, wo der begabte Neffe
sich schon einen Namen in München gemacht habe, wo er
mit den Berühmtesten verkehre, mit Kaulbach, Grützner,
Stuck und Defregger?

Der Oheim hörte es gern – nur glaubte er es nicht recht;
und fuhr augenblicks von Jüterbog nach München, um sich
von seines Neffen Ruhm zu überzeugen.

Herrgott, der Onkel ist da! Da war guter Rat teuer. Doch
der Neffe wußte einen: er veranstaltete einen netten Abend
im Atelier, lud ein paar Freunde ein, die möglichst würdig

aussahen, und stellte sie dem Herrn Oheim vor: Professor von Kaulbach, Professor Grützner, von Stuck und Defregger.

Nun konnte sich der Jüterboger Oheim freuen, mit den Berühmtesten der Palette am Tisch zu sitzen. Stuck bot ihm gar die Bruderschaft an.

Am Morgen darauf erwachte der Onkel mit furchtbarem Gehirnschmerz. Doch auch mit froher Seele: der Neffe, dieser Teufelskerl – bei Allah – er hatte sich durchgesetzt.

Und Onkelchens erster Weg war... ein Antrittsbesuch bei seinem neuen Freund von Stuck.

Nur dieser Uebereifer des alten Herrn aus Jüterbog hatte zur Folge, daß des Neffen schöner Streich mißlang und der Onkel ärmer um eine schöne Erinnerung wurde, um einen schönen Stolz.

*

Es gibt einen Bildhauer, dessen besondres Gebiet Grabsteine sind; und einen Maler, der über alles gern andre Menschen reizt und foppt. Der Maler heißt Erich Wilke.

Eines Tages telephoniert Erich Wilke den Bildhauer an:

„Hier Gräfin Erika Wilkinska. Sind Sie der gefeierte Mann, der Denksteine setzt? Mein Gemahl ist vor acht Tagen gestorben. Ich möchte ihm ein Grabmal stiften. Bitte, kommen Sie doch mit ein paar Entwürfen und mit Steinproben ins Hotel Vier Jahreszeiten.“

Der Bildhauer legt reine Wäsche an, einen Besuchsanzug und fährt mit seinen Entwürfen und Steinproben ins Hotel. Die Entwürfe allein sind ein so großer Packen, daß der Droschkenkutscher sich erst nach langem Zureden entschließt, die Mitnahme einer solchen Ladung zu gestatten. Und nun erst die Steinproben! Zwei riesige Koffer.

Im Hotel weiß natürlich niemand was von einer Gräfin.

Der Zufall will, daß acht Tage später eine wirkliche und wahrhaftige Gräfin beim Bildhauer anklingelt.

„Ich möchte eine Urne bei Ihnen bestellen. Ich bin die Gräfin..."

Weiter läßt der Bildhauer sie garnicht reden.

„Ach, die Frau Gräfin! Ihr Gemahl ist vor acht Tagen gestorben – wie? Und eine Urne wollen Sie – ha? Ich soll Entwürfe und Steinproben ins Hotel bringen – he? Packen Sie die Asche Ihres Gemahls in eine Zigarrenschachtel und werfen Sie sie in die Isar! Schluß!"

Eine Stunde darauf fährt vor dem Atelier des Bildhauers ein Wagen vor. Eine Dame in Trauer entsteigt ihm keuchend und verlangt nichts weiter, als: den Mann zu sehen, der ihr einen so zynischen Rat gegeben hat.

*

Es gibt eine junge Dame in München, die entzückend malt. Keine Malerin – das möchte sie erst werden.

Doch die Eltern spreizen sich hartnäckig. (Ist es denkbar? Es gibt immernoch solche Eltern – sogar in München, der Kunststadt.) Sie schaudern bei der Vorstellung, daß ihr Töchterlein aktzeichnen sollte.

Die kleine Dame aber ist sich ihrer Sendung bewußt, sie gibt keinen Frieden – bis die Eltern einen Ausweg ersinnen:

Vater verkehrt doch mit dem berühmten Meister... Der Meister wird unsrer Lisbeth Bilder ansehen, und sein Schiedsspruch soll dem kleinen Fräulein den Lebensweg weisen.

Lisbeth ists zufrieden – Lisbeth vertraut auf ihr Können – Lisbeth frohlockt. Ahnt garnicht, die Arme, daß der

Meister längst von den Eltern heimlich und inständig bearbeitet ist: er wird bedingungslos, wird lebhaft abraten vom Malen.

Wirklich, er rät ab; es sei keine Begabung da, sagt er, und vor allem: ein unheilbarer Mangel an Technik.

Lisbeth ist mehr als verzweifelt – sie ist vernichtet.

Und wie er sie so stumm und bleich umhergehen sieht, der berühmte Meister, und fühlt sein Gewissen schmerzhaft nagen – da möcht er das Unrecht gern irgendwie gutmachen. Wie? Nun, mit einem Geschenk.

Er ruft Lisbeth zu sich und sagt ihr:

„Na, Mädel – dieser Tage hab ich Urteil über dich sprechen müssen – – sag jetzt du: welches von meinen neuen Bildchen gefällt dir am besten?"

Sie wählt und schwankt und entscheidet sich endlich für die ‚Türkin in Gelb.'

„Schön," ruft der Meister. „Sollst sie haben. Gratulier dir übrigens zu deinem Geschmack, Teufelsmädel! Die ‚Türkin in Gelb' ist mein Bestes."

Und soviel sie sich wehrt gegen die kostbare Widmung – er gibt nicht nach – sie muß das Bild mitnehmen; denn er hat ihr eine Lüge abzubitten, braucht seine Seelenruhe wieder.

– – – Das kleine Fräulein ist stolz auf ihr schönes Eigentum, die ‚Türkin in Gelb.' Betrachtet das Bildchen früh und spät – endlich setzt sie sich an die Staffelei und kopiert es. Kopiert es so täuschend, daß wahrhaftig kein Mensch mehr Original und Abklatsch unterscheiden kann.

So weit ist es – da vernimmt Lisel von Freunden des Hauses, wie des Meisters vernichtender Schiedsspruch damals zustande gekommen ist. Und hell empört beschließt sie, sich zu rächen.

Falschheit gegen Tücke: sie packt fein säuberlich ihre Kopie ein und wandert damit aufs Atelier zum Meister.

Schlägt scheinheilig die langen Wimpern auf und flötet:

„Meister, Sie haben mir unlängst die Wahl gelassen... ich bat um die ‚Türkin in Gelb.‘ Ich habe mirs indessen anders überlegt: ich möchte doch lieber die ‚Madonna‘.“

Der Meister begrüßt mit Freuden die ‚Türkin‘ wieder, sein Lieblingsbild... heut gefällt sie ihm besser als je... und entläßt Lisel mit der ‚Madonna‘.

Lisel zieht heim, mit dem Entschluß, vier Wochen schweigend zu warten. Nach vier Wochen, das ist gewiß, wird sie dem guten Meister gehörig die Meinung sagen über ihren ‚unheilbaren Mangel an Technik.‘

Und sollt die Kopie der ‚Türkin‘ mittlerweile als Meisters Werk verkauft sein: so wird das die gerechte Strafe des Meisters nur verschärfen.

*

Pascin ist eines Tages nach Paris verzogen – so plötzlich, daß die Miete und Gasrechnung unbeglichen blieben.

In einer Anwandlung von Sentimentalität schrieb er seiner ehemaligen Berliner Wirtin: sie möge ihm auch fernerhin ihre Sympathien bewahren und einstweilen das Gasgeld für ihn auslegen; er würde demnächst zurückkommen und die Wirtin fürstlich belohnen.

Da antwortete die Wirtin:

„Herr Pascin, Ihr Jeehrtes erhalten, worin Sie sehr dicke tun. Der Jas looft sich die Füße ab un mit die fürstliche Belohnung so sehn Sie aus.“

Im Glas-Palast hing einst das Bild eines Geigers von Picasso.

Zwei Maler standen betrachtend vor dem Bild: der eine in Bewunderung – Pascin; der andre kopfschüttelnd – ein gewisser Rebitzer.

Rebitzer murrte:

„Man sollt diesem Picasso eine Photographie von Burmester schenken, damit er lernt, wie man eine Violine hält.“

Pascin darauf:

„Und Ihnen, Rebitzer, sollt man eine Photographie von Moltke schenken, damit Sie lernen, wie man das Maul hält.“

*

Andreas Szenes pflegt im Garmischer Keller zu essen.

Eines Abends, als die Gäste so ziemlich alle schon gegangen sind, setzt sich der Wirt freundschaftlich zu Szenes, dem letzten heute.

Und betrachtet aufmerksam eine Mappe mit Aktskizzen.

„Hm,“ sagt er. „Hm. Was soll das, Herr? Was ist das?“

„Studien,“ antwortet Szenes gutmütig.

Der Wirt verwundert:

„Sie? Studieren noch??“

„Nun, studieren muß man immer.“

„Und was... was werden Sie dann mit diesen Blättern beginnen? Wohl wegwerfen?“

„Bewahre!“ sagt Szenes. „Es gibt Kunstfreunde, die derlei

sammeln – Liebhaber, die es gut bezahlen…“

„Wie hoch?“

„Nun, mancher gibt gern drei, vierhundert Mark für eine Zeichnung.“

Der Wirt ruft hinüber nach seiner Frau:

„Mutter! Hör! Es gibt Leute, die drei, vierhundert Mark für so was zahlen!!“

Dann murrt er vor sich:

„Und ich Esel hab all mein Leben anständig gearbeitet.“

*

Von Prinzen, Komponisten, Architekten, Tänzerinnen

Es gibt einen kleinen Prinzen, der sehr geschickt Silhouetten schneidet. Einmal gelang ihm ein besonders hübsches Stück – er klebte es auf einen Lampenschirm und brachte den Schirm heimlich, ganz heimlich, in Zivil zu einem Kunsthändler.

Der Kunsthändler verstand sofort, was der Prinz bei ihm suchte: nicht einen Geldverdienst, beileibe; sondern ein vom Rang des Herstellers unbeeinflußtes Urteil über den Scherenschnitt. Der Kunsthändler tat, als kenne er den Prinzen nicht, kaufte den Lampenschirm für einen guten Batzen und baute ihn mitten ins Schaufenster. Mein Gott: mit einer Hoheit muß man sich als Kunstkaufmann gut stellen.

Der Schirm mitten im Schaufenster fiel einem berühmten Komponisten auf; und als der Komponist gar flüstern hörte, wer... Kurz, andern Tags war der prinzliche Lampenschirm verkauft.

Der Komponist brachte stolz die Beute heim. Doch des Komponisten Gattin, weniger servil als der Gemahl, fand das Ding weit überzahlt; fand es überdies abscheulich – – und der Komponist war schließlich froh, das so umstrittene Kunstwerk mit Verlust weitergeben zu können – an einen konservativ gestimmten Freund im fernsten Vorort.

Hoheit ermangelten nicht, sich für das Produkt dero
Hände auch fernerhin innig zu interessieren. Hoheit in
Höchstihrer Eitelkeit umschlichen das Schaufenster des
Kunsthändlers, fanden es leer – betraten den Laden – gaben
sich huldvoll ‚zu erkennen‘ – hörten entzückt den Namen
des berühmten Käufers und... sagten sich bei ihm zum Tee
an ‚unter einem wohlbekannten Lampenschirm.‘

Ha, da mußte der Lampenschirm sofort wieder herbei –
um jeden Preis.

*

Georg David Schulz und ich veranstalteten einmal in
Berlin einen Wohltätigkeitsabend. Da brauchten wir vor
allem Leute, die uns Billette abnehmen.

„Keine Sorge,“ sagte Schulz. „Wir schreiben der alten
Lewi, Kommerzienwitwe – sie ist eine gepriesene
Wohltäterin, eine Altruine – die kauft sicherlich zwölf
Stück.“

„Gut. Man muß aber den Leuten für ihr Geld doch auch
was bieten...“

„Keine Sorge. Schreib einfach der Carmencitta. Nenn sie
eine südliche Zaubergestalt und bitt sie, einen ihrer
berückenden Fandangos bei uns zu tanzen.“

Ich schrieb.

Carmencitta antwortete eisig kühl: sie könne unmöglich
kommen und sende anbei drei Mark für unsre Kasse.

Der andre Brief, von Frau Lewi, lautete:

„Meine Herren! Ich bin einundsiebzig Jahre alt.
Deklamieren will ich in Gottes Namen gern, weil es
zugunsten der Armen ist. Doch einen Fandango – das
können Sie nicht von mir verlangen.

*

Damals wußte man noch nichts von Rossius, er war ein kleiner, unbekannter Anfänger. Mit ein paar ersparten Groschen konnt er endlich eine Wohnung mieten; sogar eine im vornehmsten Stadtteil; doch Rossius bekam sie wohlfeil – ein Arzt hatte sie Hals über Kopf verlassen.

Am Haustor fand Rossius die Aufschrift vor: ‚Nachtglocke zum Arzt.‘ Er radierte ein paar Buchstaben weg und machte daraus eine ‚Nachtglocke zum Architekten.‘

Die Geschichte von dieser Nachtglocke sprach sich um – Rossius kam in aller Mund. Man wurde auf ihn aufmerksam – er war ein gemachter Mann.

*

Eine Tänzerin, deren Name jetzt überall den besten Klang hat, war vor Jahren einmal als junges Ding das erstemal in Wien mit ihrer Kunst zu Gast gewesen.

Sie kam nach München heim, und man fragte sie:

„Nun, Gnädigste? Hatten Sie Erfolg in Wien? Hat es Ihnen da gefallen?“

Die Tänzerin entrückt:

„Es war kein Erfolg mehr, es war schon ein Succès. Und wie populär – denken Sie sich nur! – war ich schon nach zwei Tagen: ich ging am Graben spazieren – da traten Kavaliere mit Zylindern auf mich zu, grüßten elegant und fragten:

„Fahren wir, Euer Gnaden!?“

*

Alpursa, die Tänzerin, ist aus sehr honetter Familie, sie hat sogar einen Pastor zum Onkel.

Er macht der Nichte empörte Vorhaltungen wegen ihres Gewerbes.

„Aber Onkel," ruft Fräulein Alpursa, „du bist in völligem, in grundlegendem Irrtum befangen. Mein Tanz ist kein ‚Gewerbe‘ – er ist eine Äußerung der Kunst – nicht geringer als eine Dichtung von Stefan George etwa, eine Komposition von Richard Strauß, ein Gemälde von Kokoschka – mein Tanz hat ebenso hohe ethische Werte wie deine Predigt."

„Mag sein," sagt der Herr Pastor. „Doch, liebe Nichte: ich predige nie mit entblößtem Unterleib."

*

Von den Dichtern

Da ist mir ein Buch in die Hände geraten: ,Dichter- und Schriftsteller-Anekdoten.' Es ist ja Sitte geworden, fremder Leute Witz zu sammeln und ihn als eignes Buch herauszugeben.

Diesmal gilts den Poeten. Mit vielem Fleiß sind Deutschlands, Frankreichs, Englands Geister im Blitzlicht merkwürdiger Aussprüche festgehalten. Wer aber meint, alle Blitze zündeten, der irrt sich; die meisten deutschen Wetter wenigstens führen kalte Schläge.

Von Modernen führt der emsige Autor nur zwei oder drei Episoden an. Sogar das bekannte Erlebnis Gottfried Kellers fehlt: wie Keller, der trinkfeste Mann, des Nachts zu Zürich im Graben lag und den Wächter fragte:

„Guete Fründ, chöned ihr mir ächt nüd sägge, wo de Gottfried Keller wohnt?"

„De Gottfried Keller? Hä, dä sid ihr ja sälber."

„Säb han ich dich nüd gfraget, du chaibe Hagel! Wüsse will ich, wo–n–er wohnt."

Sicherlich hat ein Dutzend Literaturhistoriker nachgewiesen, die Geschichte könne unmöglich wahr sein: weil Gottfried Keller niemals trank; oder weil er nie in Zürich wohnte; oder weil Zürich keine Nachtwächter hat; oder weil die Zürcher Nachtwächter auf keine Fragen antworten. Irgendeinen Grund werden die Herren

Literaturhistoriker schon gefunden haben. Was tuts zur
Sache? Hübsche Anekdoten sind niemals wahr.

Nun aber kommen ein paar wahre.

*

Es gibt einen Publizisten von Ruf und Talent, doch
leider führt er eine wahrhaft groteske Kralle. Ein Sinologe,
der einst eine Probe davon zu Gesicht bekam, erklärte sie
zögernd für ‚wahrscheinlich südtibetanisch,‘ den Dialekt für
ausgestorben und das Ganze für chiffriert. Ein einziger
Setzer in der Druckerei vermag bei günstiger Witterung
besonders langsam geschriebene Wörter zu entziffern, wobei
persönliche Freunde und Familienangehörige des Verfassers
mitwirken. Dafür bezieht der Setzer eine Zulage, hat zwei
Nachmittage in der Woche frei und wird auf drei Schritt
Distanz mit ‚Mein lieber Memminger‘ angesprochen. Von
der Möglichkeit seines Scheidens aus der Druckerei spricht
der Metteur nur mit gedämpfter Stimme.

Da begab es sich eines Tages, daß der Publizist in
vornehmem Kreis eine politische Nachricht von Wichtigkeit
erfuhr. Ans Telephon konnt er nicht eilen – es wäre der
Gesellschaft aufgefallen. Er verlangte vom Ober einen jener
schmalen Zettel, die den Kellnern zur Berechnung der Zeche
dienen, und warf einige Zeilen darauf:

„Dr. Kahr ist zum Ministerpräsidenten ausersehen“ und
schickte das Ding mit der mündlichen Botschaft ‚Äußerst
wichtig‘ auf die Redaktion.

Auf der Redaktion hielt man es zuerst für einen
schlechten Spaß; doch erkannte man zum Glück bald den
Schreiber.

„Na, dann ist ja leicht geholfen,“ sprach der Chef. „Wir
lassen einfach unsern lieben Memminger rufen.“

243

O Verhängnis – Memminger hatte seinen freien Nachmittag.

In die allgemeine Ratlosigkeit platzte der jüngste Redakteur mit dem Vorschlag, das Zettelchen in die... Apotheke zu schicken; die Herren Apotheker wüßten sich ja aus den schwierigsten Handschriften einen Reim zu machen.

Gesagt, getan.

Und als eine Viertelstunde vergangen war und noch eine – da kam der bang erwartete Bote aus der Apotheke zurück. Und stellte stumm eine Flasche mit rötlichem Inhalt auf den Tisch.

*

In München gabs einmal ein Bankett zu Ehren von Paul Heyse – ich glaube, an seinem siebzigsten Geburtstag – und wie das so zu geschehen pflegt, wurde unendlich viel geredet – von beamteten und nicht beamteten Persönlichkeiten.

Nach etlichen siebzehn Trinksprüchen erhob sich noch ein Student, um den greisen Dichter auch im Namen der Jugend zu feiern. Eine sehr schöne, wohlgemeinte Rede – doch sie hatte einen Fehler: kein Ende zu nehmen; und einen zweiten: sie war ein wenig durcheinandergeraten. Der arme Student, das war klar, hatte den Faden verloren und bemühte sich heiß, leider ohne Erfolg, ihn wiederzufinden.

Max Halbe saß dem Studenten gegenüber und hätte ihm gern einen Rat gegeben: doch um des Himmels willen endlich mit einem Hoch zu schließen. Diesen Rat kleidete Halbe in eine Gebärde, indem er, nach dem Studenten gewendet, immer wieder ermunternd sein Glas erhob.

Der Redner, ohnehin nicht Herr der Stunde, errötete

244

noch glühender unter Halbes Blick – und als Halbe fortfuhr, sein Glas ermunternd zu schwingen, schloß der Unglückliche die lange Rede auf Paul Heyse plötzlich mit dem Ruf:

„Und so erheben... erheben wir unser Glas mit dem donnernden Ruf: Max Halbe lebe hoch!"

*

Paul Heyse konnte blindgrimmig hassen.

Einst kam ein junger Literaturhistoriker zu Heyse, um ihn über dies und jenes zu befragen. Im Lauf der Unterhaltung kam Heyse auf den ‚Verfall' der deutschen Dichtkunst zu sprechen.

„Ich will Ihnen nur gleich ein Beispiel vorführen," sagte er, „wie tief wir gesunken sind..."

Ergriff ein Buch und las daraus mit Schauder...

Es waren Liliencrons ‚Ausgewählte Gedichte.'

— — — Ein andermal zeigte Paul Heyse auf den Flügel in seinem Salon und rief:

„Das Instrument ist, Gottseidank, noch nie durch Wagners Höllenmusik entweiht worden."

M. G. C., der zufällig dasaß, konnte sich nicht enthalten, auf dem heiligen Flügel alsbald den Hochzeitsmarsch aus dem ‚Lohengrin' anzuschlagen.

*

Als der alte Björnson – zu Paris – gestorben war, erschien ein junger norwegischer Arzt im Trauerhaus und bat um die Auszeichnung, den großen Toten einbalsamieren zu dürfen.

245

Offen gesagt: der Familie kam das Angebot recht zupaß; denn sie stak angesichts der vielen plötzlichen Geldauslagen in einiger Verlegenheit.

Man schenkte dem Arzt, als er fertig war – was denn nur geschwind? Nun, ein Bild Björnsons; Björnson selbst hatte es – noch kurz vor seinem Tod – einem Dichter zugedacht als Gegengabe für ein Buch.

Als der Arzt das Bild zu Hause besah, fand er auf der Rückseite eine Inschrift von der Hand des Toten:

„Herzlichen Dank für die wohlgelungene Arbeit."

*

Ein Jugendfreund Liliencrons, jetzt Oberstleutnant außer Dienst, hat mir erzählt, wie er vor Jahren Liliencron in Hamburg besuchte. Damals war Liliencrons Triumph noch nicht vollendet, Schmalhans war Küchenmeister.

Der Oberstleutnant lud den Dichter zum Abendessen. Man ging in den Gasthof. Liliencron bestellte sofort ‚ein Beefsteak für Seine Exzellenz,‘ ‚einen Johannisberger für Seine Exzellenz.‘

„Warum denn Exzellenz?" fragte der Oberstleutnant.

Liliencron gab keine Auskunft.

Als sie aber gegangen waren, sagte Liliencron:

„Herr Oberstleutnant, lieber, alter Freund! Ich danke Ihnen für die Bewirtung; noch mehr aber dafür, daß Sie meinen Kredit in diesem Gasthof so stark gehoben haben."

*

Er hatte niemals Geld und fand es, wo er es suchte.

Einst war er bei Frau St. zu Gaste, einer der reichsten

Frauen Deutschlands.

„Denken Sie sich," erzählte mir die Dame später, „– der Baron hat mir sein Leid geklagt – so lange geklagt, bis ich ihm, tief gerührt, einige Tausend Mark gab..."

„Das war schön von Ihnen, Gnädigste, das war edel."

„Ach," fuhr sie fort, „ich war ja selbst so glücklich, dem Dichter helfen zu können. Er schied selig von mir. Ging... traf unten im Torflur meinen Schwiegersohn... klagte über seine Armut... und borgte sich noch hundert Mark."

*

Liliencron war nach Prag zu einer Vorlesung geladen worden und sollte dafür etliches Gold bekommen und außerdem Gast sein des besten Hotels auf Kosten des Literarischen Vereins.

Als Liliencron aber den goldnen Lohn empfangen hatte, dachte er keinen Augenblick daran, aus dieser schönen alten Stadt zu scheiden, wo es so viele Bänkelsänger gab und Harfenzupfer, Gaukler, Schwertschlucker und Volkspoeten. Und Liliencron blieb noch drei, vier, fünf Nächte bei diesen Menschen.

Als er endlich abreisen wollte, da konnte ers gar nicht mehr: sein Geld war beim Teufel.

Da ging er reuevoll zurück zu seinen Literaten und hieß sie, eine Generalversammlung des Vereins berufen.

Und stellte in aller Form den Antrag: dem Baron Liliencron wäre mit Rücksicht einerseits auf seine literarischen Verdienste, anderseits auf seine peinliche Lage für seine Vorlesung doppeltes Honorar zu zahlen.

Der Antrag wurde einstimmig angenommen.

Ein berühmter Dichter ließ sich zum zweitenmal scheiden und heiratete eine dritte Frau.

Max Liebermann kam am Abend in eine Gesellschaft.

„Meister," fragt man ihn, „kennen Sie schon des Dichters dritte Frau?"

„Nö," sagte Max Liebermann.

„Wollen Sie sich ihr nicht vorstellen lassen, lieber Meister?"

„Nö, die überspring ick."

Ein Erlebnis Ludwig Ganghofers, das er mir einmal selbst erzählt hat:

Er hatte als Schüler auf dem Gymnasium zu Regensburg ein langes Lied verfaßt ‚Sehnsucht'. Es schilderte die ferne Waldheimat. „Und schaue ich," (hieß es da ungefähr) „im Geist die vertrauten Berge wieder, die blühenden Täler –

– da denk ich nur das Eine:
Ich weine!"

Jede Strophe schloß mit dem Kehrreim:

„Da denk ich nur das Eine:
Ich weine!"

Es gelang dem jungen Dichter, das Lied in der Zeitung unterzubringen.

Stolz las Ganghofer eines Sonntags sein Gedicht gedruckt.

Doch wie schrecklich hatte ein Druckfehler die letzte Strophe verstümmelt:

„Ich seh die Anverwandten alle –
Mit geistgem Aug, so fern sie sind.
Der Oheim sitzet in der Halle –
Die Tante wiegt ihr blondes Kind.
Der Vetter füttert seine Pferde,
Die Base kocht und bäckt am Herde –
Da denkt ich nur das Eine:
Schweine!"

*

Als Ludwig Ganghofer im Jahre 1881 sein erstes Lustspiel aufführen ließ ‚Anfang vom Ende,' – auch da versauerte ihm ein Druckfehler den Erfolg. Ein Wiener Blatt schrieb: man hätte sich vorzüglich unterhalten bei dem Erstlingswerk ‚des blinden Aasgeiers.'

Es mußte natürlich ‚blonden Allgäuers' heißen.

*

Egon Friedell, dem Eckermann Peter Altenbergs, verdankt man viele Geschichten über den Wiener Diogenes. Friedell drohte Petern immer, er werde die Geschichten nach Peters Tode gesammelt herausgeben – worüber sich Peter wütend ärgerte.

„Denn," fragte er mit Recht, „warum sollen andre Leute mit meinen Geschichten mehr Geld verdienen, als ich selbst je im Leben verdient habe?"

– – – Behauptete da Peter Altenberg einmal, er sei so abgehärtet, daß er die kälteste Winternacht bei offenen Fenstern verbringe.

Eckermann wandte ein:

„Lieber Peter, das scheint doch nicht ganz zu stimmen. Ich ging gestern zeitig morgens an deiner Wohnung vorüber – alle Fenster waren fest geschlossen."

„Nu," schrie Peter, „war gestern die kälteste Nacht?"

*

Peter Altenberg sah, wie gesagt, nicht allzu gern, wenn andre Leute Geld heimsten.

Und er fand auch sonst, wenn er grade übler Laune war, tausend Gründe, seinen besten Freunden gram zu sein.

Einmal schrieb er an Adolf Loos (der sich sooft für Petern geopfert hatte) einen saftiggroben Brief.

Adolf Loos ging damit zu einem befreundeten Antiquar und ließ Peters Brief ins Schaufenster hängen mit der Aufschrift:

„Autogramm – Preis 10 Gulden."

Da hättet Ihr Peters Verblüffung sehen sollen.

*

Peter Altenberg wäre bizarr gewesen? – launenhaft? – unberechenbar? Ganz und gar nicht. Er war der folgerichtigste Denker, der mir je begegnet ist, unter allen Charakteren der am schärfsten umrissene.

Eben weil er sein Volumen bis in die letzten Kanten füllte wie ein wohlgebildeter Kristall – darum stieß er so hart an die Mitwelt; stieß immerzu an und überall, wo andre rundlich ausgewichen wären. Und diese diamantne Konsequenz auch in den letzten Auswirkungen – – die Bürger, überrascht und befremdet, nannten sie Laune, Bizarrerie, Unberechenbarkeit.

Peter Altenberg hatte sich selbst zum Kunstwerk gestaltet – ja, diese Gestaltung schien ihm wichtiger und hatte ihn mehr Hirnphosphor gekostet als seine Schriften; er sah nicht ein, warum sich ihm grade die Arbeit an der

250

Persönlichkeit, seine mühseligste, nicht lohnen sollte. Zogen die andern Genuß aus Peters Dasein und Anwesenheit: dann mußten sie ihn dafür auch bezahlen; das verlangte er mit Recht.

Einst war Herr Muhr dahergekommen, ein Bergwerksbesitzer aus Kärnten – Freund, Anbeter und Mäzen Peter Altenbergs.

Peter sprach:

„Müssen nur Unternehmer gutbürgerlich essen, Kapitalisten, Banausen, Schiffsreeder, Verleger, Fabrikanten? Warum Dichter nicht, die das Feine doch am innigsten zu würdigen verstehen?"

Hierauf lud Herr Muhr seinen Peter in den Gasthof Sacher.

Sie aßen und tranken.

Peter freute sich: an der wohltemperierten Kühle und Heiligkeit des Saales; an dem diskreten Benehmen der Kellner; der blitzenden Sauberkeit des Tischzeugs; der wohltuenden Ruhe...

Und Peter geriet in außerordentlich lebhaften Zorn: warum, warum hat es der Dichter nicht immer so? – täglich? – sein Leben lang? Warum muß Peter sich in lauten, schmutzigen Kneipen herumschlagen, bei grellem Tellerklappern, warum ekeln Geierfraß schlingen von zersprungen-mißfarbigen Schüsseln?

Warum ist gedämpfte Musik seltener als schmetternde Musik, diskrete Bedienung kostspieliger als indiskrete, warum schönes Porzellan teurer als geschmackloses – wo doch eins mit dem gleichen Kraftaufwand wie das andre herzustellen wäre?

Warum überhaupt ist das vornehme Leben

unerschwinglich, statt Allgemeingut zu sein?

Peter schnaubt:

„Wieviel kostet denn dieses gutbürgerliche Mahl?"

Muhr lächelt:

„Wenn du es durchaus wissen willst? Ich werde die Rechnung verlangen."

„Verlang sie!!"

— — — Da aber fährt Peter erst recht empor:

„Ist es nicht eine ausgesuchte Gemeinheit, einen armen Menschen durch Protzentum so zu reizen? Für ein einziges blödsinniges Essen eine Summe zu vergeuden, von der ein Dichter wochenlang zufrieden leben könnte??"

Dem Mäzen blieb nichts übrig als: den Betrag der Rechnung noch einmal zu erlegen – in Peters Hand.

*

Café Zentral, Wien. Ich hatte eben eine hübsche Geschichte gelesen und reichte sie Peter Altenberg.

Er las sie.

Plötzlich hieb er auf den Tisch.

„Dieser Hund," schrie er, „– wie heißt der Hund? Rehwald? Abgeschrieben hat ers von mir."

„Nein, Peter. Nirgends in deinen Büchern steht was Ähnliches. Die Geschichte ist herrlich, aber nicht von dir."

„Was heißt das? Wörtlich, wort-wörtlich von mir. Genau so hätt ich sie geschrieben."

*

Gerhart Hauptmann in einem Berliner Salon. Man redet von der bevorstehenden Uraufführung der ‚Jungfern von Bischofsberg.'

Der Hauswirt allein scheint über die literarische Tätigkeit des Gastes nicht auf dem laufenden zu sein. Er ruft überrascht:

„Sie haben ein neues Stück geschrieben, Herr Hauptmann? Wann ist denn die Uraufführung?"

„Dienstag."

„Wie schade! Grade Dienstag bin ich nicht frei." – Und setzt gleich, sich und den Dichter beruhigend, hinzu: „Na, hoffentlich wird das Stück noch 'n zweitesmal gegeben."

*

Paul Scherbart kam von der Aufführung eines seiner Stücke ins Kaffeehaus.

Er war sehr erbost. Die Zuschauer hatten der wilden Phantasie des Dichters nicht folgen können.

„Sechzehnmal," rief er, „– sage und schreibe sechzehnmal hab ick in dem Stück denselben Witz jemacht. Meenst de, de Leute haben jelacht??"

*

Saß da einmal die knappe Mehrheit der seligen Elf Scharfrichter im Café Stefanie – saß mit betrübten Mienen, und alle wünschten sich eins: es möchte doch der russische Hofrat kommen, der immer so nobel zu helfen versteht, wenn man in der Klemme ist. Rosenboot hieß er und bohrte sich immer in der Nase; darum nannte man ihn kurzweg Rosenbohrer.

253

Im Augenblick öffnet sich die Tür, und der russische Hofrat erscheint. Mit einem Blick hat er die Lage erfaßt – beim nächsten Schlag seines guten Herzens beschließt er, einzugreifen. Er langt in die Westentasche und sagt:

„Meine Herren, ich erinnere mich eben, daß ich jedem von Ihnen zehn Mark schulde. Verzeihen Sie, daß ich mich so spät erinnere!"

Langt in die Westentasche und drückt Mann für Mann zehn Mark in die Hand – dem ersten, zweiten, dritten, vierten, fünften.

Der sechste aber – Paul Schlesinger ruft ungehalten:

„Verzeihung, Herr Hofrat! Von mir haben Sie sich zwanzig Mark geborgt!"

*

Man sollte meinen, die Elf Scharfrichter hätten zweiundzwanzig Beine gehabt. Das wäre aber ketzerischer Irrglaube – sie hatten einundsiebzig. Die Sache erklärt sich zwanglos aus dem Umstand, daß die Elf Scharfrichter sechsunddreißig Mann stark waren und einer davon ein Holzbein hatte.

Dieser eine, jetzt ein berühmter Lyriker, machte am Abend die Bekanntschaft eines jetzt ebenso berühmten Architekten. Man fand Gefallen aneinander und trank. Man fand mehr Gefallen aneinander und trank mehr. Als man viel getrunken hatte, wollte man heimgehen. Nun, so weit wandern – bis nach Haus – mit dem Holzbein ist nicht angenehm. Und der Lyriker bat:

„Lieber Architekt, möchtest du mich nicht bei dir übernachten lassen?"

„Gewiß, mein lieber Lyriker!"

Im Junggesellenheim des Architekten sank der Dichter auf den Diwan und verfiel sofort in Agonie. Der Architekt fand, es wär unmenschlich, den nächtlichen Gast in seinen Kleidern schlafen zu lassen. ‚Ich will ihm wenigstens die Stiefel ausziehen.‘ Er schnürte die Stiefel auf und zog – zog – und zog plötzlich das ganze Bein mit.

Warf es hin in panischem Schrecken und entfloh.

Nur Eingeweihte werden erraten, daß der Architekt Max Langheinrich hieß und der Dichter Ludwig Scharf.

*

Väterchen Rößler war einst Charakterspieler und Utilität am Hoftheater zu Detmold.

Eines Abends, nach einer besonders braven Leistung Rößlers kam der Hofmarschall auf ihn zu, klopfte ihm auf die Schulter und rief begeistert:

„Mein Lieber, ich habe Sie nun als Franz Moor gesehen; als Mephisto; als Zigeunerbaron; als Bettelstudenten; als Baumeister Solneß. Immer derselbe, mein lieber Rößler – immer derselbe."

*

In Teplitz spielte Karl Rößler den Wallenstein.

Da hatte er – im fünften Akt – zu sagen:

> „Ich denke einen langen Schlaf zu tun,
> Denn dieser letzten Tage Qual war groß."

Sprachs – ging hinten ab – – öffnete nach einer Weile wieder spannweit die Tür und stellte seine Reiterstiefel zum Putzen auf die Bühne.

Er ist ohne Kündigung entlassen worden.

*

In einem oberösterreichischen Flecken irgendwo hatte Vater Rößler ein Sommerengagement. Wohnte in der Mansarde des ersten Gasthofs und fühlte sich da wohl.

Eines Tages kommt der Wirt und sagt:

„Herr von Rößler! Mittwoch müssen S' ausziegen.“

„Warum denn, um des Himmels willen, Herr Wirt? Ich habe doch immer pünktlich die Miete gezahlt? Habe nie gestört?“

„Alles schön und gut, lieber Herr von Rößler – aber i brauch grad des Zimmer, grad des – d' Leut saans scho so gwohnt. Mittwoch is Markt. Die Hur kimmt.“

*

Eines Tages kam ein Mann zu Rößler und sprach:

„Herr von Rößler – gel? – Sö saan jetz Dichter? Alsdann da hätt i Eahna an Idöö für a Lustspiel. A großartigs Lustspiel – so was zum Lachen war no net da. – Hören S' zu, Herr von Rößler! – Erschter Akt – Stammtisch mit Herren – a Bayer; a Weaner; a Sachs; a Heß; a Preiß: Ein Witz; Eine Laune; Eine Komik nach der andern. Zweiter Akt a Kaffeegsellschaft – die Gemahlinnen von dene Herren: Ein Humor; Ein Scherz; Schlager folgt auf Schlager...“

„Und der dritte Akt?“ fragte Rößler.

Da sprach der Mann kopfschüttelnd:

„Alles ich, Herr Rößler? Etwas könnten S' doch aa selber derzu dichten.“

*

256

Rößler wohnte Jahre hindurch in Dachau. Eine halbe Stunde von München.

Natürlich verbrachte er den Tag in der Stadt. Und versäumte regelmäßig den letzten Abendzug – daher verbrachte er in München auch die Nacht. Nur höchst selten gelang es ihm, sein Dachauer Heim zu erreichen.

Eines Morgens zog er eben in Dachau ein – nach recht langer Abwesenheit. Sein Töchterchen, die kleine Lotte, erblickte ihn von weitem und rief:

„Mama, Mama! Sieh nur, da kommt Herr Rößler!"

*

Wir lebten zu Gmunden im Gasthof, Karl Rößler und ich, und arbeiteten gemeinsam an einer Komödie.

Rößler ist kein Frühaufsteher. Er erhob sich gewöhnlich gegen drei Uhr nachmittag, wenn die ersten Morgennebel gewichen waren – und dann schrieben wir bis in die Nacht.

Mit dieser durchaus normalen Lebensweise war aber Rößlers greiser Vater nicht einverstanden. Er erschien täglich um sieben Uhr früh im Gasthof und stellte an Rößler das Ansinnen, das Gold aus dem Munde der Morgenstunde zu holen.

Zwei Tage kämpften Vater und Sohn.

Am dritten Tag hatte sich Rößler schon ein stilles zweites Zimmer im Seitenflügel des Gasthofs gemietet, wo er die gewohnte Lebensweise fortsetzte.

Das erste Zimmer aber wurde dem alten Herrn vom Stubenmädchen in völlig aufgeräumtem Zustand gezeigt mit der Behauptung: der Dichter wäre heute schon seit fünf Uhr früh auf den Beinen, um im einsamen Wald seiner Kunst obzuliegen.

Väterchen Rößler borgte sich hundert Mark und versprach mir Bezahlung zu Neujahr – auf Ehrenwort.

Er zahlte natürlich nicht.

Gestern aber bin ich ihm begegnet und kriegte mein Geld.

„Freund," sagte er, „eigentlich hätt ich dirs zu Neujahr geben sollen, ich habs dir feierlich versprochen; ich hab auch Geld gehabt. Aber, weißt, ich wollte keinen Präzedenzfall schaffen."

Als Otto Erich Hartleben seinen Theatersieg mit dem ,Rosenmontag' errungen hatte, suchte Brahm den Dichter an sein Lessing-Theater zu binden und setzte ihm ein Jahrgehalt aus von 2400 Mark. Dagegen sollte Hartleben verpflichtet sein, alle Stücke zuerst dem Lessing-Theater anzubieten.

Hartleben unterschrieb.

Am Abend sagte er im Freundeskreis:

„Noch einen solchen Vertrag, und ich rühre in meinem Leben keine Feder mehr an."

Die Herren der Literarischen Gesellschaft zu Halle an der Saale erzählen einem, wenn man sie darum fragt, gern von ihrem Hartlebenabend.

Schon zwei Tage vor der Vorlesung war Otto Erich in Gesellschaft eines Freundes eingetroffen und widmete sich umfassenden Portweinstudien.

Man fragte den Dichter nach seinem Programm.

„Ist noch nicht fertig," entgegnete er. „Ich schreibe eben erst an der Geschichte, die ich morgen lesen will."

Er war auch am Vorabend noch nicht damit zu Ende, nicht des Morgens, nicht zu Mittag. Erst eine Stunde vor der Vorlesung, in einer Kneipe bei sehr viel Rotwein beendete er die Novelle.

Und saß am Abend (sein Freund mit ihm) im Saal der Freimaurerloge auf dem Podium und war unbändig gut aufgelegt. (Der Freund desgleichen.) Sie brauchten einander nur anzusehen und lachten schon. Die Geschichte, die Hartleben da vortragen sollte, war garzu köstlich. (Fand auch der Freund.) Ein klein wenig locker war sie überdies.

Ich weiß nicht, ob es allgemein bekannt ist, daß Halle keineswegs eine hemmungslose Stadt ist. Die Damen in Halle wenigstens haben ziemlich strenge Begriffe von Zucht und Sitte. Sie fanden es nicht in der Ordnung, daß man sich so benehme, wie sich Hartleben benahm (und sein Freund).

Hartleben las und las und freute sich immer auf die kommende Pointe und lachte schon, ehe er sie gesagt hatte (der Freund nicht minder).

Da gingen die Damen, eine nach der andern – und Hartleben blieb schließlich nur mehr mit seinem Freund und drei, vier Herren des Vorstands im Saal zurück und las ihnen bei einer neuen Flasche Rotwein sein Werk zu Ende.

Wer da wissen will, was Hartleben in Halle las, schlage in seinen Werken nach. Die Geschichte ist ‚gewidmet den Damen der Literarischen Gesellschaft zu Halle.'

*

Ein andres Abenteuer Hartlebens. Quelle: Max Halbe.

Es muß nach dem Erfolg des ‚Rosenmontags' gewesen sein – Otto Erich Hartleben saß im Café ‚Florian' am Markusplatz in Venedig.

Ein schwarzer Mann kam und bewarb sich bei Hartleben um die Erlaubnis, das erfolgreiche Stück ins Italienische übersetzen zu dürfen.

„Ick sprecke nickt ganz gut deutß," sagte er, „aber ick verstehe vollkommen. Ick abe ßon mehre Sstück hübersetzen. Ick abe hübersetzen ‚Weber' von Gerart Auptmann: Flasche. – Ick abe hübersetzen ‚Sodoms Ende' von Sudermann: Flasche. – – ‚Probepfeil' von Blumenthal: Flasche..."

„Erlauben Sie," fragte Hartleben, „warum sagen Sie denn immer: Flasche?"

„O – Sie verstehen nickt? Fiasko, Fiasko aben ick gemackt."

*

Vor vielen Jahren wars, da kam Frank Wedekind nach Berlin. Es war eben zur Zeit, als er am schwersten um seine Anerkennung ringen mußte.

Er trat – in Begleitung einer kleinen Kabarettdiseuse – ins Bierhaus Siechen und fand da Hartleben.

Rasch wollte er sich abwenden – denn er war auch mit Hartleben zerkracht – da erhob sich Hartleben, ging auf Wedekind zu und begrüßte ihn:

„Frank – wenn alle dich anfeinden, will wenigstens ich mich mit dir versöhnen. Reich mir die Hand!"

Wedekind antwortete gerührt:

„Gestatte, lieberr Otto Errich, daß ich dirr zum Zeichen meines tiefen Dankes dieses junge Mädchen dediziere."

260

*

Frank Wedekind traf einst meinen Freund Karl Rößler.

„Grüß Gott!" rief er. „Und ich gratuliere dir herzlich zum Erfolg der ‚Fünf Frankfurter.' – Ich höre übrigens, daß du jetzt an einem literarischen Stück arbeitest...?"

Rößler darauf:

„Ich – an einem literarischen Stück? Ich werde doch nicht schlechte Geschäfte machen, wenn ich gute machen kann?"

*

Es war in Zürich, anfangs der neunziger Jahre, zur Zeit der heftigsten Literaturkämpfe – da geriet einer unsrer Dramatiker in Streit mit ein paar Studenten. Er war gegen Schiller losgezogen und sie – am Nebentisch – verbaten sich das. Schiller, der Dichter des ‚Tell', wäre der erste Dichter und Heiligtum der Nation.

Der junge Dramatiker war sprachlos. Wie? Zwei Leute, die nicht einmal zur Gesellschaft gehören, zwei Fremde mischen sich ins Gespräch mit einem geharnischten Protest? – Und er rief:

„Sie scheinen aus einem jener schweizerischen Täler zu stammen, wo der Kropf endemisch ist."

Die Fortsetzung des Gesprächs kann man sich vorstellen.

Als der junge Dramatiker im Nebenzimmer gewaschen, verbunden und gelabt wurde, rief er bös:

„Nicht einmal seine künstlerischen Ansichten darf man hier äußern. Und das nennt sich dann die freie Schweiz."

*

Wie ich Girardi kennen lernte:

Es war vor zehn oder zwölf Jahren, in München – um vier Uhr morgens klingelt wütend mein Telephon. Ich ärgere mich, wühle den Kopf ins Kissen und lege mich aufs andre Ohr. Das Telephon rast. Endlich muß ich aufstehen.

In der Muschel die scharfe und doch chinesisch höfliche Stimme Wedekinds. Er tut überaus verwundert:

„Ist es möglich – sollten Sie am Ende schon schlafen? Ich würde unendlich bedauern, Sie gestört zu haben. Herr Girardi möchte Sie sehen. Wollen Sie nicht so freundlich sein, in den Bayerischen Hof zu kommen?"

*

Ein Berliner Impresario hatte das Ehepaar Wedekind und mich auf eine gemeinsame Vortragsreise geschickt. Unser erster Abend sollte zu Frankfurt am Main stattfinden, in einem Vereinshaus.

Eine halbe Stunde vor Beginn kommt der Vorstand des Vereines uns begrüßen.

„Herr Wedekind," sagt er, „der Saal ist übervoll; wir konnten nicht verhindern, daß auch junge Mädchen sehr zahlreich erschienen... Gott, es sei selbstverständlich fern von mir, Ihnen Vorschriften zu machen – doch Sie verstehen, nicht wahr? Ich bin in großer Verlegenheit... Wenn Sie gütigst Rücksicht auf die jungen Mädchen nähmen...?"

Wedekind zeigte seine Vorderzähne (das bedeutete bei ihm niemals Gutes) und schnarrte chinesisch höflich:

„Herrr Vorrstand, Sie werrden zufrrieden sein..."

— — — Ob er wirklich zufrieden war, der Herr Vorstand, weiß ich nicht. Die Mädchen waren es keineswegs; denn sie wurden schon nach Wedekinds erstem Bänkelsang von ihren bestürzten Müttern stumm zum Aufbruch gezwungen. Leis raschelnd, auf den Zehenspitzen sickerten zuerst und strömten bald die Huldinnen nach den Türen.

In der Pause erschien der Vorstand mit düsterer Miene.

Wedekind – unschuldsvoll:

„Oh, hätten Ihre Damen doch nur ein kleines Weilchen überdauert! Jetzt kommt nichts Schlimmes mehr."

*

Ich saß nach dem Vortrag langelang mit ihm im historischen ‚Schwan.' Die arme schöne Frau Wedekind hielt wie eine Märtyrerin aus. („Tilly, du bist schläfrig – Kellner, noch eine Flasche Roten!")

Da sprach Wedekind von seinem damals so schweren Kampf ums Dasein.

Ich warf flüchtig hin:

„Gehen Sie doch dem Publikum einmal, nur einmal entgegen! Machen Sie ein lustiges Stück – Sie werden reich werden und von nun an immerzu schreiben können, was Ihnen gefällt."

Wedekind lächelte nachsichtig. „Das wäre unökonomisch. Ich müßte mich überwinden, um Geld zu verdienen, und dann erst dürfte ich das Geld wieder in Freude umsetzen. Diese doppelte Umsetzung wäre Kraftverlust. Lieber schreibe ich gleich, was mir gefällt, und habe meine Freude daran."

*

Unsre gemeinsame Vortragsreise endete in München. Seit Menschengedenken hatte das Polizeipräsidium niemals

Zensur an Vorträgen geübt – weder an Wedekinds, noch an meinen Texten; wir beide an einem Abend aber schienen der Polizei doch allzu bedenklich, und man forderte unser Programm ein.

Mir strich die Polizei nichts; Frank Wedekind strich sie so manches.

Sonst pflegte ich den Abend zu eröffnen und zu schließen – diesmal wollte Wedekind es tun.

Er trat auf und sprach (mit gebleckten Zähnen):

„Meine Damen und Herren! Mein Vorrtrrag wirrd sich in zwei Teile gliederrn: errstens die von der Polizei genehmigten, zweitens die von der Polizei verrbotenen Liederr."

Und er hielt pünktlich Wort. Er sang alle verbotenen Lieder ab.

Zur Ehre der Münchener Polizei sei es gesagt: kein Hahn hat darnach gekräht.

Was aber unsern Frank nicht verhinderte, dem Polizeipräsidenten später eines seiner allerboshaftesten Bänkel zu weihen:

„… Wofür läßt sich
Von der Heydte bezahlen?
Für den Weltrekord
In Kulturskandalen!

Verendet an ihm
Auch München, die Kunststadt –
Berlin lacht heiter:
Schadet det uns wat?"

Ich weiß nicht, ob die Verse in Wedekinds Gesammelte Werke aufgenommen sind; in meinem Exemplar stehen sie nicht.

*

Auch Girardi hat den Krieg mitgemacht – auf seine Weise:

Es war an der bukowinischen Front, im Frühling 1916 – da hatten im Schützengraben bei Rarantsche die Beobachter der Batterie Oberleutnant Materna ein Grammophon. Sie ließen es eines Feiertags fleißig spielen: Sänge von Girardi.

Die russischen Feldwachen stellten das Schießen ein und klatschten Beifall.

Beim nächsten Lied steckten sie, um besser zu hören, die Köpfe aus der Deckung.

Beim dritten kamen sie – ohne Waffen – ganz heran. Und sind auch gleich dageblieben.

So hat Alexander Girardi bei Rarantsche vierzehn Gefangene gemacht.

*

Lange vor dem Krieg pflegte Wedekind wahrzusagen:

„Der Militarismus Europas – vierzig Jahre Probe und keine Aufführung... Schrecklich, schrecklich, wie das Stück einst durchfallen wird!"

*

Einmal saßen in einem Wiener Nachtlokal in drei benachbarten Logen Girardi, der ungarische Minister Baron Banffy und Wedekind.

Ein Fremder umfaßte die drei Logen mit einer Gebärde und rief:

„Die drei größten Komiker von Europa."

Girardi nickte – der Minister lachte – Wedekind aber...
zeigte seine Zähne.

*

An der Wand im halbdunkeln Zimmer hängt Frank
Wedekinds Totenmaske. Verstehend wie sie, hat der Dichter
immer gelächelt – so zart, so gütig nur im Tod.

Unter der Maske auf dem Sofa sitzt Anna Pamela,
Wedekinds erstgeborne Tochter. Sie zählt noch nicht
dreizehn, glaube ich – und blickt ernster als je ein Mädchen
ihres Alters.

„Singen Sie uns, Anna Pamela!"

Da huscht ein winzig kleines Lächeln über dies
erschütternd echte Jungwedekindgesicht. Sie langt sich
Wedekinds Laute. Wie ein wimmelnd Heer von Däumlingen
rennen und stürzen unverfolgbar flink die Fingerchen über
das Griffbrett; und ein kleiner, gläserner Sopran läutet des
Vaters Balladen.

Franks lose Lieder aus dem unschuldigen Mündchen
eines Mägdleins!

Und das Mägdlein bei all seiner Lieblichkeit des
sardonischen Vaters Abbild.

Und jeder Ton wieder, jede Hebung und Senkung des
Stimmchens ist Frank Wedekinds Ton, Vortrag und
Ausdruck; als sänge er aus den Sphären mit Engelszunge.

Sie ist es garnicht, Anna Pamela – sie weiß ja nicht, was
sie singt; Frank lebt und singt in ihr – und sie lacht hie und
da über ihn, dankbar für einen Scherz, den er, ihr
verständlich, machte.

Schön und furchtbar zugleich, daß ein Leichnam so
lebendig bleiben kann in seinem Werk und in seinem Kind.

*

Otto Julius Bierbaum erzählte mir einmal, wie er Liliencron in München traf: arm, aber stolz, ja überglücklich. Er habe, berichtete Liliencron, jetzt ein Weib gefunden, das sei aller Weiber Preis; jung, zierlich, mit weißen Fingerchen und rosigen Wangen; Saphiraugen, goldnem Haar und elfenbeinernen Zähnchen; sie sei millionenreich und klug wie Phryne; eine Reichsgräfin vom ältesten Adel; Bierbaum müsse augenblicks mitkommen in den Hofgarten, um Liliencrons Glück mitanzusehen.

Bierbaum folgte dem Dichter. Er fand ein Nähmädchen da, Centa Müller. Sie war nicht einmal sonderlich hübsch.

*

Kennen Sie den Liederzyklus ‚Amneris‘? Ein junger Dichter hat ihn geschrieben auf seinem Tiroler Schloß. Jawohl, er besaß ein Schloß in Tirol, denn er war ein nicht unbemittelter Dichter – und er schrieb einen Zyklus ‚Amneris‘ in Tirol, denn er war glücklich, war selig in seiner jungen Ehe.

Als die Handschrift aber fertig vor ihm lag (ein Jahr nach der Hochzeit) – da beschloß der Dichter, den Zyklus vertonen zu lassen. Und er lud einen aufstrebenden tüchtigen Musiker zu sich aufs Schloß.

Musiker wissen die Frau noch ganz anders zu bezaubern als son Dichter. Sie empfinden auch heißer.

Eines Tages ging der Musiker mit der Schloßfrau nach Italien durch; nicht ohne den Zyklus ‚Amneris‘ mitzunehmen.

Und schickte von seiner Reise malzumal ein paar Notenblättchen an den Dichter – die Vertonung von

‚Amneris‘.

’s ist eine sehr einheitliche Schöpfung worden – der Text und die Musik. Kein Wunder: wo beide Urheber inspiriert von Einer Frau waren.

*

Wie einen das Leben manchmal um eine Freude und Ehrung bringt, hat Max Halbe einst erfahren müssen und pflegt es zu guter Stunde zu erzählen:

Seine ‚Jugend‘ war in Berlin mehr als dreihundertmal gegeben worden, da schrieb er den ‚Amerikafahrer.‘

Am Tag der Aufführung kam Siegmund Lautenburg, Direktor des Residenztheaters, auf den Dichter zu und sprach verheißungsvoll:

„Mein lieber Halbe, Sie wissen nicht, was Ihnen bevorsteht. Wenn Ihr Stück heute Erfolg hat, werde ich Ihnen Brüderschaft anbieten.“

Nach der Vorstellung rief Lautenburg:

„Sie, Herr Doktor Halbe! Ich wünsche Ihnen gute Nacht.“

*

Hugo Salus ist Frauenarzt in Prag.

Eines Tages nun saß ein Knabe in Salussens Wartezimmer. Niemand beachtete ihn – er mochte mit der Mutter gekommen sein.

Doch die Sprechstunde war längst zu Ende, und der Junge saß noch immer da.

Da fragte ihn Salus nach Wunsch und Begehr.

Das Bübchen wollte ein Autogramm.

„Du, Dreikäsehoch – ein Autogramm? Hast du denn je etwas von mir gelesen?"

„Nein."

„Weißt du, wer ich bin?"

„Nein."

„Wie kommst du also dazu, ein Autogramm von mir zu verlangen?"

Das Bübchen schlug die Augen nieder und sagte:

„Ich bitte, der Kohn aus Horowitz hat auch eins."

*

Gustav Meyrink bekam einmal – zu Beginn seiner Dichterlaufbahn, als er, weiß Gott, noch sehr, sehr wenig Geld verdiente – vom Steueramt den Auftrag, ein offenes Geständnis abzulegen, wie hoch sich sein Einkommen belaufe.

Meyrink, der in Gedanken immer in Indien lebt, murmelte ein Mantram, eine Zauberformel, und begann den Bogen auszufüllen.

Ich habe anderswo niemals Steuern bezahlt und weiß nicht, wie es da ist; bei uns in München gleichen die Steuerbogen der Spezialkarte einer hochkultivierten Ebene: unzählige Felder und Felderchen, durch saubere Linien begrenzt – ein Teil schraffiert, das sind dann die Forste; andre von breiten Kanälen umzogen, in der Mitte geteilt und kreuz und quer durchschnitten. Niemand kennt sich aus.

Auch Gustav Meyrink nicht. Er muß irgend was in die falsche Rubrik gesetzt haben – wahrscheinlich die Millionen seiner Träume – denn plötzlich sollt er 28000 Mark Steuer zahlen – viel mehr, als er jemals eingenommen hatte.

Er ging aufs Steueramt und wehrte sich.

„Herr," antwortete man ihm, „Sie haben selbst angegeben..."

Doch Meyrink sah garso kläglich drein – da fragte der Beamte:

„Was sind Sie von Beruf?"

„Schriftsteller."

„O mei, o mei," rief der Beamte. „Schriftsteller. Des is a traurigs Gschäft. Da zahlen S' halt 2 Mark 80."

*

Vor Jahren einmal schrieb ich in Starnberg bei München mit Gustav Meyrink ein Stück. Wir arbeiteten wie die Bienen – von morgens früh bis abends spät.

Da hatten wir eine Figur in unserm Stück, den alten Rittmeister Repelaar, einen alten, gebrechlichen Mann, der in einer Sauerstoffzelle lebte. Nur zu den Aktschlüssen holten wir ihn aus seiner Zelle. Er sprach dann drei, vier Sätze: und sie mußten das Witzigste sein, was Meyrink und Roda irgend ersinnen konnten.

Eines Sonntags gegen fünf nachmittag waren wir wieder so weit: Repelaar sollte auftreten. Doch wir hatten seit dem Morgen geschrieben – uns fiel das rechte Aperçu für unsern Repelaar nicht ein.

Da schlug ich vor, die Arbeit für heut abzubrechen. Ich werde mit dem Dampfer nach Leoni fahren (aufs andre Seeufer). Meyrink bleibt die Nacht daheim in Starnberg. Wir beide werden nachdenken, werdens überschlafen, was unser Repelaar zum Stichwort ,Kuh' zu sagen hätte.

Gut, wir nehmen Abschied voneinander – Meyrink bleibt – ich besteige den Dampfer.

270

Als der Dampfer aber – Sonntag nachmittag, dick besetzt mit Ausflüglern – den Starnbergersee quert, bemerke ich eine sonderbare Bewegung auf Deck. All die hundert Menschen drängen nach Steuerbord.

Ich folge der Schar und sehe ein Schiff von fern mächtig heranschießen – der Ruderer will offenbar den Kurs des Dampfers kreuzen. Die Leute auf Deck sind gespannt, ob es dem Ruderer gelingen werde...

Es ist Meyrink. Er kommt heran, findet mich unter den Hunderten heraus, formt die Hände zur Trompete und schreit mir zu:

„Die wackere Kuh – sie liefert uns den trefflichen Spinat."

... Ihm war die vielgesuchte Wendung des Dialogs eingefallen – er beeilte sich, sie mir noch rasch mitzuteilen...

Zuerst glotzten die hundert Ausflügler nur dumm. Einen Augenblick später bebte der Sonntagsdampfer unter ihrem Gelächter.

*

Es war einmal von den Sachsen die Rede. Da sagte Gustav Meyrink:

„Es muß viel mehr Sachsen geben, als die Statistik aussagt. Bekanntlich zählt die Wissenschaft fünfhundert Millionen Chinesen. Man macht aber täglich die Erfahrung, daß einem Hunderte von Sachsen begegnen, ehe man auf einen Chinesen stößt."

*

Zu München, in der Torggelstube. Man sprach von dressierten, von klugen Tieren. Colin Roß von einem singenden Hund; Albert Heine hatte einen Bären gesehen, der ging frei umher und spielte mit Kindern; Lackner wußte von einem Alligator...

Marc Henry, das Haupt der Elf Scharfrichter, erzählte:

„Alles nicks." (Henry ist Pariser.) „Ick gehe in dem Jardin du Luxembourg, da fliegt eine Smetterling um mich. Am nächsten Tag: wieder die Smetterling. Am dritten Tag nehme ich etwas Zucker mit und sstreue mir auf die Ssulter. Richtig setzt sich dieselbe Smetterling darauf und bleibt ganz sstill. Nach ein paar Wochen hatte ick die Smetterling soweit: wenn ick nur den Jardin betrat, kam mir die Smetterling entgegen, flog mir auf die And und kam mit mir überall hin. Wenn ick ihn fragte: „Wie ssprickt die Smetterling?" – da antwortete er:

(Hier begann Henry mörderisch zu bellen.)

*

Vor vielen Jahren einmal kam ich zu Felix Dörmann und bat ihn, er möchte mein Drama lesen und es dem Deutschen Volkstheater empfehlen.

„Lesen?" rief Dörmann. „Wozu? Wenn das Stück gut ist, nehmen die im Volkstheater es doch nicht; und wenn es schlecht ist, macht es von selbst seinen Weg."

*

Zu Emil Szomory, dem ungarischen Dichter, kam eines Tags ein Mann und sprach:

„Herrlich, was Sie da wieder im gestrigen Abendblatt geschrieben haben; packend, treffend, ganz mir aus der Seele. – Ich hatte übrigens Ihrer Arbeit wegen einen erregten Auftritt an meinem Stammtisch; die Herren sagten nämlich: es wär der größte Blödsinn, der ihnen jemals untergekommen ist."

*

Ich, Roda Roda, hielt einmal einen Vortrag in Spandau.

Um acht, als es anfangen sollte, noch kein Mensch im Saal.

Na – ein paar Minuten kann man ja warten.

Plötzlich strömte Publikum herein – gleich zwei Damen auf einmal.

Die erste lispelte:

„Verzeihung – bin ich hier recht bei August Rodin?"

Die zweite enttäuscht:

„Nanu? Nur een Herr? Ick dachte doch, Roda Roda – det sin so zwee Zusammjewachsne?"

*

In Wien wurde ich einer Mäzenatin vorgestellt, der Frau Konsul Maurer. Sie war sehr erfreut und sagte:

„Seit Jahren schon sehne ich mich danach, Sie kennenzulernen. Sooft ich eines Ihrer Stücke sehe, frage ich meine Freunde: ‚Warum bringt ihr den Mann nicht einmal her zu mir? Einen so glänzenden Namen?' – Wie ist übrigens Ihr werter Name?"

*

Als Theodor Etzel, der Fabeletzel, noch ein strammer Jüngling war, schrieb er natürlich lyrische Gesänge.

Man weiß, die Verleger pflegen sich um derlei Poesie nicht eben zu reißen. Etzel aber hatte Glück. Er fand einen

273

Verleger. Sogar einen, der ihm Honorar zahlte.

War schon nach diesen Anzeichen an der gesunden Vernunft des Verlegers zu zweifeln, so sollten Etzels Bedenken sich in der Folge noch steigern.

Als nämlich der ungeduldige Lyriker den Verleger nach ein paar Wochen fragen kam: wie es denn mit der ersten Auflage der Gedichte stünde? Ob sie schon verkauft wäre? – da sagte der Verleger:

„Mein lieber Herr Etzel! Ich habe Ihnen ja gleich gesagt, die erste Auflage eines so jungen, wenn auch hoffnungsvollen Autors würde schwerlich abgesetzt werden können, und zu verdienen war erst recht nichts daran. Da habe ich mich kurz entschlossen, habe die erste Auflage eingestampft und gebe jetzt die zweite heraus."

*

Paul Walden, der Maler, war damals noch ein Junge und sehnte sich nach seinem Spielgefährten, meinem Sohn. Da fuhr Pauls Mutter, Else Lasker-Schüler, von Berlin zu uns nach Tegernsee.

Sie war nie vorher auf dem Land gewesen. Und fand es einfach unerträglich.

Die Seeluft nahm ihr den Kopf ein.

Der Kuhstall roch ihr nach Typhus.

Dann das viele Frühlingsgrün:

„Alles Spinat!" rief sie verzweifelt – und reiste von der Stelle ab.

*

Ein Maurer rief seinem Kollegen den bayerischen Segen

nach.

Der Argentinier-Schmied, Rudolf Johannes Schmied legte dem Maurer schwer die Hand auf die Schulter.

„Mann!" sprach er bewegt. „Mann!! Woher haben Sie dieses Wort?? Das Wort ist von mir."

*

Man redete von volkstümlichen Dichtern.

Da wandte sich Schmied an Hanns Heinz Ewers:

„Doktor! Was sagt Ihr zu unserm Gegenstand – Ihr, der Aschinger der Magie?"

*

Kennen Sie die lustigen Stücke ‚Der gutsitzende Frack,‘ ‚Der Gatte des Fräuleins,‘ ‚Ein Ehemann, der alles weiß‘? Die Stücke sind von Gabriel Drégely, einem immer noch jungen Ungarn.

Drégely war Ingenieur, eh er Komödiendichter wurde, und wohnte in einem Hinterhaus zu Budapest, zwei Treppen hoch. Ihm gegenüber, im Vorderhaus, amtierte der Hauswirt, ein Patentanwalt; Drégely konnte dem Anwalt von oben her grade und genau in die Bude gucken.

Eines Tages, als es besonders heiß und langweilig war, setzte sich Drégely an sein Telephon und rief den Hauswirt drüben an:

„Hallo, hallo, Herr Anwalt – hier Livingstone aus Edinburg, Erfinder. Haben Sie Interesse für einen Fernseher?"

„Ob ich was habe?" fragte der Patentanwalt.

„Na, möchten Sie mir eine Vorrichtung abkaufen, mit der

man mittels eines gewöhnlichen Fernsprechers in die Ferne blicken kann?"

„Sie scherzen, Herr Livingstone."

„Durchaus nicht. Ich sehe Sie, Herr Anwalt, in meinem Apparat. Sie stehen in Hemdärmeln da – begreiflich bei dieser Hitze – schneiden ein kurioses Gesicht und haben die rechte Hand in der Hosentasche. Warum ziehen Sie sie eben hervor? Nach ihrem Gesichtsausdruck zu schließen, sind Sie sehr verwundert?"

Da sagte der Anwalt:

„Herr, Ihre Erfindung ist großartig. Sie werden Milliarden damit verdienen. Da macht es Ihnen wenig aus, wenn ich Ihre Miete vom nächsten Monat an um fünfzig Kronen erhöhe. Nach Ihrem Gesichtsausdruck zu schließen, sind Sie sehr verblüfft, Herr... Livingstone?".

*

Einst lernte Gabriel Drégely in Karlsbad eine nette Dame kennen. Man promenierte ein Stündchen und schied mit dem Wunsch, einander wiederzusehen.

„Morgen um vier?" fragte Drégely. „Paßt es Ihnen?"

„Gern. In der Konditorei."

Tags darauf also um vier wartete Drégely in der Konditorei; wartete lange Zeit; niemand kam.

— — — Etliche Jahre später begegnet Drégely einer Dame, die deutlich zeigt, daß sie gegrüßt sein wolle... Wer mag sie nur sein? Richtig: die Blondine damals aus Karlsbad.

„Auch ich habe Sie schwer wiedererkannt," beginnt die Dame, „Sie sind etwas rundlich geworden."

„Kein Wunder" brummt Drégely. „Wenn Sie einen sechs

Jahre in der Konditorei warten lassen?"

*

Saßen wir da einmal im Café Luitpold – zwei Maler, zwei Literaten: Major v. Vestenhof, Albert Weisgerber – der Edelanarchist Erich Mühsam und ich. – (Die sonderbare Mischung der Gesellschaft braucht einen garnicht wunderzunehmen: wir sprachen nie über Politik – und wollte Erich Mühsam mal davon beginnen, so verbat sichs der Herr Major höflich, Weisgerber hingegen mit weißblau geweckter Löwenenergie.)

Den Malern fiel ein Mann drüben auf, der mir ähneln sollte.

Wirklich, er glich mir Zug um Zug: die Bulldoggvisage, hohe Stirn – sogar das Einglas hatte er sitzen; nur die rote Weste fehlte, denn der Fremde hatte eine weiße.

Da sagte Major v. Vestenhof:

„Wißt ihr auch, wer der Mann ist? Der Staatssekretär der Kolonien, Exzellenz Solf."

„Herrgott," rief Erich Mühsam, „– ein Staatssekretär! Und aus Samoa... Der Mann muß doch mächtig viel Geld haben. Den Mann geh ich anpumpen."

Schritt auf ihn zu, stellte sich artig irgendwie vor und verlangte zwanzig Mark.

Solf griff nach einigem Besinnen in die Westentasche und zog ein Zehnmarkstück.

— — — Dieses Geschehnis wird hier keineswegs um einer Pointe willen erzählt – als welche ja, wie man sieht, garnicht vorhanden ist.

Es wird noch weniger erzählt, um den Staatssekretär a. D. Dr. Solf herabzusetzen – oder um Erich Mühsam zu

277

erhöhen, den Bayerischen Minister des Äußern von anno Räterepublik.

Sondern ich meinte, mein Gerechtigkeitsgefühl beruhigen zu sollen – indem ich glaube, daß der arme, geschädigte Dr. Solf bis heute nicht weiß, wem er damals jene goldnen zehn Mark dargeliehen hat, und sie gern wiederhätte, ohne Ahnung, von wem er sie verlangen sollt.

Für diesen Fall also gebe ich Exzellenz Solfen Mühsams Adresse an:

Festung Niederschönfelde, Zelle 9 – auf fünfzehn Jahre, anderthalb hiervon bereits abgebüßt.

*

Ein junger Dichter – sein Name bleibe verschwiegen – ein junger, hoffnungsvoller Dichter verkaufte sich mit Haut und Haar einem Verleger. Für ganze fünfhundert Mark, die ein einzigesmal, eben heut, zu zahlen waren; und dafür wollt er sein ganzes Leben lang alle seine Werke jenem Verleger ausschließlich und zuerst einreichen.

„Mensch," riefen des Dichters Freunde, „du bist ja verrückt! Wie konntest du mit deinen fünfundzwanzig Jahren eine Verpflichtung eingehen, die dich fünfzig, sechzig Jahre binden kann?"

Der junge Dichter lächelte. – „Macht doch nischt. Hab ick denn nich schon mit en andern Verlag in Großlichterfelde jenau den jleichen Vertrag? Und er hat mich noch nie geniert."

*

Pascin zu demselben Dichter:

„Lieber Freund, wenn ich Ihr Talent hätte, wär ich

längst Millionär. Dann hätte mich nämlich mein Vater
Kaufmann werden lassen."

*

Leo Birinski hatte in Wien irgendeinen Husarenleutnant
kennengelernt und sich recht mit ihm angefreundet.

Eines Tages geht Birinski durch den Stadtpark. Da stürzt
der Husar auf ihn zu und ruft:

„Lieber Freund! Alles Geld auf dem Turf verloren. Sag
rasch, aber rasch: wie schreibt man ein Stück?"

*

In Rodaun war ein Eckensteher mit Namen Spitzkopf; er
war ein Schulkollege von Stefan Zweig und dutzte ihn.

Als Stefan Zweig nun Doktor geworden und gar ein
berühmter Lyriker, da schämte er sich ein wenig des
verkommenen Jugendfreundes und vereinbarte mit ihm:

„Weißt du was, Spitzkopf? Ich werde dir alle Neujahr fünf Kronen geben, und du sagst zu mir Sie."

Jahrelang währte der Pakt zu beiderseitiger Zufriedenheit.

Am letzten Neujahrstag aber kam Spitzkopf zu Stefan Zweig und sprach – glucksend von einem ausgiebigen Sylvesterrausch:

„Gu'n Tag, Dokter! I wünsch dr vüll – hups! vüll Glück!"

„Spitzkopf! Sie sollen doch Sie zu mir sagen?!"

„Bei – hups! – bei der Valuta, Dokter, mach i – hups! – mach i dös für fünf Kronen net."

*

Catherine Godwin fuhr von Garmisch nach München. Sie ist reizend, die Godwin.

Ihr gegenüber saß ein junger Holzknecht, ein bildsauberer Kerl, und verschlang sie mit den Blicken. Endlich fing er ein Gespräch an:

„Saan Sö verheirat, Fräuln?"

„Nein," sprach sie lächelnd.

„Kommen S' oft raus nach Garmisch?"

„Nun ja... manchmal."

Er darauf schelmisch, begeistert und doch schüchtern:

„So scheen saan S', Fräuln, so scheen – i tat Eahna gern grad am Fuß treten. Aber," fuhr er traurig fort, „i hab Gnagelte an."

*

Münchener Schwänke

Szene.

Inmitten der Isarbrücke am Geländer stand ein Mann und starrte mit weitoffnen Augen in den Fluß.

Frau Geheimrat Röckl, die seelengute, ging vorüber – fand das Benehmen des Mannes auffällig – zögerte – guckte – faßte endlich Mut, trat auf den Mann zu und sprach:

„Lieber Herr! Verzeihen Sie einer Unbekannten... – aber glauben Sie mir: Sie sind jung – Sie müssen nicht verzweifeln..."

Der Mann schwieg.

Frau Geheimrat – noch inniger:

„Gott sieht uns alle – er fühlt auch Ihren Schmerz und wird ihn lindern. Machen Sie kein Ende, Herr – das Leben wird Ihnen noch allerhand Schönes bieten."

Da schüttelte der Mann ernst den Kopf und sagte:

„Gnä Frau täuschen Ihnen. I denk ja an kan Selbstmord net. I steh oft stundenlang hier auf der Brucken und schau mir so viel gern die Donau an."

„Herr," rief Frau Geheimrat, – „das ist doch die Isar??"

„Also segen S', gnä Frau, wie kurzsichtig ich bin!"

Bayern.

Der Zug hielt in Treuchtlingen – unendlich lang.

Endlich beugte sich die kleine Frau aus dem Fenster und fragte schüchtern:

„Ach bitte, Herr Schaffner! Um welche Stunde fahren wir wohl?“

„Bal mr fertig saan,“ knurrte er.

Da sprang ein Herr auf und schrie den Schaffner an:

„Sö dreckigs Rindviech, Sö dreckigs! Wern S’ glei orntli antworten? Wann fahren mir?“

„6 Uhr 10,“ beeilte sich der Schaffner zu erwidern. „tschujding scho – i hab net gwußt, daß d’ Herrschaften hiesige saan.“

Auskunft.

Meister Kullinger porträtiert jetzt einen amerikanischen Milliardär.

Heut morgen tritt der Milliardär ins Zimmer und fragt:

„How about watercolours?“

Kullinger mit einer höflichen Verbeugung:

„Gleich rechts ums Eck, bitt schön – die erste Tür.“

Enttäuschung.

Die Sache spielte sich auf der Strecke von München nach Wien ab, und der Mann, um den es sich handelt, ein Schwerelegant von 190 Pfund Lebendgewicht plus 1 Pfund

Gold und Edelsteine, war, (wie sich bald herausstellte) Herr Generaldirektor Kluibinger von der Bifag-Filmgesellschaft.

Er las ein dickes Buch – schweißtriefend von der ungewohnten Beschäftigung – und unablässig, wenn auch lautlos bemüht, die Aufmerksamkeit der Mitreisenden darauf zu lenken, daß er seiner Bildung obliege.

Von Rosenheim an wiegte er immer merklicher das Haupt, blätterte erregt vorwärts im Buch, ohne zu finden, was er suchte – und endlich fing er ein Gespräch an.

Schon nach einigen Worten gewann ich sein Vertrauen, und er beichtete mir seine Nöte.

„A so a Sauschwindel," sprach er. „Für fuchzehn Markeln kauf i mir a Romanbüchl. ‚Ben Hur' steht drauf. No also! Nachher lies i un lies – ja, kschamster Diener: ka aanzige Schweinerei im ganzen Buch."

Ein Mißverständnis.

Mein Freund Block, der Däne, hat nach vieler Müh ein möbliertes Zimmer gefunden. Ich denke mir: er wird es einsam haben in dem neuen Haus und schreibe ihm:

„L. B–!

Ich erwarte Dich heut abend
zwischen 9 und 10 bei mir.

Herzlich Dein

.....„

Block kommt. Wir trinken ein Glas, rauchen, schwatzen – gegen Morgen geht er wieder.

Schön. Als Block aber um fünf Uhr heimkehrt, findet er die Tochter seiner Hauswirtin in Tränen aufgelöst in seinem Zimmer.

Sie heißt Berta, die Arme. Und hat meinen Brief, der breit auf Blocks Tisch gelegen, für eine Einladung Blocks gehalten... Von neun Uhr abends bis fünf hat sie pflichtschuldig, wartend auf Blocks Bettkante gesessen.

Politischer Unterricht.

„**W**ie heißen jene Leute, die alles, was den Menschen ihresgleichen gehört, auch für ihr Eigentum ansehen – die rücksichtslos wegnehmen, was andre erdacht, erfunden, gearbeit haben –?"

„Das sind die Komponisten."

Philosophie.

Um elf Uhr hatte der arme Rotting Visite beim reichen Ohbauer geschlagen – und durch herzbrechendes Jammern, vermischt mit Selbstmorddrohungen, war es ihm gelungen, dem geizigen Filz ein Darlehen von zehntausend Mark zu entsteißen.

Um ein Uhr machte der reiche Ohbauer seinen Sonnenspaziergang an den Spiegelscheiben lang der Theatinerstraße. Und wer saß im kostspieligsten Restaurant und futterte Kapaunen? Der arme Rotting.

Ohbauer stürzte, kirschrot vor Ärger, ins Restaurant.

Noch hatte er nicht Luft genug, gerechte Vorwürfe auszustoßen, als Rotting schmerzbewegt begann:

„Arm sein ist schrecklich. Wenn man dabei auch noch schlecht leben müßte...?"

Der Verblüffte.

Die Hochzeit meines Freundes Piering war die weitaus lustigste, seit Menschen denken.

Schon der Polterabend hatte sozusagen zwei Tage vorher begonnen und ging unmittelbar über in das eigentliche Fest.

Die Braut, Soferl Henke, war durchaus nicht abstinent gewesen. O nein, sie hatte ziemlich tiefe Gläser gestülpt; und hing auf der Fahrt nach dem Standesamt, vom Schleier zart verhüllt, seekrank halb über Bord der Hochzeitskutsche.

Als der lange Piering aber, von den Erlebnissen immernoch betäubt, am ersten Morgen der jungen Ehe erwachte – was war denn nur mit ihm geschehen? Er traute seinen Augen nicht:

„Henke Soferl!" rief er, höchlich erstaunt. „Wie kommst denn du daher??"

Das Parlament.

In München wollt ein Bauer auf die Galerie des Landtags.

Wohlmeinende Leute riefen:

„Was willst denn da heroben, du gscherter Rammel? Du ghörst unten hin."

Die Tante.

Ich hatte eine Tante vom Land zu Besuch bei mir und schob sie in die Schackgalerie ab.

Dann fragte ich sie, wie es ihr gefallen hätte.

„Großartig, lieber Neffe, großartig. In ganz Ingolstadt weiß ich keine drei Familien, die solche Bilder haben."

Das Auge.

Unsre Gouvernante, die Gans, hat sich irgendeinmal das linke Auge operieren lassen – von einem Prinzen – das erzählt sie uns schon sieben Jahre.

Unlängst fings am rechten Auge an. Wir brachten sie zu Professor Uhthoff.

Nach zwei Wochen kam sie zurück.

„Na, Fräulein, ist das rechte Auge wieder gut?"

„Ja. Aber so gut wie das andre doch nicht."

Eine Leseprobe ergab grade das Gegenteil. Sie mußte es zugeben.

„Gott, ja," sagte sie, „ich sehe mit dem rechten Aug besser; aber mit dem Aug Seiner Hoheit seh ich viel feiner."

Die Natur.

Ich ging mit Frau Kulicke spazieren – im Wald bei Feldafing.

„Ja," sagte Frau Kulicke, „es ist hier janz anders als bei uns in der Mark. De janze Vejetationg viel südlicher, allens so scheen un üppig."

Da kam ein Grünspecht geflogen.

Frau Kulicke – überrascht:

„Wat? Ooch Papageien?"

Im Hofbräu.

Ich esse... Was? Natürlich eine Kalbshaxe.

Mein Nachbar, ein Eingeborner, sieht mir zu – nicht mit Interesse, nein, mit Inbrunst.

Plötzlich ruft er bös:

„Sö! Warum schneiden S' denn 's Fette weg – han???!"

„Weil ich," erwidere ich kleinlaut, „das Fette später mit Salz und Pfeffer auf Brot essen will."

„Na," sagt mein Nachbar versöhnt, „na is mir scho recht."

Roda Rodas
Kondensationslexikon

1. Band

Aa–Zz

ohne in den Text eingedruckte zahlreiche Illustrationen, ohne 3712 Farbendrucktafeln, Autotypien und Photogravüren.

Vorwort

Tritt der Jüngling zum erstenmal in die Welt ein – Winters in der Stadt oder Sommers auf dem Lande – da sieht er sich einem Trubel von Ereignissen gegenüber, die er unmöglich verstehen kann, wenn ihm nicht ein verläßlicher Berater zur Seite steht. Ein solcher Berater soll das vorliegende Lexikon werden. Es bringt in gedrängter Kürze alles, was der Jüngling in dem unhandlichen, in Gesellschaften nicht leicht mitführbaren sechzehnbändigen Brockhaus vergebens sucht – enthält alles, was man wissen muß, und noch einiges darüber: einen spirituösen Auszug aus den Kulturbestrebungen Europas; den Abschaum der Weltgeschichte, seit Eva das erste *fig-gown* anlegte und Jakob seinem Josef ein Röcklein anmessen ließ, ganz wie neu; die technischen Errungenschaften, auch wenn sie uns das Leben noch so sehr vergällen; endlich die letzten Harlekinaden der Wissenschaft.

Der geringe Anschaffungspreis, die gediegene Ausstattung machen Roda Rodas Kondensationslexikon vollends zu einem unentbehrlichen Hausschatz der Familie.

Der Herausgeber kann nicht umhin, an dieser Stelle seinen Mitarbeitern gebührenden Dank zu sagen. Insbesondere waren das: für Botanik – Herr Sergeant Seif des Regiments Jäger zu Pferde; Ethik – Herr Albert Knetsche, Reisender in Herrensocken, Firma Ignatz Jerusalem & Sohn; Volkswirtschaft – Fräulein Ännchen Schnäbelein, Kindergärtnerin zweiter Klasse, bei Frau Schlächtermeister Rille, Knieritz bei Saabe, Kreis Thorn. – Heißer Dank gebührt auch dem Magistrat der Stadt München, der mich durch Darleihung eines Fahrplans der Elektrischen Straßenbahnen werktätig unterstützt hat.

A – von vorn der erste, von hinten gerechnet der letzte Buchstabe des Alphabets, kann in Verbindung mit andern Verschiedenes bedeuten. In der Musik ist schon das eingestrichene a ein sehr hoher Ton; wer ihn nicht singen kann, sollte sich garnicht erst darauf einlassen.

Abend – unregelmäßig wiederkehrende Unterhaltungsgelegenheit, beginnt zehn Uhr nachts und endet, je nach Stimmung und Verpflegsvorräten, zwischen drei und elf Uhr morgens. Manchmal fallen zwei Abende auf einen Tag, das wirkt dann sehr abspannend. Über acht bis zehn Abende in der Woche sollte der Jüngling nicht hinausgehen. – Der Abend gibt der Frau Gelegenheit, die

Abendtoilette anzulegen – eine Kleidung, die den Zweck hat, gewisse, durch Konvention bestimmte Körperteile unbedeckt zu lassen. Viel Takt und einige Erfahrung erfordert die Festsetzung der obern Grenzlinie einer Abendtoilette; ein Zoll zu hoch ist protestantisch, ein Zoll zu tief veranlaßt Pistolenforderungen.

Armut – der Mangel am Notwendigsten, Urvorwand der Wohltätigkeitsfeste. Eine Abart, die verschämte Armut, bringt in der Hand raffinierter Wohltäterinnen wahre Wunderwerke an Erpressungen zustande. Mit Recht hat ein berühmter Physiker sie den Voltagürtel des Vereinswesens genannt, da sie selbst das abgestumpfteste Mitleid zur Regsamkeit aufstachelt.

Arzt – der Mann, der einen nach eingehender Betrachtung eines Probefläschchens mit ernster Miene ins Bad schickt.

Bad – der Ort, wo man sie im Sommer kennen lernt, Sitz des

Badearztes – eines schönen Mannes mit Fußsackbart, der auf die Heilkraft seiner Quelle schwört und die Namen aller übrigen Kurorte und Quellen nur mit Abscheu in den Mund nimmt. Er verordnet das Wasser sowohl äußerlich wie innerlich – äußerlich gegen Gicht, Ruhr, Pest, Halsschmerzen, Brechreiz, Knochenfraß und Fettsucht; innerlich gegen alles übrige. Was immer einem fehlen mag, und wärs auch nur ein Tennispartner – der Badearzt verordnet einem Brunnen. Die männlichen Kurgäste belästigt der Badearzt gern mit Speiseverboten. Durch sein einnehmendes Wesen erübrigt er im Sommer so viel, daß er die Zeit vom ersten Frost bis zum ersten Hitzschlag in den unheizbaren Ländern (*la Méditerranée*, siehe diese!) verbringen kann.

Balz, die – zeremoniöser Flirt verschiedener wildlebender Hühnerarten, wobei die Männchen eigentümliche Lockrufe hören lassen. Beim Auer- und Birkwild im Vorfrühling; beim Menschen perennierend, am heftigsten im Februar. Schwache Männchen werden von finanziell begabtern Rivalen abgekämpft.

Basare (persisch s. v. w. Marktplätze) – Sammlungen unnützer Gegenstände, durch deren Verkauf weitreichende Handelsbeziehungen zwischen den Geschlechtern herbeigeführt werden sollen. Nach der Tiefe der Dekolletage des verkaufenden Teiles richtet sich der Preis der Ware, wobei eine nachträgliche Anfechtung des Kaufvertrages aus dem Grund einer *laesio enormis* ausgeschlossen ist. Um die Basare im Äußern ihren morgenländischen Vorbildern anzunähern, umgibt man den Marktplatz mit Palmen, unter denen sich die Paare ungestraft ergehen dürfen. – „Gnädigste, kennen Sie einen Satz mit ‚Hosenträger‘?"

Boa – schlangenartiger Pelzstreifen, meist aus Federn, zum Schutz des weiblichen Halses bestimmt. Richtig angewendet, läßt die Boa den Hals frei, erwärmt aber den Beschauer. Beim Anhören von Geständnissen spielt das Mädchen mit dem linken Ende der Boa, um

Nachdenklichkeit vorzutäuschen.

Butterbrot – prismatisches Zerealienprodukt, das oben mit einer ein bis drei Millimeter dicken Margarineschicht bedeckt ist – dient in seiner edlern Gestalt, dem Sandwich, zur Abspeisung großer Menschenmassen.

Cadaver, eris, n., – der Leichnam. Seine Frischerhaltung kostet beiweitem mehr, als er wert ist. Sie geschieht durch Waldluft und Soolbäder, in Reichenhall durch Latschendampf. Am kostspieligsten sind die elektrischen Wiederbelebungsversuche, von denen sich aber kein Arzt abhalten läßt, der Geld in derlei Apparate gesteckt hat.

Champagner – Rebenblut, das zum Wohl der Menschheit verströmt, meist in Deutschland – und nur selten in Luxemburg auf Flaschen gefüllt. – Der Kenner zieht Marken, die man bouteillenweis in soliden Lokalen kaufen kann, weit vor und trinkt grundsätzlich nur aus Kelchen, die von keinen, oder doch nicht von gesellschaftsfähigen weiblichen Lippen berührt sind.

Cri – der Schrei. *Dernier cri* – die letzte Mode. Beim Mann erregt sie nur Seufzen.

Dackel – humoristische Hunderasse mit konkaven Beinen, die Ureinwohner Münchens. Dackel, die unter Umgehung der Polizeivorschriften in der Öffentlichkeit erscheinen, werden von ihren Besitzern am besten verleugnet. Eine gefürchtete Spezies bilden die Poetendackel; sie erhalten von ihren Herren Wohnung, Beheizung, Beschuhung, sowie das Verpflegsgeld auf die Hand und beunruhigen dann das Küchenpersonal verheirateter Bürger durch unausgesetztes Suchen nach Nahrung.

Dämlack – Jüngling vom Land, der, mit zwei ungewechselten Zehnmarkscheinen versehen, im Saal auftaucht, Kellner mit Komiteemitgliedern verwechselt, ewig nach der Herrentoilette sucht und gegen Mitternacht unbefriedigt verschwindet.

Decolleté – der Mangel an Bekleidung des weiblichen Oberkörpers. (Siehe: Abendtoilette!) Das Decolleté pflegte Jünglinge oft aus dem Tanzrhythmus zu stören; man verlegt es daher jetzt praktischerweise auf den Rücken, wo es sich bis in gefährliche Tiefen erstrecken kann.

Diät – wissenschaftlich regulierter Hungertod. Durch eine gut erfundene Diät kann der widerspenstigste Patient leicht und endgültig der Alleinherrschaft des Arztes unterworfen werden. – Diät ist nicht zu verwechseln mit

Diäten – die, besonders von der fünften Rangklasse aufwärts, eher eine belebende Wirkung ausüben.

Drücken, sich – Form des Abschiedes aus zwanglosen Gesellschaften. Dem Dienstmädchen beim Öffnen des Tores drei Mark, ohne Vertraulichkeiten.

Ehe – niederste Organisationseinheit der Menschheit unter einheitlichem, gewöhnlich weiblichem Kommando. Die Betroffenen heißen ein Ehepaar. Wenn sie sich auf einem Tanzfest kennen gelernt haben, kühlt sich ihr Eifer für derartige Veranstaltungen bald ab. Der Ehe geht eine Vorbereitungsperiode voraus, die sogenannte Brautzeit; sie läßt uns alle Freuden der Ehe genießen, erspart uns aber die störenden Unannehmlichkeiten des Hausstandes. Kenner pflegen daher die Brautzeit durchzumachen, ohne ihr eine Ehe folgen zu lassen. Oft schon nach überraschend kurzer Zeit entwickelt sich aus dem Ehepaar eine Familie. (Siehe diese!)

Eingeborenen, die – ständige Insassen der Kurorte, haben je ein Dutzend Kurgäste auf der Streu und leben von ihrer Milch und ihrem Fett. Eingeborne baden nie.

Eis – die glatte Oberfläche der öffentlichen Wintergewässer. Da sich das Festland teils wegen seiner relativ geringen Ausdehnung, teils wegen des Verkehrs, der sich darauf abspielt, nicht für jedes Stelldichein eignet, verlegt man die Zusammenkünfte gern auf das Eis. Muß sich der Jüngling schon wegen der allgemeinen Glätte der großstädtischen Basis vor dem Ausgleiten hüten, so tut Vorsicht hier doppelt not: jede Eisbahn hat einen versteckten, ins Land einspringenden Winkel, den sogenannten Ehehafen.

Embonpoint (französisch, s. v. w. Vortrag) – eine Beschwerde gegen das Zuleichtnehmen des Lebens; führt mit der Zeit zum natürlichen Tod, soweit von einem solchen bei ärztlicher Mitwirkung die Rede sein kann.

Familie, die – besteht in ihrer Vollendung aus ihm, ihr, zwei Kindern, seiner Freundin, ihrem Freund und einer Kindergärtnerin. In sparsamen Häusern kann seine Freundin mit der Kindergärtnerin identisch sein, was eine gewisse Beständigkeit der Verhältnisse verbürgt.

Feuilletonist – Parterreakrobat der Zeitungsschmiere. Durch Vorschüsse kann er zu echt dichterischem Empfinden, ja, zum *Furor feuilletonicus* aufgestachelt werden.

Flüssigkeiten – Körper in tropfbarem Aggregatzustand, unmittelbare Ursache des Sitzenbleibens in Gaststätten. In Mengen genossen, bewirken sie bei Melancholikern eine Aussöhnung mit dem Schicksal, bei heiter angelegten Naturen mehrfach abgestuftes Wonnegefühl. Es gibt auch Flüssigkeiten ohne Alkoholgehalt; sie dienen teils zum Waschen, teils zum Korrigieren von Schulaufgaben.

Frassäh – (Lehnwort, siehe Quadrille!) Die Windmühle in der vierten Tour wird jetzt meist durch Schlingern kompliziert. Damen, die zur Seekrankheit neigen, reiche man kleine Gaben von Brechweinstein.

Fremdenstrom, der – überschwemmt alljährlich befruchtend die Alpentäler, ungefähr wie der Nil Ägypten überschwemmt. Das Quellgebiet des Fremdenstroms breitet sich über das ganze nördliche und westliche Europa aus, die stärksten Zuflüsse kommen von der Spree und Pleiße. Im letzten Sommer zählte man eine Million Fremde – alle, bis auf einen, verfehlt gekleidet. Der Eine, der allgemein für einen Filmdarsteller gehalten wurde, war ein Herzog.

Freude – Gefühl, das einen beschleicht, wenn einem ein guter Freund fünfzig Mark zurückgibt, die man ihm anno 1873 auf der Wiener Weltausstellung geborgt hat. – Im allgemeinen die Quittung der Seele über den Empfang einer Gehaltaufbesserung; bei Volontären gebührenfrei.

Galoschen – Bekleidungsstück des Dämlacks (siehe diesen!) bei Beginn der zweiten Quadrille. – Zuerst hat er sie zu Haus anzulegen vergessen, dann in der Garderobe nicht abgestreift, zum Schluß läßt er sie endgültig stehen.

Glatze – siehe Kommerzienrat!

Grobheit – Umgangsform des Staates mit dem Bürger; die reziproke Anwendung ist strafbar.

Grüaß Goott in Ischl! – familiäre Sommergrußformel auf der Esplanade. Im Winter sagt man in ähnlichem Sinn: „Gut Jonteff!“

Gürtel, der – äquatoriales Bekleidungsstück des Frauenkörpers. Wenn die Länge des Gürtels ein Meter überschreitet, ist Marienbad indiziert.

Habitué – der Stammgast des Kurortes, belästigt einen mit honorarfreien medizinischen Ratschlägen und Erzählungen aus der ältern Geschichte des Kurorts. Großen Nutzen hingegen kann man aus seinen Erfahrungen in Bierangelegenheiten schöpfen.

Harpune – Lanze mit Widerhaken, womit sich Mütter vor dem Besuch von Festen ausrüsten, um Referendare (siehe diese!) zu erlegen. – Walfischjäger versehen ihre Waffe mit einem Tau, das sich allmählich abwickelt und die einmal ergatterte Beute für immer am Entkommen hindert. Auf dem Land ist der Gebrauch ähnlicher Vorrichtungen unstatthaft.

Heirat – gesetzlich geregelter Vorgang zum Zweck der privaten Herstellung warmer Nahrungsmittel. Über die durch Heirat hervorgerufene dauernde Gemeinschaft: siehe Ehe!

Horizont – kreisrunde Schnittlinie von Himmel und Erde. Eine Abart, der politische Horizont, verfinstert sich, sooft große Großkapitalisten in Hafer spekulieren. Für kleinere Großkapitalisten erscheinen am Horizont nur dunkle Punkte.

Hut – oberer Abschluß der Frau. Eine Zeit lang pflegte man sich blumengefüllte Schubladen auf den Kopf zu setzen, jetzt wählt man bescheidenere Dimensionen – höchstens etwa moosbewachsene Mühlsteine. Man begnüge sich aber mit Nachahmungen; echte Mühlsteine sind zu gewichtig.

Ideal – weibliche Huldgestalt im Alter von tausend Wochen bis zu zehntausend Tagen. Wenn das Ideal aus des Vorgesetzten siebenter Tochter besteht, ist es ohne weitres erlangbar. Schon nach überraschend kurzer Zeit sieht man allerdings ein, daß man ein

Idiot gewesen ist – ein Mensch, den seine kräftig entwickelten Kauwerkzeuge nur schwer über den Mangel an Geistesgaben trösten.

Illusion – prächtiges Wahngebilde, die Hoffnung auf eine anständige Mitgift. Später stellt sich heraus, daß kaum die Selbstkosten gedeckt sind.

Jahr – ein 365, seltener 366 Tage währender Jammer, der sich erneut, wenn er eben vorbeiging. In Ägypten gabs nur sieben magere Jahre; die rastlos fortschreitende moderne

Technik ist über diese Einschränkung längst hinausgekommen. Wenn vierzig Jahre verflossen sind, feiert man ein

Jubiläum – schmeißt unter Begleitung von Reden einige Flaschen Sekt und freut sich, daß sich die Hintermänner ärgern, weil man noch nicht in den Ruhestand tritt.

Journalist – ein Mann, der sich mit der Abfassung von interessanten Indiskretionen beschäftigt. Sie werden alsbald amtlich dementiert, ohne darum auch schon wahr sein zu müssen. – Der Journalist hat von Natur zwei Augen und zwei Ohren, um doppelt soviel zu sehen und zu hören wie geschieht.

Jury – Ansammlung von ältern Künstlern, die über die Möglichkeit beraten, jüngere Mitstrebende niederzuhalten.

Kapellmeister – ein Mann, der sich durch Komposition reizender Blechmusik über die Sorge um ein sorgenfreies Alter wegzutäuschen sucht.

Kino – Anstalt zur Projizierung von Sentimentalitäten auf die Wand; wegen des verdunkelten Zuschauerraumes gefährlich.

Klarinett – spektalöses Instrument, dem man bei Tanzunterhaltungen vermittelst eines in der Richtung der Längenachse durchgeblasenen Luftstromes süße Weisen entlockt.

Klima – (griechisch, wörtlich: Neigung – hat aber mit dieser nicht das geringste zu tun) – die öffentliche Temperatur in Verbindung mit den jeweils drohenden Niederschlägen. Man spricht von einem milden oder strengen Klima – je nachdem, ob die Möpse zittern oder nicht. Klimatische Kurorte zeichnen sich vor andern dadurch aus, daß die Witterung immer zweifelhaft ist. Wenn das Barometer überhaupt steigt, steigt es nur aus

Gefälligkeit gegen die Wirte der umliegenden Ausflugsorte. An besonders günstigen Tagen wird die Hitze wieder so derartig, daß korpulente Badegäste eine *haut gout* annehmen.

Künstler – ein Mann, der, wenn nicht auf der Saalbühne, doch wenigstens auf dem Programm stehen muß. Man versucht ihn zunächst durch Hinweis auf den erhabenen Zweck der Veranstaltung zur Mitwirkung zu bewegen und verleiht ihm ausdrücklich das weiland herzoglich nassauische Privilegium. Der Künstler pflegt nur unbestimmt zu antworten. Hierauf sichert man ihm ein Honorar zu – von dessen Höhe wird der Gesundheitszustand des Künstlers am Tag des Festes abhängen.

Kusine – junges, weibliches Wesen, dessen zarte Formen in keinem Verhältnis zu dem Eindruck stehen, den sie auf uns machen. Als Kusinen bezeichnet man fälschlich, besonders in größern Orten, weibliche Wesen schlechtweg – auch wenn sie mit dem Begleiter in keinem – oder doch in keinem verwandtschaftlichen – Verhältnis stehen.

Lady patroneß – Dame der höhern Alters- und Gesellschaftsklasse. Sollte die Vergangenheit etwa zweifelhaft sein, so ist sie ebenso dicht zu verschleiern wie die Schlüsselbeine. Reiches Geschmeide, darunter eine Brillantrivière sind unerläßlich. Die Lady patroneß wird eine Stunde nach der im Programm festgesetzten Zeit durch zwei angesehene Mitbürger auf eine eigens dazu erbaute Estrade gesetzt, worauf sie mit jedem Regierungsrat einige Bierminuten hindurch medisiert und nach Ablauf einer angemessenen Frist unter huldvoll oszillierenden Bewegungen des Kopfes verschwindet.

Landwirtschaft – kostspielige Passion zahlreicher Mitbürger, die in der Bestellung mehr oder weniger großer Stücke der Erdoberfläche und in dem Einernten des darauf gedeihenden Unkrauts besteht. Das Mißverhältnis zwischen den Kosten und dem Ertrag nennt man Bodenrente. In dürren Jahren bietet eine erfolgreiche Hagelversicherung einige Aussichten.

Lausbub, der – ihr Bruder. Statt Gefallen an kindlichen Spielen zu finden, läuft er immerzu hinterher und petzt, was er gesehen hat, der Mutter. Man schenke dem Lausbuben eine Angelrute und meide dann die Ufer der Gewässer.

Liebe – aufregende Beziehung von ein bis zwei Männern zu einem Weib – führt oft zur Familiengründung mit allen damit verbundenen Enttäuschungen. Unglückliche Liebe verdirbt den Teint. Die innige Liebe, von unsern Voreltern auch reine Liebe genannt, grassierte zu Werthers Zeiten, ist aber seit 1829 erloschen. – Liebe steigert den Nerven- und Toilettenverbrauch, ist daher unökonomisch.

Maccaroni – Mannesmann-Röhren von Teig, Paradegericht für plötzlich auftauchende Besucher.

Mai – der Wonnemonat, hat 31, meist regnerische Tage – der letzte der drei Monate mit P und Schnupfen (Pärz, April, Pai).

Malheur (französisch, sprich: Pech) – Unglück geringern Grades. Pech ist es, wenn man das Taschentuch zu Haus vergißt. Malheur, wenn man der Braut irrtümlich einen Mahnbrief schickt, den man selbst tags vorher empfangen hat. Unglück, wenn ihr Papa Pleite macht, und Verhängnis, wenn sich die Schwiegermutter daraufhin entschließt, ihren Wohnsitz dauernd mit dem jungen Paar zu teilen.

Mathematik – höhere Wissenschaft, die mit ihrem Gipfel hart an die Theologie stößt und dann nurmehr an den Glauben ihrer Jünger appelliert. Sie wirkt störend auf die Fröhlichkeit des studierenden Nachwuchses und erscheint konzentriert in Gestalt von Tabellen; diese unterscheiden sich von den Hilfslehrern dadurch, daß sie fünf bis zehn

Stellen haben.

Modekupfer – Darstellung von langbeinigen Damen in Zinkätzung; wirken auf Frauen nervenpeitschend und regen sie zu ungeheuern Taten an. Die Modekupfer selbst blicken mit der sympathischen Gleichgiltigkeit von Schafhirten auf das Unheil, das sie angerichtet haben.

Mtata – mtata – Urmotiv der Ballmusik. Das Programm der Ballmusik bildet eine Jahrhundertausstellung der Kompositionen von Johann Strauß dem Ersten bis zu Richard Strauß dem Einzigen. Beliebt sind Eduard und Oskar Strauß.

N – was man hier nicht findet, suche man vergebens unter V.

Nabob – der Traum der Mutter.

Nachtigall – schluchzender Singvogel, nicht zu verwechseln mit dem Afrikareisenden gleichen Namens. Die Nachtigall hält sich im Gebüsch nächst den Rendezvous-Orten auf und gibt durch Piepen unmittelbaren Anlaß zu Geständnissen.

Naivität – der ursprüngliche Zustand des menschlichen Gemütes – seit Jahren nurmehr am heranwachsenden männlichen Geschlecht zu beobachten; meist unheilbar.

Nerven – reizbare Stränge, die bestimmt sind, dem Gehirn Eindrücke von außen her zu übermitteln. Die meisten Nebenmenschen machen einen

Nervös – eine Eigenschaft, die sich in einem krankhaft gesteigerten Empfindungsleben austobt, in ihrer weitern Folge zur Kriegspsychose im Kampf ums Dasein führt.

Oha (bayerisch) – s. v. w. „Verzeihung!“

Offizier – der Traum der Tochter; wenn sie nicht den dauernden Besitz zur unumgänglichen Bedingung macht, ist der Traum ziemlich leicht zu verwirklichen.

One-step (spr. Wannschtepp) – der Tanz. Man kann Polka, Tango, Hohenfriedbergermarsch, Sonaten und Kantaten – man kann alles als One-step tanzen und tut es auch. Ein deutscher Name für den One-step fehlt. Die vulgäre Bezeichnung ‚Nabelpolierer‘ mag bildhaft sein – vom Standpunkt der Sprachreinheit befriedigt sie nicht völlig.

Perücke – Ersatz für ausgefallenes Haar, am unauffälligsten anbringbar bei Veränderung des Aufenthaltsortes. (Daher der Name: Übersiedlungslocke.) Auch Frauen und Männer vorgerückter Jahrgänge können noch ein perückendes Äußere gewinnen.

Picknick, das – Unterhaltungsgelegenheit, zu der Wein, Weib und Gesang von jedem Teilnehmer selbst mitzubringen sind. Gewöhnlich stellt sich heraus, daß alle, alle – Sardinen, nur Sardinen beigesteuert haben.

Postkarten – dezente Erzeugnisse der vervielfältigenden Künste, die auf Wohltätigkeitsbasaren von jungen Damen im Umherziehen feilgeboten werden. Man hüte sich vor der Versuchung, die ganze Kollektion anzukaufen und die Verkäuferin in einen Nebenraum zu locken; die Erfahrung lehrt, daß man damit kaum jemals ein nennenswertes Ergebnis erzielt.

Pump – Verfahren zur Aufbesserung der eignen Vermögensverhältnisse. Die darauf abzielende Tätigkeit, das Anpumpen, richtet sich zunächst, jedoch ohne feindselige Absicht, gegen ältere Familienmitglieder. Trotz wiederholten Mißerfolgen vermögen sich die von dem häßlichen Laster Befallenen nicht mehr zu bezähmen und ähneln darin den Morphinisten.

Quadrat – die viereckigste unter den geometrischen Figuren, Element des Wiener Kunstgewerbes. Erfinder des

Quadrates ist Professor Kolo Moser; er wurde von Pythagoras, dem Erfinder des Dreiecks, angeregt. Hingegen ist die

Quadratschnauze berlinischen Ursprungs.

Quadrille – heidnische Zeremonie der Ureinwohner Europas, oft Vorläufer einer Verlobung. (Siehe diese!)

Quatsch – Sammelbegriff, unter den der Familienvater den Rummel einer festereichen Saison zusammenfaßt. Und wenn man gerecht sein will, kann man nicht bestreiten, daß hier wieder einmal der grade Bauernverstand das Richtige getroffen hat.

Quelle – eine Stelle der Erdoberfläche, wo Wasser zutage tritt. Ist das Wasser für die Umwohner ungenießbar, weil es warm ist oder salzig und sauer schmeckt, so baut man neben die Quelle ein Kurhotel und lädt die Menschheit zum Besuch ein.

R – der siebzehnte, oder, wenn man genauer zählt, der achtzehnte Buchstabe des Alphabets. In Norddeutschland ist R ein Kehllaut, sonst ein Gaumenlaut. Das sogenannte dramatische R (R^3) besteht aus einem Trommelwirbel, den die Zunge gegen die Vorderzähne ausübt.

Referendar, der – wird durch alkoholische Genußmittel, die man ihm tief unter dem Einkaufspreis anbietet, physisch betäubt; hierauf bittet man ihn auf nächsten Sonntag zu einem Löffel Suppe, um ihm unsre Klara in stiller Häuslichkeit zu zeigen. Der gemütlose Familienvater legt auf das Ausbleiben des Gastes Wetten 1:100, läßt es aber in Erwartung eines gutbürgerlichen Mittagtisches auf den Versuch ankommen.

Reformkleid – graziöse Verpackung von Frauen, die nicht über 140 Pfund in den Hüften wiegen. Das erste Reformkleid trug die Eiserne Jungfrau von Nürnberg, und schon damals richtete sich die Spitze gegen den Mann.

Regenmantel – Hülle des Weibes zum Schutz gegen Atmosphärilien; ist andern zweckähnlichen Apparaten vorzuziehen, da der Regenmantel einerseits die Kleidung ausreichend schützt, andrerseits entgegenkommenden Kavalieren dennoch Gelegenheit bietet, sich durch Darleihung eines Schirms gefällig zu erweisen. – Regenmäntel sind wasserdicht, das heißt: sie lassen Wasser, das einmal eingedrungen ist, nicht wieder heraus.

Rendezvous – Ort, wo zwei oder mehrere zusammenkommen wollen; sinds bloß zwei, dann ists eine Liebesaffäre, sinds mehr, dann ists eine Treibjagd. Siehe: Kino!

Resi – die Köchin. Namenstag 15. Oktober. Man muß ihr, gelinde gesagt, Glyzerinseife schenken.

Réunion, die – findet mit der Regelmäßigkeit planetarischer Ereignisse jeden Montag abend im Verein statt. Nicht hingehen ist gleichbedeutend mit einer Obstruktion gegen den Vorsitzenden. Ein bacchantisches Vergnügen ist die Réunion ja nicht, aber man findet doch immer ein paar geistvolle Menschen dort – die Anwesenden natürlich ausgenommen. Nach einigem Zögern und Gähnen kommt durch geschicktes Eingreifen der Komiteedame irgend was zustande, was wie ein Arrangement der großen Welt aussieht. Die Ehemänner benutzen diesen Augenblick, einem ihre Frauen anzuhängen, und begeben sich ins Nebenzimmer, um Whistlinge zu werden.

Rock, der – vormals erste sichtbare Bekleidung der Frau von der Körpermitte abwärts; z. Z. im Absterben; das Absterben begann im Süden und schreitet bedrohlich nach Norden vor; auf Kostümbällen ist der Rock jetzt kaum mehr durch kümmerliche Reste angedeutet.

Rose – (*Rosa centifolia, Linné*), Blume mit herrlichem Duft, deutlicher Sprache und geringem Anschaffungspreis. Wenn es also durchaus nicht anders geht, schenke man Rosen.

Saison, die – Erntezeit des Kurortes. Unter fröhlichen Sängen werden da die Fremden von den Einheimischen gekeltert und gerebelt. Der Saisonbeginn richtet sich nach dem Klima – im Salzkammergut, zum Beispiel, fällt er mit dem Anfang der Regenperiode zusammen. Eine kluge Einrichtung, weil sich die Einheimischen dann zu schönerer Zeit, von Fremden ungestört, ihrer Erholung widmen können.

Schadchen – der Mann, an den man sich schließlich doch wenden muß.

Schmuck – Erzeugnisse aus goldähnlichem Metall und täuschend nachgeahmten Edelsteinen.

Schnurrbart – herrliche Manneszier, die ihre Farbe vom grauesten Grau bis zum grünlichen Schwarz oft in überraschend kurzer Zeit wechselt. Wenn die Wandlung vollzogen ist, färbt der Schnurrbart bei inniger Annäherung an eine fremde Kiefermuskulatur ab.

Strand – sandiger Abschluß von Badeorten gegen das Meer zu. Das angrenzende Gewässer gibt Gelegenheit zu Fußwaschungen.

Takelage – kostspielige Aufmachung, besteht beim Familienvater aus einem chemisch geputzten Frack und zwei Talmibrustknöpfen. Der seelischen Auftakelung der Tochter sind Jahre einer systematischen Erziehung geweiht – leider vergebens: sie ist und bleibt eine Schneegans, die es nie zu etwas bringen wird.

Taktik – die Wissenschaft vom Bestehen feindlicher Affären mit heiler Haut. Taktik nennt man auch die Grundsätze des Verfahrens eines Versuches, die Tochter endlich an den Mann zu bringen. Ist es auch Wahnsinn, hat es doch Methode.

Tee – wässeriger Auszug aus einer asiatischen Heusorte. Durch Beimengungen von Alkohol gelingt es, den mongolischen Geschmack dem europäischen Gaumen anzupassen. Die auf diese Weise gewonnene Flüssigkeit wird dann in Opferschalen umhergetragen. – Figürlich bedeutet Tee auch die Gelegenheit, wobei die Flüssigkeit dieses Namens serviert wird. Bekannt sind der *Five o'clock tea* und der *Thé dansant*. Während man, wenn man zu einem Löffel Suppe gebeten wird, immerhin auf sieben bis acht Gänge und einige Spirituosen rechnen kann, während selbst die Einladung zu einem einfachen Butterbrot kühle Gänsebrüste und laues Bier in Aussicht stellt: ein *Thé dansant*, o Jüngling, ist keine Redeblume, sondern grausame Wahrheit und bedeutet heißes Wasser mit viel Klavier. Darum sei sparsam mit der reinen Wäsche.

Toaste – Trinksprüche, die zu Beginn eines geselligen Abends auf anwesende Höhere von den Nächsthöhern ausgebracht und fast bis zum Schluß lautlos angehört werden. Im weitern Verlauf des Abends werden Toaste auch oft von mehrern Rednern gleichzeitig gesprochen.

Übelkeit – Störung des körperlichen Wohlbefindens, befällt den Dämlack (siehe diesen!) unausbleiblich nach dem dritten Sektglas. Wenn hingegen Mama eine Übelkeit vortäuscht, so weiß sie sehr wohl, warum – und man nennt das dann: momentane Indisposition.

Übermensch – ein durch fehlerhaftes Nachlassen mehrerer Schrauben des Gehirns entstehender Typus. Es gibt auch Übermenschen in Unterröcken.

Uhr – zur schnellen Beschaffung von kleinen Kapitalien geeigneter Zeitmesser, der manchmal auch geht. Goldne Exemplare geraten bald, nachdem der Jüngling sie geschenkweise erworben hat, rettungslos in Verlust, während andre, aus weniger edelm Material gefertigte Uhren dank der Zähigkeit des Mantelmetalls oft Jahrzehnte überdauern.

Unverheiratet – Euphemismus für ‚ledig‘.

Urlaub – ein Laub, das selten, kurz und immer nur im Sommer grünt.

Verdauung – innerliche Verarbeitung von Nahrungsmitteln zum Zweck der Aufnahme in das Blut. In übertragenem Sinn: das Hinwegkommen über die Eigenschaften der Zeitgenossen. Der Verdauung dient der sogenannte Verdauungsapparat, zu dessen Reparatur umfangreiche Werkstätten bestehen. Abgerissene Hosenknöpfe und eine schlechte Verdauung geben direkten Anlaß zur

Verlobung – der plötzlichen Überleitung einer Liebschaft in reguläres Fahrwasser. Die Verlobung kann geschehen *a*) zum Zweck einer nachfolgenden Ehe oder *b*) (häufiger) behufs einer spätern Entlobung. Jedenfalls bietet die Verlobung ein kurzes, durch Ausflüge und Abendmähler ausgefülltes Übergangsstadium, dessen ohnehin labiles Gleichgewicht nicht durch übertriebene Intimitäten gestört werden sollte.

Volontär – ein Mann, der es eigentlich nicht nötig hat und sich dementsprechend benimmt.

W., die drei (Frauen, Sekt und Tiergartenviertel) – der Stoff für den modernen Berliner Roman.

Waisenkind – dasjenige, wofür.

Walzer – Rotation zweier verschlungener Menschenkinder um eine ideale Vertikalachse – nach dem Takt einer vom Komponisten irgendwo entlehnten Weise. (Siehe: Mtata!)

Wanze, die – Ehrenmitglied der Hotelfauna, Insekt mit je sechzehn Schneidezähnen in Ober- und Unterkiefer. Männliche Wanzen haben überdies Hauer. Das Jahr über schlummern die Wanzen, von den Einheimischen wenig beachtet, in ihren Lagern; zu Beginn des Sommers leben sie auf, wetzen die Rüssel und stürzen sich auf die Gäste. Das Necken der Tiere ist verboten.

Watschen – volkstümliche Bezeichnung für heftige Meinungsäußerungen, die, insbesondre wenn sie in einen Dialog ausarten, von rechtlichen Folgen begleitet sein können.

Weißwürscht – mit Vegetabilien und angeblich auch zerkleinertem Kalbfleisch gefüllte bleiche Rotationsellipsoide, die in Bayern am Schluß von Faschingsabenden gierig verzehrt werden.

Xang – eine von ältern weiblichen Vereinsmitgliedern verursachte Luftvibration, die sich sphärisch fortpflanzt und glücklicherweis in quadratischem Verhältnis mit der Entfernung von der Schallquelle an Intensität verliert. Man entschuldige sich vorweg mit einer Abhaltung und komme erst gegen eins, wenn der Xang vorbei ist. Gleichwohl soll uns auch dann nichts hindern, Dankbarkeit zu heucheln, wenn wir im Verlauf des Abends mit der Sängerin zusammenstoßen. Kluge Jünglinge, die in diese Notlage geraten, ohne die leiseste Ahnung vom Programm zu haben, vermeiden tunlichst ein Eingehen aus Details, tipen aber im äußersten Fall auf Brahms.

Xellschaft (*la société*) – die obern Zehntausend, insbesondre deren unterer Rand – die Gesamtheit jener Personen, mit denen man, ohne sich zu kompromittieren, öffentlich verkehren kann. Da die Wärme alles ausdehnt, sind die Grenzen des Xellschaftskreises im Sommer etwas weiter als im Winter gezogen.

Yankee – der Mann, dessen Schwein über alle Grenzen geht, Bewohner des Landes der begrenzten Unmöglichkeiten. Vorsicht! Gewöhnlich entpuppt sich der Yankee als Schlawiner.

Ylang-Ylang – Ausstrahlung der Patronessen-Estrade.

Zähne – Bewaffnung der menschlichen Kiefer zum Zweck einer deutlichen Aussprache. Fachleute unterscheiden Gaumenplattenzähne, Brücken- und Stiftzähne. Es gibt auch Zähne, die von Natur gewachsen sind, doch sind sie nie so schön und regelmäßig wie die künstlichen.

Zahlen, schweigen und nächstes Jahr verständig daheimbleiben – Resumé des klug gewordnen Familienoberhauptes am Schluß der Saison.

Zylinder – aus Hasenhäuten erzeugte röhrenförmige Kopfbedeckung mit eirunder Basis. Der Zylinder ist das Ende militärischer Karrieren und dieses Lexikons.

Todesfall

Es wallt, es wallt die Gasse –
Musike schnedrengdeng;
Begräbnis erster Klasse,
Chopin.

Der Domvikar bekreuzt sich –
Der tote Mann war groß.
Die Witwe weint und schneuzt sich
Fast mühelos.

Als sie den Toten senken
Ins düstre Grabesrohr,
Tritt ein befracktes Mänken
Vor.

Ein Präsident. Er hält 'n
Begräbnisschwefel stramm:
Was, ach, die beiden Welten
Verloren ham.

Viel wunderschöne Kränze:
Vom Türingerverein,
Von Seiner Exzellenze,
Von Doktor Klein,

Vom Gärtnerplatztheater,
Vom Magistrat der Stadt,
Vom Dichterstammtisch ‚Kater'

(Siehe Abendblatt!),

Von Seiten der Famili,
Von Franz v. Stuck,
„Von der unvergeßlichen Tili" –
(Ei – ei, guck – guck!)

Der Redner aber predigt
So rührend wie er kann:
Der Dichter ist erledigt –
Nun kommt der Mensch daran.

„Ein Wort noch vom Verluste,
Der unser Schrifttum traf."
Fehlts endlich dir an Puste,
Du Schaf?

Gerührt sind Damen und Knoten
Vom tristen Fall. –
Heut spricht man nur vom Toten.
Und vom Juristenball.

Von Roda Roda sind erschienen

bei Rösl & Cie. in München:

Irrfahrten eines Humoristen	10. Tausend
Die Streiche des Junkers Marius. Ein Buch für Backfische.	17. Aufl.
500 Schwänke	Erscheint 1922 in neuer, 19. Auflage

bei Eysler & Co. in Berlin:

Der Schnaps, der Rauchtabak und die verfluchte Liebe	34. Aufl.
Ihre Gnaden und die Bäuerinnen (Adlige Geschichten)	16. Aufl.
Schummler, Bummler, Rossetummler	20. Auflage
Der Pascha lacht, Morgenländische Schwänke	20. Auflage
Eines Esels Kinnbacken (Schwefel über Gomorrha)	18. Auflage
Die Kummerziege	4. Tausend
Der Ehegarten	3. Auflage
Der Feldherrnhügel, Schnurre von Roda Roda und Karl Rößler	17. Auflage
Der Sanitätsrat, Komödie von Roda Roda und Gustav Meyrink	2. Tausend
Bubi, Lustspiel von Roda Roda u. Gustav Meyrink	2. Tausend
Die Sklavin a. Rhodus, Lustspiel nach dem Eunuchus des Terenz, von Roda Roda und Gustav Meyrink, Musik von Eugen d'Albert; Ausstattung von Olaf Gulbransson	2. Tausend
Die Staatsgewalten. Drei lustige Akte	2. Tausend
So jung und schon	40. Tausend

313

Die verfolgte Unschuld   68. Tausend

im Rikola-Verlag zu Wien:

Von Bienen, Drohnen und Baronen   27. Auflage
Die sieben Leidenschaften   5. Tausend
Das Rosenland, Bulgarische Gestalter und
Gestalten. Mit 23 Bildnissen   4. Tausend

bei der Ullstein A. G. Berlin:

Serbisches Tagebuch   50. Tausend
Frau Tarnotzis feinster Coup   20. Tausend

bei Philipp Reclam jun. in Leipzig:

Die Uhr, ein Spiel von Gustav Meyrink und Roda
Roda   3. Aufl.

Druck von E. Haberland in Leipzig.